SCIENCE FICTION

Herausgegeben
von Wolfgang Jeschke

John D. MacDonald

Das Mädchen, die goldene Uhr und der ganze Rest

Roman

Ungekürzte Neuübersetzung

WILHELM HEYNE VERLAG
MÜNCHEN

HEYNE SCIENCE FICTION & FANTASY
Band 06/5023

Titel der amerikanischen Originalausgabe
THE GIRL, THE GOLD WATCH AND EVERYTHING
Deutsche Übersetzung von Brigitte Gruss
Das Umschlagbild malte Karel Thole

Redaktion: Wolfgang Jeschke

Printed in Germany 1993
Umschlaggestaltung: Atelier Ingrid Schütz, München
Technische Betreuung: Manfred Spinola
Satz: Schaber Satz- und Datentechnik, Wels
Druck und Bindung: Elsnerdruck, Berlin

ISBN 3-453-06604-9

Lieber Fred,

Sie haben mir nicht gesagt, daß es leicht sein würde. Aber Sie haben mir auch nicht gesagt, daß es so sein würde. Suchen Sie Kirby Winter. Bringen Sie ihn zurück. Scheuen Sie keine Kosten. Ich bekam einen tüchtigen Mann zu meiner Unterstützung. Huddleston *war* zumindest einmal tüchtig. Heute würden Sie ihn nicht wiedererkennen. Er starrt vor sich hin und seufzt; manchmal kichert er ohne Grund, das ist alles, was ich aus ihm herausbringe.

Wir fanden Kirby Winter, Boss. Wir fanden ihn zweimal. Wenn Sie wollen, daß er ein drittes Mal gefunden wird, dann schicken Sie jemand anderen. Aber es wird reine Geldverschwendung sein.

Empfehlen Sie Ihrem Kunden aufzugeben. Wenn dieser Kirby Winter tatsächlich ein paar Millionen Dollar aus dem Nachlaß seines Onkel Omar beiseite geschafft hat, dann wird sie ihm niemand mehr wegnehmen.

Ich weiß, was Sie denken. Sie glauben, daß Kirby Winter mich gekauft hat, und Huddleston auch. Wenn er es nur getan hätte! Dann würde ich besser schlafen.

Ich kann Ihnen nur erzählen, was geschehen ist. Der Tip war absolut richtig. Wir fanden ihn hier im Del Prado in einer großen Suite. Er ist seit zwei Wochen in Mexico City und unter seinem eigenen Namen gemeldet. Er will sich offenbar nicht einmal verstecken, zumindest gibt er sich keine besondere Mühe. Kirby Winter und Begleitung. Die Begleitung besteht aus einer Person, nämlich demselben Frauenzimmer, das vor drei Monaten mit ihm in Sao Paulo war, eine tolle Frau, kommt aus dem tiefen Süden und sieht aus wie ein Engel. Aber lassen Sie sich nicht täuschen!

Ich verstehe einfach nicht, Fred, wieso Sie und Ihr Kunde glauben, daß dieser Kirby Winter harmlos und hilflos ist. Vielleicht war er es einmal, aber das ist Geschichte. Er ist äußerst selbstbewußt, das können Sie mir glauben. Und was sein Auftreten und seinen Geschmack betrifft, so könnte sich Onassis noch etwas abschauen. Er und seine Hillbilly-Braut lassen es sich sehr gut gehen. Wenn er Angst hat, daß jemand auftauchen und ihm etwas von dem Geld wegnehmen könnte, dann läßt er es sich zumindest nicht anmerken.

Sobald wir sie also aufgespürt hatten, überlegten wir, wie wir sie in die Staaten zurückbringen könnten. Den Großteil der Planungsarbeit mußte ich selbst erledigen, denn die seltsamen Ereignisse in Sao Paulo haben Huddleston verunsichert.

Ich organisierte ein Privatflugzeug, das groß genug für uns vier und den Piloten war und dessen Reichweite es uns ermöglichen würde, über die Grenze zu kommen. Wie Sie vorgeschlagen hatten, schien es am besten, das Mädchen mitzunehmen. Das nächste Problem war: Wie bringen wir sie vom Hotel zum Flughafen? Ich entschloß mich für die schnelle, einfache Methode. Hineinstürzen, eine Pistole auf sie richten und ihnen dann eine Spritze verpassen, die sie sehr, sehr still und gefügig macht. In dieser Verfassung könnten wir mit ihnen hinuntergehen, in ein Auto steigen und losbrausen. Dann hätte ich Sie wissen lassen, wo Sie uns abholen sollen.

Ich kaufte einen Nachschlüssel. Gestern abend gingen die beiden um etwa neun Uhr fort, und Huddleston und ich wollten sie bei ihrer Rückkehr erwarten. Wir sperrten also auf und warteten. Wir waren beide bewaffnet. Ich hielt die Spritze bereit und hatte einen Mann bestellt, der auf Kommando vor dem Haus vorfahren würde. Der Pilot war auf Abruf bereit.

Gegen Mitternacht kamen sie lachend und plaudernd zurück. Sobald sie im Zimmer waren, traten wir ihnen mit gezogener Waffe entgegen. Ich frage Sie, Fred, wie konnte es schiefgehen? Ich bin wirklich nicht unvorsichtig.

Aber es ging schief, Fred. Sie müssen versuchen, meine Geschichte zu glauben. Die beiden erschraken ein wenig und starrten uns an, aber dann benahmen sie sich, als handle es sich um den besten Witz der Weltgeschichte. Es erinnerte mich so an Sao Paulo, daß ich ganz nervös wurde. Huddlestons Farbe versprach nichts Gutes. Ich sagte ihnen, daß niemandem etwas geschehen würde, wenn sie kooperierten. Dieser Kirby Winter macht irgendwie einen schüchternen Eindruck. Er sah mich an und schüttelte traurig den Kopf. Sie hätten geglaubt, so meinte er, daß wir nach Sao Paulo aufgeben würden. Offenbar wären sie nicht deutlich genug gewesen, daher wollten sie diesmal noch deutlicher werden. Huddleston befahl ihm, den Mund zu halten. Ich ging mit der Spritze auf sie zu und wollte mich zuerst um ihn kümmern. Ich war sehr vorsichtig, Fred.

Plötzlich war die Spritze verschwunden. Ich blieb stehen und starrte auf meine leere Hand. Kirby Winter und das flachshaarige Hillbilly-Mädchen lächelten mir zu. Ich sah Huddleston an. Ich schwöre Ihnen, Fred, er hatte von einem Augenblick zum anderen alles ausgezogen, was er angehabt hatte; eine große blaue Schärpe war um seine Mitte zu einer Masche gebunden, und auf seiner Brust stand mit Lippenstift geschrieben: »Überraschung!«

Ich dachte an Sao Paulo. Falls etwas schiefging, war ich entschlossen, Kirby Winter ins Bein zu schießen und die Situation zu retten. Sie wissen, ich schieße schnell und zielsicher und hätte ihn wahrscheinlich genau dort getroffen, wo ich wollte. Aber als ich feuern wollte, hatte ich statt eines Revolvers einen Parfumzerstäuber in der Hand.

Ich starrte Kirby Winter an, aber plötzlich befand ich mich im Fahrstuhl, ohne daß ich wußte, wie ich dorthin gelangt war, und die Tür ging gerade zu. Außer mir waren da noch ein Liftboy, drei Touristinnen mittleren Alters und Huddleston. Die Tür ging zu, und wir fuhren hinunter. Die Damen schrien und fielen in Ohnmacht, und es herrschte ein schreckliches Durcheinander. Ich hatte auch nur eine Schärpe umgebunden, genau wie Huddleston, nur daß meine rosa war. Auf meiner Brust stand: ›Adios, amigo!‹. Wir waren beide vollkommen kahl geschoren und in Parfum getränkt. Der hysterische Liftboy fuhr mit uns hinunter in die Eingangshalle und öffnete die Tür. Huddleston war so entsetzt, daß er davonlaufen wollte.

Wie dem auch sei, die Dinge nehmen ihren Lauf, und wenn wir Glück haben und Sie das Geld schicken, um das ich telegraphierte, dann lassen sie uns vielleicht morgen raus. Unser Rechtsanwalt ist der Meinung, daß es keine schwerwiegenden Anklagepunkte gibt, aber sicherlich viele kleine. Er hat sich erkundigt, Kirby Winter und Begleitung sind heute gegen Mittag abgereist.

Meiner Ansicht nach wird Huddleston in Zukunft für niemanden sehr nützlich sein; für mich kann ich nicht garantieren. Wenn Sie glauben, daß man uns gekauft hat, müssen Sie zugeben, daß wir es auf recht eigenartige Weise vertuschen wollten.

Wie gesagt, wenn Ihr Klient Kirby Winter noch einmal aufspüren will, dann schicken Sie jemand anderen. Ich habe mich bemüht, das Geschehene vollkommen unvoreingenommen zu analysieren. Die einfachste Antwort wäre Hypnose. Aber ich glaube, Fred, es war schlicht und einfach Zauberei, wie in den Geschichten, die wir als Kinder gelesen haben. Warum nicht? Wenn es auf der Welt noch Zauberei gibt, dann werden doch die, die sie beherrschen, bestimmt dafür sorgen, daß nichts davon in die Zeitungen kommt, oder? Winters Onkel, dieser Omar Krepps, der war doch angeblich ein sehr geheimnisvoller Kerl, so eine Art Zauberer. Vielleicht hat er vor seinem Tod Kirby Winter noch die Zaubersprüche beigebracht und ihm gezeigt, wie man die Lampe reibt oder was zum Teufel er eben macht.

Denken Sie an Sao Paulo. Winter und das raffinierte

kleine Frauenzimmer haben sechs der größten Kasinos um jeweils etwa siebzigtausend Dollar erleichtert. Wenn das nicht Zauberei ist, Fred, was ist es dann? Benutzen sie eine neue Erfindung?

Ehrlich gesagt, in meiner augenblicklichen Verfassung würde es mich überhaupt nicht erschüttern, wenn das kleine Hillbilly-Mädchen plötzlich in meiner Zelle auftauchte und sich in ein purpurrotes Känguruh verwandelte. Nach etlichen solchen Erlebnissen kann einen nämlich nichts mehr erschüttern. Verstehen Sie, was ich meine?

Ihr Klient ist der Meinung — und Sie glauben es vielleicht auch —, daß dieser Kirby Winter ein Dussel war, aber glauben Sie mir, irgend etwas hat ihn verändert. Wenn Sie nicht herausfinden, was dahintersteckt, hat es keinen Zweck, ihm jemand anderen auf die Fersen zu hetzen. Die beiden haben uns angesehen, Fred, als wären sie zwei Marsmenschen. So wie Sie und ich über einen jungen Hund lachen würden, der einen anknurrt: liebevoll und überlegen.

Ich hoffe, daß das Geld schon unterwegs ist, denn falls nicht, sind wir womöglich sehr, sehr lang hier. Ganz gleich, wann wir hier hinauskommen, ich werde mir voraussichtlich einen anderen Beruf suchen. Ich habe irgendwie mein Selbstvertrauen verloren.

Hochachtungsvoll

Sam Giotti

Kapitel 1

Kirbys Welt kam langsam wieder ins Gleichgewicht, aber es kostete ihn unendliche Anstrengung. Der Nachhall seiner einschläfernden Klage quälte sein maltrâtiertes Bewußtsein. Die Silhouette der Frau, die ihm gegenüber am Tisch saß, zeichnete sich gegen das Fenster ab — ein Fenster, das so groß war wie ein Tennisplatz — und dahinter lag rosig in der Abend- oder Morgendämmerung ein Ozean. Ihre nackten, sonnengebräunten Schultern schimmerten pfirsichfarben, und die schweren blonden Haare leuchteten hell im sanften Licht.

Atlantik, dachte er. Sobald er wußte, um welchen Ozean es sich handelte, war es einfacher, eine Beziehung zur Zeit herzustellen. Da er von Florida aus auf das Meer blickte, mußte es früher Morgen sein.

»Sie sind Charla«, sagte er vorsichtig.

»Natürlich, lieber Kirby.« Sie sprach amüsiert mit gutturaler Stimme und lachte fast dabei. »Ich bin Ihre neue Freundin Charla.«

Der Mann saß links von Kirby. Er war massiv gebaut, herausstaffiert, geschniegelt und gestriegelt. Er gab einen leisen, belustigten Laut von sich. »Ein spanisches Zeitwort«, sagte er. »Charlar. Plaudern. Ein bedeutungsloses Gespräch führen. Eine Ironie, denn ihre große Begabung liegt im Zuhören, nicht im Reden.«

»Meine große Begabung, Joseph?« fragte sie mit gespieltem Erstaunen.

»Deine ungewöhnlichste Begabung, meine Liebe. Aber es hat uns beiden großes Vergnügen bereitet, Kirby zuzuhören.«

Kirby notierte in Gedanken Stichworte, die ihm als Wegweiser dienten. Charla, Joseph, Atlantik, Morgendämmerung. Er suchte weitere Hinweise. Es könnte Samstag morgen sein. Die Beerdigung hatte am Freitag um elf Uhr stattgefunden und die Besprechung mit den Rechtsanwälten um zwei Uhr nachmittags. Um drei Uhr hatte er zu trinken begonnen.

Er drehte vorsichtig den Kopf und betrachtete das leere Lokal. Ein Barkeeper im weißen Jackett stand mit verschränkten Armen und gesenktem Kinn unter den in der Morgendämmerung blaß wirkenden Kristalleuchten.

»Sind diese Lokale die ganze Nacht geöffnet?« fragte Kirby.

»Selten«, antwortete Joseph. »Aber man reagiert zuvorkommend auf ein kleines Geldgeschenk. Eine freundschaftliche Geste. Zur offiziellen Sperrstunde hatten Sie noch viel zu erzählen, Kirby.«

Im Lokal war es heller. Sie sahen ihn freundlich an. Sie waren reife, gutaussehende Menschen. Sie waren die zwei großartigsten Menschen, die er je kennengelernt hatte. Beide sprachen mit leichtem Akzent, hatten internationales Flair und behandelten ihn herzlich und liebevoll.

Plötzlich kam ihm ein schrecklicher Verdacht. »Sind Sie ... sind Sie Journalisten — oder so etwas Ähnliches?«

Beide lachten laut. »Ach nein, mein Lieber«, antwortete Charla.

Er schämte sich. »Für Onkel Omar ist — war — schon der bloße Gedanke an jede Art von Publicity entsetzlich. Wir mußten immer sehr vorsichtig sein. Er zahlte einer Firma in New York dreißigtausend Dollar im Jahr, damit er nicht in die Zeitungen kam. Aber die Leute haben immer herumgeschnüffelt. Sie hörten ein winziges Gerücht über Omar Krepps und machten eine große Geschichte daraus; Onkel Omar wurde immer furchtbar wütend darüber.«

Charla legte ihre Hand mit warmem Druck auf die seine. »Das spielt doch jetzt keine Rolle mehr, lieber Kirby, nicht wahr?«

»Wahrscheinlich nicht.«

»Mein Bruder und ich sind natürlich keine Journalisten, aber Sie könnten mit Journalisten reden. Sie könnten die Welt wissen lassen, wie gemein er zu Ihnen gewesen ist und wie abscheulich er Ihnen die Jahre selbstloser Ergebenheit vergolten hat.«

Sie war so verständnisvoll, daß Kirby am liebsten geweint hätte. Aber seine unbequeme Ehrlichkeit ließ ihm keine Ruhe. »Ich war nicht ganz selbstlos. Wenn man einen Onkel hat, der fünfzig Millionen Dollar schwer ist, gibt es schon tiefere Beweggründe.«

»Sie haben uns aber erzählt, daß Sie ihn oft verlassen haben«, warf Joseph ein. Charla zog ihre warme Hand zurück, und Kirby vermißte sie.

»Ich bin immer wieder zurückgekommen«, gab Kirby zu. »Er hat mir versichert, daß ich sein Lieblingsneffe bin und daß er mich braucht. Wofür? Er hat mich ständig auf Trab gehalten, das war alles. Ich hatte keine Möglichkeit, ein eigenes Leben zu führen. Seit elf Jahren, seit ich das College verlassen habe, schickte er mich mit verrückten Aufträgen durch die ganze Welt. Sogar auf dem College bestimmte er, welche Vorlesungen ich belegen sollte. Der alte Mann bestimmte mein ganzes Leben.«

»Das haben Sie uns schon erzählt, mein Lieber«, versicherte im Charla mit heiserer Stimme. »Die vielen Jahre, die Sie geopfert haben!«

»Und dann kein Pfennig!« stellte Joseph hart fest.

Das helle Licht des Morgens schmerzte Kirby in den Augen. Er gähnte. Als er die Augen öffnete, waren Joseph und Charla aufgestanden. Joseph ging zum Barkeeper. Charla berührte Kirby an der Schulter. »Kommen Sie, Sie sind erschöpft.«

Ohne zu fragen folgte er ihr durch die Glastüren und

die riesige, unbekannte Hotelhalle. Wenige Schritte vor den Fahrstühlen blieb er stehen. Sie blickte fragend zu ihm auf. Ihr Gesicht war makellos, die graugrünen Augen waren riesig, die feuchten Lippen leicht geöffnet, die honigfarbene Haut schimmerte etwas dunkler als die Haare, und für einen Augenblick vergaß er, was er sagen wollte.

»Ja, mein Lieber?«

»Ich wohne doch nicht etwa hier?«

»Joseph hält es für besser.«

»Wo ist er?«

»Wir haben ihm Gute Nacht gesagt, Kirby.«

»Tatsächlich?«

»Kommen Sie, mein Lieber.«

Der Lift trug sie durch duftende, samtene Stille empor. Kirby ließ sich willenlos durch einen langen Korridor führen. Aus ihrer mit Edelsteinen besetzten Handtasche holte sie einen Schlüssel und sperrte die Tür zur Suite auf. Sie ließ die Jalousien zum Schutz vor den morgendlichen Sonnenstrahlen herunter und führte ihn in ein Schlafzimmer. Das Bett war aufgeschlagen. Ein neuer Pyjama und neue Toilettartikel lagen für ihn bereit.

»Joseph denkt an alles«, versicherte sie ihm. »Er besaß einmal einige Hotels, aber dann begannen sie ihn zu langweilen, und er verkaufte sie. Nehmen Sie jetzt eine heiße Dusche, Kirby, und dann schlafen Sie.«

Als er in seinem neuen Pyjama ins Schlafzimmer zurückkam, wartete sie auf ihn. Sie hatte sich umgezogen und trug einen Morgenmantel aus einem weichen, goldfarbenen Stoff. Sie hatte die Haare gebürstet. Als sie sich erhob, kam sie ihm ohne die hohen Absätze sehr klein vor. Der eng anliegende Morgenmantel umhüllte und enthüllte gleichzeitig eine Figur, bei der sich die Kameralinsen der Männer beschlugen, die Fotos für die Mittelseiten freizügiger Zeitschriften machten. Ihre Kurven und Formen hatten genau die richtigen Proportionen, nur einen Hauch voller. Kirbys Puls hämmerte, und er hatte das Gefühl, als hätte ihm jemand mit einem gepolsterten Stock leicht auf den Kopf geklopft. Er kam sich so gewinnend vor wie ein Stallbursche, empfand aber gleichzeitig eine feierliche Verantwortung. Vor ihm stand eine Klassefrau, reif, duftend, teuer, gebildet, weich und makellos. An sie konnte man sich nicht einfach heranmachen, daherschlurfen und unsinniges Zeug reden. Er machte sich Mut, indem er an Cary Grant dachte und versuchte mit einem zärtlichen Lächeln, das wissend und verlangend wirken sollte, auf die Frau zuzuschlendern.

Aber er stieß mit seinen nackten Zehen gegen das grausam dünne Bein eines kleinen Tisches, schrie schmerzlich auf und verlor das Gleichgewicht. Er stürzte auf die Frau zu und umklammerte sie, aber nur um einen Sturz zu vermeiden, und nicht aus einem unziemlichen anderen Grund. Der Sprung und die fuchtelnden Arme erschreckten sie; sie zischte ihn bestürzt an und warf sich zur Seite. Eine verzweifelte Hand griff nach dem goldenen Stoff am Ausschnitt ihres engen Kleides. Das feste Gewebe hielt einen Augenblick stand, aber als sie wie Eisläufer eine Pirouette drehten, zerriß es. Er taumelte in die entgegengesetzte Ecke, sah noch kurz, wie sie aus dem Kleid schlüpfte, herumwirbelte, auf der Bettkante aufschlug, abprallte und mit einem gedämpften Laut auf der anderen Seite verschwand.

Er setzte sich auf, schob das zerrissene Kleid zur Seite, umfaßte seine Zehen mit beiden Händen und jammerte leise.

Ihr zerstrubbelter Kopf tauchte langsam und vorsichtig hinter dem Bett auf, und sie sah ihn mit großen Augen argwöhnisch an. »Sie sind so stürmisch, Liebster!«

Sein Gesicht war schmerzverzerrt. »Halten Sie bitte den Mund. Seit ich mich erinnern kann, passiert mir das, und ich kann auf die lustigen Witze wirklich verzichten.«

»Sie machen das immer?«

»Mir passiert immer etwas. Für gewöhnlich laufe ich nur davon. Im Sommer 1958 ging ich einmal mit einer schönen Frau in ihre Suite im siebenten Stock des Continental Hilton in Mexico City. Drei Minuten nachdem ich die Tür geschlossen hatte, gab es ein Erdbeben. Der Verputz fiel von den Wänden, das Hotel bekam einen Riß, und wir mußten im Dunkeln über die Treppe hinuntertappen. Die Lobby war voll von zerbrochenem Glas. Also seien Sie bitte still, Charla.«

»Werfen Sie mir meinen Morgenmantel herüber, Liebster.«

Er knüllte ihn zusammen und warf ihn ihr zu. Dann erhob er sich, humpelte zum Bett und setzte sich. Sie ging um das Fußende des Betts herum und setzte sich neben ihn. Sie hatte einen Gürtel so um den Morgenmantel gebunden, daß er nicht klaffte.

»Armer Kirby.«

»Ich weiß.«

Sie streichelte seinen Arm und lachte. »So schnell hat mich noch niemand ausgezogen.«

»Sehr komisch!«

Sie berührte sein Kinn und drehte seinen Kopf, so daß er ihr in die Augen sehen mußte. Sie sah sehr traurig aus. »Sie führen mich in Versuchung, Liebster, weil Sie so süß und nett sind. Heutzutage wird zu viel Theater gespielt, und zu viele Männer sind in jeder Hinsicht anders als Sie.«

»Wenn alle so wären wie ich, dann wäre das Überleben der Menschheit in Frage gestellt.«

Sie zog ihn näher zu sich. Er küßte sie, zuerst schüchtern, dann mit wachsender Begeisterung. Als er sie auf das Bett warf, befreite sie sich von ihm, schüttelte den Kopf und schnitt ihm ein Gesicht. »Nein, Liebster. Joseph und ich haben Sie sehr gern. Sie haben eine schreckliche Zeit hinter sich, und Joseph hat mich gebeten, mich um Sie zu kümmern. Jetzt seien Sie ein braves

Schäfchen und springen Sie ins Bett. Ziehen Sie das Oberteil des hübschen Pyjamas aus und legen Sie sich auf den Bauch, dann werde ich dafür sorgen, daß Sie sich sehr, sehr wohl fühlen.«

»Aber ...«

»Seien Sie kein Spielverderber, Liebster. Fürs erste wollen wir es bei einer Freundschaft belassen, finden Sie nicht?«

»Wenn Sie mich fragen ...«

»Still. Eines Tages werden Sie mein Liebhaber werden, vielleicht schon bald, wer weiß? Macht die Ungewißheit nicht mehr Spaß? Seien Sie ein braver Junge.«

Er streckte sich aus, wie sie es befohlen hatte. Sie drehte alle Lichter aus, bis auf eines. Dann trat sie an das Bett, goß eine kühle, duftende Flüssigkeit auf seinen Rücken und begann mit geschickten Fingern die Muskeln auf seinem Rücken, auf den Schultern und auf dem Nacken zu kneten.

»Sie haben wirklich wunderbare Muskeln«, sagte sie.

»Isometrisches Muskeltraining.«

»Was?«

»Übungen, die jeder machen kann.«

»Ach so. Jetzt entspannen Sie sich. Tauchen Sie in die Dunkelheit ein, liebster Kirby. Geben Sie sich nur Ihren Empfindungen hin.«

»Hmm.«

»Ruhen Sie sich aus. Entspannen Sie sich.«

Unter ihren beruhigenden Händen ließ seine Anspannung nach. Er war vollkommen erschöpft und wäre am liebsten im Schlaf versunken wie in einem grundlosen, pechschwarzen Sumpf. Aber ihre Berührung, ihre sanfte, neckende Stimme, das Bewußtsein ihrer duftenden, erotischen Anwesenheit hielten ihn wach und ließen ihn an der Oberfläche des Schlafes dahindämmern. Sie summte eine Melodie, die ihm vertraut vorkam, als hätte er sie in einem ausländischen Film schon gehört.

Seine Gedanken wanderten zurück zum vergangenen

Mittwoch um Mitternacht. War das vor siebenundfünfzig Stunden gewesen? Zu diesem Zeitpunkt hatte ihn in seinem Hotel in Montevideo die Nachricht erreicht. Der alte Mann war tot. Omar Krepps. Onkel Omar. Der Gedanke war erschreckend, daß der Tod Macht über den seltsamen, unverwundbaren kleinen Mann hatte.

Als er an die Rückreise dachte, sank er immer tiefer in die Arme des Schlafs und die Bilder wurden verworrener; Charla veränderte sie. Der Jet mit der busenförmigen Nase hob von einer hellen, seidigen Rollbahn ab, die einem zarten Körper glich, während sich die schattenhaften, nackten Stewardessen summend um ihn scharten. Im Halbschlaf wurde ihm verschwommen bewußt, wie ihn Charla umdrehte und ihm half, die Pyjamajacke anzuziehen. Ihr Mund legte sich süß und schwer auf seinen. Als er versuchte, die bleischweren Arme zu heben, um sie festzuhalten, war sie verschwunden. Er glaubte, sie sagen zu hören: »Es tut mir leid, Liebster.« Er hätte gern gewußt, was ihr leid tat. Dann ging das Licht aus. Die Tür schnappte ins Schloß, und er versank im Nichts.

Kapitel 2

Ein schlaksiges junges Mädchen, das Kirby noch nie gesehen hatte, holte ihn unsanft aus den Tiefen des Schlafs. Sie rüttelte ihn wach. Alle Lichter im Zimmer waren an. Er stemmte sich auf den Ellbogen hoch. Sie rannte so schnell um das Bett herum, daß er Mühe hatte, ihr mit den Augen zu folgen. Sie schrie auf ihn ein, und die Worte ergaben keinen Sinn. Ihr schmales Gesicht war zorngerötet, und die grünen Augen quollen vor Wut hervor. Der dunnkelblonde Haarschopf war wirr gestutzt. Sie trug ein korallenrotes Hemd, eine gestreifte Stretchhose und fuchtelte mit einer Strohtasche herum, die so groß war wie eine Schnarrtrommel.

Er brauchte eine Weile, bis er begriff, daß sie in einer Sprache schrie, die er nicht verstand.

Als sie Luft holte, warf er zaghaft ein: »No comprendo, Señorita.«

Sie setzte sofort ihren Redeschwall in fließendem Spanisch fort. Er sprach gut Spanisch, aber nicht *so* gut. Sie sprach einen sehr bildhaften Slang, bei dem sich ein mexikanischer Taxifahrer wahrscheinlich die Ohren zugehalten und das Heil in der Flucht gesucht hätte.

»Mas despacio, por favor«, bat er, als sie das nächste Mal Luft holte.

Sie sah ihn mit schmalen Augen an. »Paßt Ihnen Englisch?«

»Wofür?«

»Wo ist meine verdammte Tante? Was, zum Teufel, gibt ihr das Recht zu diesen raffinierten Tricks! Nach Jahren bekomme ich das erste ordentliche Fernsehdrehbuch zu Gesicht, und sie schafft es, daß sie mich feuern!

Ich bin nicht ihre Sklavin, und sie kann mich nicht einfach herzitieren. Wo ist dieser sonderbare Joseph, Freundchen? Wagen Sie ja nicht, einen der beiden zu decken! Ich bin mit ihren jämmerlichen kleinen Unterläufern noch immer fertiggeworden. Ich will Fakten hören, und zwar gleich!«

Ihre Nasenflügel bebten, ihre kleine Nase berührte fast die seine, und sie starrte ihm direkt in die Augen. »Nun, wird's bald!«

»Fakten?«

»Fakten, Mensch!«

Sie sprach mit kaum merklichem Akzent, aber irgend etwas kam ihm daran entfernt bekannt vor.

»Ich glaube, Sie sind im falschen Zimmer.«

»Ich *weiß*, daß ich im falschen Zimmer bin. Die anderen Räume der Suite sind leer. Darum bin ich hier. Lenken Sie nicht ab!«

»Eine Suite?«

Sie stampfte mit dem Fuß auf. »Eine Suite! Jawohl! Jetzt wachen Sie endlich auf! Kommen Sie zu sich! Das ist eine luxuriöse Suite im achten Stockwerk des Hotel Elise in Miami Beach. Es ist zehn Uhr abends, und heute ist ein wahnsinnig lustiger Sonnabend im April. Diese Suite wurde von Charla Maria Markopoulos O'Rourke, meiner unfrommen Tante, gemietet, und es hat mich zwanzig Dollar Bestechung gekostet hereinzukommen, nachdem ich von der Pazifikküste hergeflogen bin.«

»Charla!« brachte er heraus. Er wußte plötzlich, wo er sich befand und warum ihm der Akzent des Mädchens bekannt vorgekommen war, auch wenn er nicht ganz so ausgeprägt war wie Charlas. Bis zu diesem Augenblick hatte er geglaubt, daß er in Montevideo war. »Onkel Omar ist tot«, sagte er.

»Sparen Sie sich die blödsinnigen Codewörter, Freundchen. Ich gehöre schon seit urlanger Zeit nicht mehr zu Charlas Wolfsrudel. Die kleine Filiatra hat ihren Namen, ihre Weltanschauung und ihre Lebensweise geändert, weil sie die schlauen, dreckigen Tricks bis obenhin satt hatte. Ich heiße jetzt Betsy Alden, bin eine ordentliche Bürgerin und eine gute Schauspielerin. Charla würde gut daran tun, mir schnell wieder meine Rolle zu verschaffen, sonst verprügle ich sie, daß ihr Hören und Sehen vergeht.«

»Wenn Sie einen Schritt zurücktreten, könnte ich besser denken.«

Sie trat an das Fußende des Bettes und sah ihn zornig an. »Wo ist sie?«

»Sie glauben offenbar, daß ich für sie arbeite.«

»Spielen Sie nicht den Schlaumeier, Freundchen.«

»Bitte glauben Sie mir. Ich heiße Kirby Winter und habe einen schrecklichen Tag hinter mir. Ich war betrunken und habe Charla gestern abend kennengelernt. Ich kannte nicht einmal ihren vollen Namen. Ich weiß nicht, wer Sie sind. Ich weiß nicht, wo Charla steckt. Ich habe nicht die leiseste Ahnung, wovon Sie sprechen.«

Das Mädchen starrte ihn an und biß sich auf die Lippe. Mißtrauen und Zorn verflogen langsam. Kalte, höhnische Verachtung lag in ihrem Blick.

»Tut mir schrecklich leid, Mr. Winter. Ich habe einfach nicht gedacht. Ich hätte mir gleich denken können, daß Sie nicht dazugehören. Sie sehen nicht klug genug aus. Sie sehen eher aus wie jemand, der gern seinen Spaß hat. Muskulös, sauber und ernsthaft. Aber daß Sie nicht einmal ihren richtigen Namen kennen! Da staune ich wirklich. Charla übereilt anscheinend die Dinge und kämpft verzweifelt. Ist sie für Sie nicht ein wenig zu alt?«

Die Verachtung schmerzte ihn mehr als ihr unerklärlicher Zorn.

»Ich habe aber nur ...«

»Sehen Sie auf dem Schreibtisch nach, bevor Sie gehen, Mr. Winter. Sie gibt großzügige Trinkgelder, habe ich gehört.«

Das Mädchen wirbelte herum und verließ das Zimmer; die Tür knallte hinter ihr ins Schloß. Das Echo des Knalls hallte dröhnend durch seine verkaterten Gehirnwindungen, und ihm wurde übel. Kalter Schweiß brach ihm aus den Poren. Er legte sich wieder hin, schloß die Augen und kämpfte gegen die aufkommende Übelkeit. Das verdammte Mädchen hätte trotz ihrer moralischen Ansichten so viel Anstand besitzen können, das Licht wieder abzudrehen. Er fragte sich, ob man vor Durst umkommen könne, während einen die Übelkeit quält. Gleich würde er aufstehen und das Licht abdrehen, gleich, nur noch ein paar Augenblicke.

Hinter den geschlossenen Jalousien schimmerte das Tageslicht. Das Licht im Zimmer war abgeschaltet. Er stand auf und tappte ins Bad. Er sah auf die Uhr. Sie war stehengeblieben. Er fühlte sich schwach, aber ausgeruht, und er hatte Durst und einen richtigen Heißhunger. Aus dem Spiegel blickte ihm sein schüchternes, albernes Lächeln entgegen, das hinter rötlichbraunen Bartstoppeln verschwamm. Hatte er das aufgebrachte Mädchen nur geträumt? Und Montevideo? Und die Beerdigung? Charla hatte er bestimmt nicht geträumt, da war er ganz sicher. Seine Erbschaft fiel ihm ein, und sofort war er verärgert und niedergeschlagen. Aber er fühlte sich zu wohl, um lange niedergeschlagen zu bleiben.

Nach einer ausgiebigen Dusche rasierte er sich mit dem neuen Rasierapparat, putzte sich mit einer ungewohnten, nach Minze schmeckenden Zahnpaste die Zähne und ging — ein großes Handtuch um die Hüften geschlungen — wieder in sein Schlafzimmer. Jemand hatte die Jalousien hochgezogen, und goldener Sonnenschein strömte herein. Auf dem Nachttisch stand ein großes Glas mit eiskaltem Orangensaft und daneben lag eine mit violetter Tinte in kühner und doch weiblicher Handschrift verfaßte Nachricht. Auf das schwere, blaugraue Briefpapier waren die Buchstaben C.M.M.O'R.

geprägt. Die Initialen sahen wie eine ungewöhnliche Abkürzung von Commodore aus, und er wußte, daß das aufgebrachte Mädchen kein Traum gewesen war. Charla Maria Markoirgendwas O'Rourke.

Kirby, Liebling. Ich habe die Dusche gehört und bin in Aktion getreten. Sie müssen vollkommen fertig gewesen sein, Sie Ärmster. Dienstbare Geister sind auf dem Weg und bringen so etwas wie ein Notstandspaket. Ihre Kleider wurden fortgeschafft; den Tascheninhalt finden Sie auf dem Tisch. Die Pakete liegen auf dem Stuhl. Bevor gestern abend unten die Läden schlossen, habe ich nur nach Gefühl eingekauft. Wenn die Bestie satt und angekleidet ist, finden Sie mich auf der Sonnenterrasse. Unnötig zu fragen, ob Sie gut geschlafen haben. Guten Morgen, Liebling. Ihre Charla.

Er blickte aus den Fenstern. Sie gingen nach Osten. Die Sonne stand schon hoch am Himmel. Die Tür zum Salon der Suite war angelehnt. Er griff nach dem Telefon und fragte nach der Uhrzeit. »Zwölf Minuten nach zehn an einem strahlenden Sonntag vormittag in Florida«, sagte das Mädchen keck.

Er rechnete nach: siebenundzwanzig Stunden in der Klappe. Er trat zu dem Stuhl, auf dem die Pakete aufgestapelt waren. Weiße Boxershorts aus Nylontrikot, Taillenweite achtundsiebzig, das stimmte. Espandrillos, Größe L. Bequem. Eine graue Dacron-Hose mit Stulpen. In der Taille saß sie perfekt. Im Schritt war sie vielleicht etwas kürzer als er sie gewöhnlich trug, aber es ging. Ein kurzärmeliges Sporthemd mit Button-down Kragen. Größe und Schnitt waren in Ordnung, aber die Farben des leichten Seidenhemdes! Schmale Längsstreifen in Grau, Hellblau, Korallenrot und Hellgelb, die durch schwarze Linien voneinander getrennt waren. Als er das Hemd zuknöpfte, klopfte es an der Tür zum Korridor. Zwei flinke uniformierte Kellner schoben mit höflichem Lächeln einen großen, klimpernden Wagen herein und deckten auf schneeweißem Leinen sein reichliches Frühstück, das in Terrinen warmgehalten wurde. Sie brachten ihm auch eine Sonntagszeitung. Er versuchte, ihnen nicht zu zeigen, daß ihm das Wasser im Mund zusammenlief. Alles wurde erledigt, Sir. Danke, Sir. Wenn Sie noch einen Wunsch haben, Sir. Hoffentlich verschwanden sie, bevor er mit den Händen nach den Eiern schnappte.

»Sollen wir den Champagner jetzt öffnen, Sir?«

»Den *was?*«

»Den Champagner, Sir.«

»Natürlich, den Champagner. Lassen Sie ihn noch.«

Erst als nur noch eine zweite Tasse Kaffee übrig war, konnte er zumindest so tun, als interessiere ihn die Zeitung. Und auch dann konnte er sich nicht darauf konzentrieren. Zu viele Rätsel waren ungeklärt. Er drehte sich um und hob die Champagnerflasche aus dem Eiskübel. Die Flasche war nicht etwa halbvoll; es war eine volle, elegante Flasche. Er umwickelte sie gerade mit einer frischen Serviette, als ihm das zweite Champagnerglas auf dem Tablett auffiel.

Wie groß muß der Wink sein, damit ich ihn verstehe, dachte er, nahm die Flasche und die Gläser und kam sich unvergleichlich weltgewandt vor, als er sich auf die Suche nach Charla O'Rourke machte. Zuerst kam er in ein leeres Schlafzimmer ohne Sonnenbalkon, danach in ein zweites, viel größeres Schlafzimmer mit nach Osten hin geöffneten Balkontüren. Er suchte nach einer gewandten Begrüßung und trat lächelnd mit zusammengekniffenen Augen in den gleißenden Sonnenschein hinaus. Charla lag auf dem Rücken ausgestreckt auf einer breiten Sonnenliege aus Aluminium mit weißer Plastikbespannung und hatte die Arme hinter dem Kopf verschränkt. Ihr goldfarbener Körper glänzte vor Sonnenöl und Schweiß und war von der Sonne gerötet. Kirby Winter blieb stehen und starrte sie an; seine höflichen Floskeln waren alle vergessen. Fast hätte er die

Champagnerflasche fallengelassen. Charla schien zu schlafen, zumindest atmete sie tief und gleichmäßig. Sie trug drei Dinge: eine lächerliche Andeutung von einem Tanga, weiße Plastikschalen auf den Augen und ein blaues Handtuch, das turbanartig um ihren Kopf geschlungen war. Er schwieg einfältig; von tief unten drang das Tosen der Brandung an sein Ohr, auf der Collins Avenue dröhnte der Verkehr und von irgendwoher kam leise Musik. Keineswegs mollig, dachte er. Wie kam ich darauf? Stämmig wie ein Akrobat, die Kurven etwas ausladender als erwartet. Einfach unvorstellbar!

Sie nahm die Plastikschalen von den Augen, setzte sich auf und lächelte ihn an. »Sie Ärmster, Sie müssen erschöpft gewesen sein!«

»Äähh«, antworte er mit dünner Stimme.

»Sie haben den Champagner gebracht, wie lieb von Ihnen! Stimmt etwas nicht? Ach natürlich, das Puritaner-Syndrom.« Sie griff nach einer kurzen weißen Frotteejacke und zog sie ohne Eile an. Er wünschte, daß sie die Jacke zuknöpfte und wünschte es gleichzeitig nicht. Sie ließ es bleiben. »Wir verbringen so viel Zeit in Cannes, daß ich eure seltsamen Tabus vergesse. Sie können aufhören, mich so anzustarren, mein Junge. Glauben Sie, daß ich genug gehabt habe?«

»Äähh?«

Sie preßte einen Daumen auf die rundliche Oberseite ihres honig-rosafarbenen Oberschenkels, und beide sahen zu, wie der weiße Fleck langsam verging. Sie beobachteten den Vorgang aufmerksam. »Ich würde sagen, es war genug«, meinte sie schließlich. »Für manche Leute ist sonnengebräunte Haut attraktiv, aber es verändert die Hautbeschaffenheit. Die Haut wird ziemlich derb.« Sie erhob sich geschmeidig, ging an ihm vorbei und verschwand im Dämmerlicht des großen Schlafzimmers. »Kommen Sie herein, Liebster!« Er folgte ihr; die Flasche und Gläser hielt er immer noch in den Händen, und er war unfähig, einen Gedanken zu fassen.

Er sah nicht, daß sie nach drei Schritten unvermittelt stehenblieb. Seine Augen hatten sich noch nicht an das Dämmerlicht gewöhnt, und er rannte in sie hinein. Plötzlich spürte er ihre Wärme, roch ihren Duft nach Öl und Parfum und ließ durch den Zusammenstoß die Flasche auf seinen Fuß fallen. Charla stolperte einen Schritt zurück. Mit der Hand, die die Flasche gehalten hatte, griff er nach ihr, schätzte dabei die Entfernung falsch ein und versetzte ihr einen ziemlich heftigen Schlag auf die Schulter. Sie stieß gegen einen Fußschemel, fiel hin und schlug heftig auf. Sie sagte etwas in einer Sprache, die er nicht verstand, aber irgendwie war er froh darüber.

Sie kroch auf die unversehrte Flasche zu, ergriff sie und stand auf. »Wenn Sie endlich aufhören, auf einem Fuß zu hüpfen, Mr. Winter, können Sie mir ein Glas Champagner einschenken.«

»Es tut mir leid.«

»Zum Glück haben Sie mit Ihren Spielchen nicht bereits auf dem Balkon begonnen, Kirby.«

»Charla, ich habe nur ...«

»Ich weiß, mein Lieber.« Sie lockerte den Draht und ließ geschickt den Korken knallen. Nach seinem Sturz schäumte der Champagner heftig, als sie die beiden Gläser füllte. Sie setzte die Flasche ab, nahm ihm ein Glas aus der Hand und sah ihn abwägend an, während sie trank. »Statt Parfum bringen Sie mir Heilsalbe, Liebster, statt Juwelen, Verbandstoff. Jetzt füllen Sie mein Glas noch einmal und gedulden Sie sich. Ich steige in die Wanne und wasche das Öl ab. Kann ich Ihnen trauen und Sie meinen Rücken schrubben lassen?«

»Ähh.«

»Nein, wir wollen es lieber nicht riskieren. Sicher ist sicher, Kirby. Der Champagner tropft Ihnen vom Kinn. Warten Sie bitte nebenan auf mich.«

Er trug die Flasche und sein Glas in den großen Salon der Suite, und seine Knie waren weich wie Butter. Er setzte sich vorsichtig hin, leerte sein Glas und füllte es aufs neue. Er hatte den Eindruck, ständig zwei Bilder gleichzeitig zu sehen. Er mochte schauen, wohin er wollte, er sah Charla auf dem Rücken liegen, wie auf einer unübertroffen scharfen Nahaufnahme für immer auf Kodachrome gebannt: Die großen, runden, festen Brüste mit der öligen Sonnenbräune, die makellose, straffe Haut, die um eine Nuance dunkleren Brustwarzen, groß aber nicht derb, die spitz seitlich nach oben auf das tropische Blau des Morgenhimmels zeigten.

Er schüttelte heftig den Kopf, und das überdeutliche Bild wurde unscharf. Als er noch einmal den Kopf schüttelte, versank es im Wirrwarr seiner Erinnerungen, von wo er es jedoch jederzeit hervorholen konnte.

Das metallische Geräusch, mit dem das Wasser in die fast volle Wanne stürzte, verklang, und als er sich vorstellte, wie sie hineinstieg, stöhnte er laut auf. Vielen Dank, Onkel Omar. Vielen Dank, daß du einem hilflosen jungen Mann ein so tiefes Mißtrauen gegen Frauen und ihre Machenschaften eingeimpft hast. Als Ergebnis bekomme ich als reifer Mann von zweiunddreißig Jahren Krämpfe in den Zehen und bringe kein vernünftiges Wort heraus, wenn ich vor einer schönen, halbnackten Frau stehe.

Aber er vermutete, daß Charla mit ihren Reizen auch einen weitaus erfahreneren Mann aus der Fassung bringen konnte.

Bei seinen spärlichen Erfahrungen und seiner übergroßen Schüchternheit, die er sorgfältig zu verbergen suchte, wunderte es ihn, daß er bei ihrem Anblick nicht in verrücktes Kichern ausgebrochen und dreißig Meter über den bunten Dächern der Strandhütten mit einem Satz über die Zementeinfassung gesprungen war.

Er kannte den hoffnungslosen Verlauf seiner zwanghaften Suche nach sexuellem Selbstbewußtsein. In dieser von Hugh Heffner geprägten Welt war er offenbar der einzige, der nie zu einem Häschen kam. Mit der Zeit wurde es immer mehr zu einer Frage des Stolzes als des Begehrens.

Die Frauen fanden ihn durchaus attraktiv. Mühevoll hatte er sich einen Plauderton voll verdeckter Anspielungen angewöhnt, der bei den Frauen den Eindruck erweckte, daß er an diese unverbindliche Zerstreuung genauso gewohnt war wie jeder andere. Doch er hatte gegen die verdammte Schüchternheit zu kämpfen. Wo fängt man an? Wie fängt man an? Waren mehrere ungebundene Frauen anwesend, so hatte er es in seiner Taktik zu wahrer Kunstfertigkeit gebracht: Er machte jede glauben, daß er sich intensiv für eine der anderen interessierte.

Hin und wieder überwand er seine Schüchternheit und ging zum entscheidenden Angriff auf sein Ziel über, und dann verschwor sich mit Sicherheit alles gegen ihn. Er war kein besonders komischer Mann, und es deprimierte ihn, wenn er an die vielen Slapstick-Situationen zurückdachte. Man sollte doch meinen, daß sich ein Mann von Rang einer Frau wie Charla nähern konnte, ohne sie aus Tolpatschigkeit wie ein Gänseblümchen zu entblättern und über das Bett zu schleudern. Wenn er daran dachte, stieg ihm die Schamröte ins Gesicht.

Vermutlich verkrampfte er sich, sobald es ernst wurde. Es war wie beim Baseball, wenn der Neuling endlich zum Zug kommt und vor Aufregung den Ball fallen läßt.

Manchmal schaltete sich die Natur ein, so wie damals bei dem Erdbeben. Er begann allmählich zu glauben, daß er verhext war.

Manchmal war es einfach Pech, wie vergangenes Jahr mit Andrea in Rom. Er hatte sie vor der kreischenden Menge gerettet, die sie mit Elizabeth Taylor verwechselte. Sie hatten ein unterhaltsames Gespräch geführt. Sie wohnten im selben Hotel, im selben Stockwerk. Sie war allein und wollte sich von einer schlechten Ehe und einer chaotischen Scheidung erholen. Stillschweigend waren sie übereingekommen, daß er die paar Meter über den Korridor kommen und an ihre Tür klopfen würde; sie wollte ihm dann öffnen.

Die Aussicht entsetzte ihn. Er hatte sich zu ungezwungen und weltmännisch gegeben. Sie erwartete von ihm sicherlich Zuvorkommenheit, europäische Gewandtheit und Erfahrung. Etwas viel für jemanden, dessen letzte Affäre — besser gesagt, dessen einzige Affäre — sich vor zwölf Jahren auf dem Rücksitz eines 1947er Hudson in Johnstown, Pennsylvania abgespielt hatte. Es war in einer öffentlichen Parkanlage gewesen, und es hatte heftig geregnet. Das Mädchen hieß Hazel Broochuk, war aufdringlich gewesen und hatte Pockennarben; die Affäre hatte ganze zwölf Minuten gedauert, zwölf einmalig unbeholfene Minuten.

Das waren kaum die richtigen Erfahrungen für ein Rendezvous mit einer Frau, die Liz Taylor zum Verwechseln ähnlich sah, aber er war entschlossen, seine Rolle so gut er konnte zu spielen. Er nahm ein brühheißes Bad, zog seinen Morgenmantel aus Wollstoff an und marschierte mit geballten Fäusten und zusammengebissenen Zähnen im Zimmer auf und ab. Schließlich ging er siegesbewußt zur Tür, trat in den Korridor und zog die Tür hinter sich zu. Dabei klemmte er ein großes Stück seines Morgenmantels ein. Die Tür fiel ins Schloß. Die Schlüssel lagen drinnen auf dem Schreibtisch. Vielleicht gab es auf dieser Welt Männer, die selbstsicher genug waren, ohne Morgenmantel an die Tür zu klopfen. Es hätte auf alle Fälle keine Zweifel über den Grund des Besuches zu dieser späten Stunde offen gelassen. Aber Kirby Winter war kein solcher Mann.

Am schlimmsten war es wahrscheinlich damals gewesen, als er, vom Brandy mutig gemacht, mit einem entzückenden, süßen Mädchen Hand in Hand das große Haus in Nassau verließ und mit ihr wie der Wind im Mondschein zum Strandhaus hinunterlief. Auf halbem Weg verfing er sich unterhalb des Kinns in einer Wäscheleine aus Draht.

Aber auf jede Gelegenheit, die ihm das Schicksal verwehrt hatte, kamen zwei, bei denen er entsetzt und in Schweiß gebadet die Flucht ergriffen hatte. Er grinste höhnisch über sich selbst und trank den Champagner. Du bist ein Clown und ein Feigling, Kirby Winter, ein unfähiger, neurotischer, konfuser Feigling, und trotzdem spazierst du herum und erweckst bei den Frauen den Eindruck, daß du ein Herzensbrecher bist. Wahrlich großartig!

Charla kam ins Zimmer. Noch ehe er aufstehen konnte, setzte sie sich ein wenig von ihm abgerückt in die Ekke der Couch. Sie war barfuß, trug kurze rosa Shorts, ein rosa-weiß gestreiftes, trägerloses Top und ein rosa Band im Haar. Wenn er nicht sie, sondern den Hintergrund fixierte, sah sie aus wie fünfzehn. Zwar erschrekkend frühreif, aber nicht älter als fünfzehn. Nur beim genauen Hinsehen entdeckte man das schlaffe Gewebe unter Kinn und Augen und die Falten um den Mund.

»Noch einmal, Liebster«, bat sie und hielt ihm ihr leeres Glas hin. Er füllte es, goß auch in seines nach und stellte die Flasche wieder in den Eiskübel. »Dieses Hemd steht Ihnen wirklich.«

»Danke. Es ist hübsch. Auch die anderen Dinge sind hübsch. Aber ich kann das wirklich nicht annehmen ...«

Sie verzog das Gesicht. »Plötzlich so spießig? Haben Sie schlechte Laune, wenn Sie aufwachen? Ich schon. Deshalb habe ich Sie allein gelassen, Kirby.«

»Nein, ich habe keine schlechte Laune, nur ...«

»Es reichte nicht, Ihren Anzug einfach zu bügeln. Sie bekommen ihn heute nachmittag wieder, zusammen mit Ihrer Krawatte, den Socken und so weiter. Das Hemd habe ich weggeworfen. Hoffentlich hängen Sie nicht aus irgendeinem Grund daran. Es war schäbig. Sagen Sie mir jetzt, daß es Ihnen wirklich besser geht. Wenn man sich besonders anstrengt, dann ...«

»Es geht mir sehr viel besser, Charla.«

Sie zog die Knie auf die Couch, kreuzte die Beine und

musterte ihn mit zusammengekniffenen Augen, während sie trank. Sie hatte eine lange Taille. Die vollen Hüften und Brüste ließen ihre Taille schmäler wirken, als sie tatsächlich war. Die glänzenden Beine waren kurz und kräftig, paßten aber genau zu ihr.

»Böse auf mich?« fragte sie.

»Hätte ich einen Grund dafür?«

»Ich habe Sie ein wenig geneckt, wissen Sie es noch?«

»Ja.«

»Frauen können grausam sein, stimmt's?«

»Vermutlich.«

»Könnte sein, daß ich Sie wieder necke.«

Er wurde unruhig. »Könnte sein.«

»Aber irgendwann werde ich vielleicht aufhören, Sie zu necken.« Sie starrte ihn mit großen, unschuldigen Augen an. »Armer, kleiner Mann. Wie werden Sie wissen, wann es so weit ist und ich es ernst meine?«

Er suchte nach einem neuen Gesprächsstoff. »Dieses Mädchen.«

»Ach ja! Sie hat Sie gestört. Meine Nichte. Sie nennt sich jetzt Betsy Alden. Ich war sehr böse auf sie, Kirby, und bin es immer noch.«

»Sie hat sich ziemlich aufgeführt.«

Charla zuckte die Achseln. »Ich habe offenbar ihrer Karriere entsetzlich geschadet. Es geschah nicht mit Absicht. Ich wollte nur, daß sie herkommt und mich besucht. Schließlich bin ich ihre einzige Tante. Sie wollte nicht kommen, weil sie sich einbildet, daß ihre Schauspielerei wichtiger ist. Da fiel mir ein alter Freund ein. Ich rief ihn an, und er rief wieder einen guten Freund an. Plötzlich brauchten sie sie nicht mehr. Ist das so furchtbar?«

»Nur, wenn sie keinen anderen Job findet.«

»Sie meint, daß es nicht so leicht wäre. Sie hat mich verwünscht und sich sehr laut und gewöhnlich benommen. Früher einmal war sie ein so liebes Kind; es ist kaum zu glauben.«

»Ist sie abgereist?«

»Nein. Sie muß hierbleiben. Denn jetzt muß sie mich bitten, den fürchterlichen Schaden, den ich ihrer Meinung nach angerichtet habe, wieder gutzumachen. Wenn sie wieder lieb zu mir ist, werde ich meinen Freund anrufen, und dann wird man sie für diese idiotischen Fernsehsachen wieder brauchen. Das arme Kind scheint daran zu hängen.«

»Zuerst hat sie geglaubt, daß ich für Sie arbeite. Dann hat sie mich plötzlich für etwas anderes gehalten, aber das war auch falsch.«

Charlas Lächeln wurde unfreundlich. »Das hat sie also erwähnt. Obwohl es nicht zutrifft, hätte es doch leicht sein können, finden Sie nicht?«

»Vermutlich.«

»Sie sind heute so ernst, Kirby. Fast ein wenig steif, wenn ich das so sagen darf. Freitag abend haben Sie so viel erzählt und waren so bezaubernd und verletzt.«

»Ich muß Sie ziemlich genervt haben. Ich möchte mich bei Ihnen dafür bedanken, daß ich mich hier ausschlafen konnte. Jetzt muß ich wirklich gehen.«

»Auf keinen Fall bevor Joseph kommt und wir Ihnen unsere Idee unterbreiten.«

»Idee?«

»Ach kommen Sie, mein Lieber. Wir wissen, daß Sie keine festen Pläne haben. Das haben Sie uns erzählt.«

»Tatsächlich? Ich muß etwas finden ...«

»Vielleicht haben Sie es bereits gefunden, Kirby. Sie haben bestimmte Eigenschaften, die für Joseph und mich nützlich sein könnten. Sie machen einen guten Eindruck, sehen anständig, ernst, verläßlich und vertrauenswürdig aus. Viele Leute sehen so aus, aber bei denen ist es nur Fassade. Sie sind so, wie Sie aussehen, mein Lieber.«

»Verzeihung, aber wie war das?«

»Und Sie sind ungemein loyal. Ich bin überzeugt, daß Ihr Onkel Omar mit Ihnen zufrieden war und Sie wunderbar eingesetzt hat. Er hat Sie ausgebildet. Heutzutage ist es äußerst schwierig, wirklich gute Leute zu finden. Sie sind in so vielen Ländern zu Hause. Wir haben kleine Probleme, bei deren Lösung Sie uns helfen könnten.«

»Was für Probleme?«

Sie zuckte die Achseln. »Zum Beispiel folgendes. Wir besitzen ein hübsches kleines Schiff, die Princess Markopoulod; es ist in Panama registriert. Wir glauben, daß der Kapitän und der Agent sich gegen uns verbündet haben. Die Gewinne sind äußerst klein. Sie könnten als mein Sonderbeauftragter an Bord gehen und herausfinden, was läuft. Es gibt immer Probleme. Wir möchten aber unsere Lebensweise nicht aufgeben, um Probleme zu lösen. Das wäre langweilig. Sie hätten etwas zu tun, es wäre interessant, und wir würden Sie gut bezahlen. Zwischen zwei Aufträgen könnten Sie uns Gesellschaft leisten. Wir würden Ihnen doppelt so viel bezahlen wie Ihr Onkel Omar.«

»Wissen Sie denn, was er mir bezahlt hat?«

»Sie haben es uns gesagt, mein Lieber. Sie haben sich wahrhaftig ein Vermögen erspart! Achttausend Dollar. Damit würde ich vielleicht einen Monat auskommen, mein lieber Kirby. Sie müssen Arbeit finden.«

»Ich muß sehr viel geredet haben.«

»Sie haben uns erzählt, was Sie von Ihrem toten Onkel geerbt haben: eine Taschenuhr und einen Brief.«

»Dabei bekomme ich den Brief erst in einem Jahr«, fügte er hinzu, während er den kleinen Rest des Champagners aufteilte.

Sie rückte näher an ihn heran, stieß mit ihrem Glas an das seine und blickte ihm in die Augen. »Warum also nicht ein amüsantes Leben führen? Es ist ein Glück für uns alle, daß wir einander neulich kennengelernt haben. Wir sind doch sehr gute Freunde, oder nicht? Wir werden folgendes machen, Kirby Winter. Sie regeln, was Sie hier noch zu regeln haben. Inzwischen wird die *Glo-*

rianna eintreffen, und wir werden eine Kreuzfahrt machen.«

»Die *Glorianna?*«

»Meine kleine Lieblingsyacht, Liebster. In Holland gebaut. Wunderschöne Kabinen, mit einer fünfköpfigen Mannschaft. Wir haben immer bezaubernde Gäste an Bord. Viel Spaß, viel Wein, vielleicht ein wenig Sex. Die Mannschaft bringt sie jetzt von den Bermudas herunter. Es gibt das beste Essen der Welt. Seien Sie einen Monat lang unser Gast, und dann entscheiden wir über Ihre Zukunft. Warum sehen Sie so besorgt aus?«

Er zuckte die Achseln. »Vielleicht Aberglaube. Solche Dinge fallen mir nicht in den Schoß, Charla.«

Sie stellte das leere Glas beiseite und rückte noch näher zu ihm. Sie ergriff seine Hand und hob sie an die Lippen. Er wurde verlegen und kam sich komisch vor. Sie sah ihn liebevoll und ernst an. »Sie haben es geschafft, daß ich Sie mag — vielleicht zu sehr. Wir hätten einander zu einem anderen Zeitpunkt kennenlernen sollen. Als ich Ihnen keinen Job anzubieten hatte und keine Sorgen Sie quälten und Sie nicht enttäuscht waren. Dann hätten wir beide ehrlich sein können.«

»Was meinen Sie?«

»Nichts. Frauengeplapper.« Jemand klopfte an die Tür, und sie bat Kirby, Joseph hereinzulassen. Charla erzählte Joseph begeistert, daß Kirby einverstanden sei, mit ihnen eine Kreuzfahrt auf der *Glorianna* zu unternehmen; dann wolle er den Job annehmen, den sie ihm angeboten hatten. Kirby schüttelte Joseph die Hand und nahm seine überschwenglichen Glückwünsche entgegen. Die Dinge entwickelten sich zu schnell. Er suchte immer wieder nach einer Gelegenheit, Joseph zu erklären, daß alles noch nicht endgültig entschieden war. Plötzlich bemerkte er, daß sie ihn anwiesen, aus seinem Hotel auszuziehen und hierher ins Hotel Elise zu übersiedeln.

»Aber … ich …«

Joseph legte Kirby väterlich die Hand auf die Schulter. Charla stand an Kirbys anderer Seite. Sie schlang einen Arm um seine Mitte und drängte sich an ihn. In den arktischen Regionen seines Verstandes purzelten ganze Eisberge ins Meer.

»Unsinn, mein Junge«, sagte Joseph. »Das Hotel ist nicht voll. Ich besitze zufällig einige Anteile. Wenn Sie mit dem Gepäck zurückkommen, sind Ihre Zimmer bereits gebucht. Ich muß mich oft um verschiedene Kleinigkeiten kümmern, und dann fühlt sich Charla einsam. Wir wären Ihnen beide dankbar. Sie würden uns einen Gefallen tun.«

»Nun ja, ich könnte ...«

»Wunderbar!« riefen beide gleichzeitig und Charla umarmte ihn herzhaft — ein betäubendes Vergnügen. Sie hob ihm ihr leuchtendes Gesicht entgegen, und in ihren Augen lag ein warmes Versprechen. Joseph hatte ein goldenes Zigarettenetui aus der Tasche gezogen. Es glitt ihm aus der Hand. Beide Männer bückten sich gleichzeitig und krachten mit den Schädeln zusammen. Kirby richtete sich auf, verlor das Gleichgewicht und war halb blind vor Schreck und Schmerz. Er riß den Arm in die Höhe, um sein Gleichgewicht wiederzufinden, und traf Charla mit dem Ellbogen unter dem Kinn. Ihre Zähne klappten geräuschvoll aufeinander, die Augen wurden glasig, und sie schwankte einen Augenblick.

Sie warf ihm einen fürchterlichen Blick zu, machte eine seltsame Geste und sprach in einer fremden Sprache. Es klang wie eine Beschwörung und mitten drinnen glaubte er ›Omar Krepps‹ zu verstehen.

»Halt den Mund!« befahl ihr Joseph scharf und preßte die Handfläche auf die Stirn.

»Es tut mir leid«, sagte Kirby unglücklich. »Ich mache offenbar immer ...«

»Es war ein Versehen«, unterbrach ihn Charla. »Haben Sie sich wehgetan, Kirby?«

»Ich ... ich glaube, ich gehe jetzt besser.«

Kapitel 3

Als Kirby die Tür zum Fond des Taxis öffnete und einsteigen wollte, schlüpfte ein Mädchen an ihm vorbei und schnappte ihm das Taxi weg.

»He!« rief er verärgert.

Betsy Alden sah ihn böse an. »Halten Sie den Mund und steigen Sie endlich ein, Sie Blödmann!«

Er zögerte, setzte sich dann neben sie und begann: »Aber wohin ...?«

»Fahren Sie bitte die Collins Avenue nach Norden! Ich werde Ihnen sagen, bis wohin.«

»Aber ich will nach ...«

»Halten Sie endlich den Mund!«

Sie fuhren eine ganze Weile, ohne ein Wort zu sprechen. Er betrachtete ihr unbewegliches Profil. Sie könnte ein recht hübsches Mädchen sein, wenn sie nicht ständig zornig wäre, dachte er. Das Taxi mußte an einer Ampel anhalten. »Hier müssen wir raus«, rief sie, reichte dem Fahrer rasch das Geld und stieg aus. Als Kirby sie einholte, ging sie nach Süden und ließ dabei den entgegenkommenden Verkehr nicht aus den Augen.

»Wollen Sie mir freundlicherweise sagen ...?«

»Hier ist es, glaube ich«, sagte sie, packte ihn am Arm und zog ihn mit sich auf einen schmalen Fußweg, der zum Seiteneingang eines kleinen Strandhotels führte. In der Hotelhalle sah sie sich suchend um, dann ging sie auf die kurze Treppe zum Zwischengeschoß zu. Er folgte ihr die Treppe hinauf. Sie trug einen grünen Rock und eine weiße Bluse und hatte ihre Tasche gegen eine kleinere vertauscht. Ihre karamelfarbenen Haare sahen jetzt ordentlicher aus. Er stieg hinter ihr die Treppe hoch und staunte dabei darüber, wie ungemein ausdrucksvoll sie sich bewegte. Sogar das Spiel ihrer schmalen Hüften unter dem schwingenden Rock drückte aus, daß sie etwas Verstohlenes tat und unwillig war.

»Setzen Sie sich dort drüben hin!« befahl sie und deutete auf die Imitation einer viktorianischen Couch aus glänzendem Plastik. Über der Couch hing an einer Wand aus imitiertem Treibholz eine Utrillo-Kopie. Er setzte sich wie befohlen. Sie blieb am Geländer stehen und blickte lange in die Hotelhalle hinunter. Dann zuckte sie die Achseln, kam leise zu ihm und setzte sich auf die Couch.

»Ich werde Ihnen jetzt etwas sagen, Winter, und das merken Sie sich: Sie können nicht vorsichtig genug sein!« Sie sah ihn mit ihren grünen Augen eindringlich an.

»Fühlen Sie sich nicht wohl?«

»Wie reagieren Sie auf meine liebe Tante Charla? Wie ist Ihr Puls?«

»Ich habe das Gefühl, Miss Alden, daß wir aneinander vorbeireden.«

»Wenn Sie wirklich entschlossen ist, sich einen Mann zu angeln, dann sieht die Miss Universum neben ihr wie ein Bauerntrampel aus. Sie sind ihr auf den Leim gegangen, Winter.«

»Sie ist eine ungewöhnliche Frau.«

»Sie geht kein Risiko ein. Sie bestand auf meiner Anwesenheit, für den Fall, daß Sie eine Frau bevorzugen, die jünger, größer und nicht ganz so feist ist. Aber ich habe ihr schon vor langer Zeit gesagt, daß ich nicht mehr mitspiele. Sie soll sich selbst um ihre Gimpel kümmern, ich helfe ihr nicht. Ich war zwanzig, als ich absprang, habe mich aber damals schon sehr alt gefühlt. Charla wäre in Ordnung — sie könnte sogar unterhaltsam sein — wenn sie nicht so verdammt gierig wäre.«

»Wie war das mit dem Gimpel zu verstehen?«

»Was glauben Sie denn, was Sie sind? Glauben Sie etwa, sie war von Ihrem Charme hingerissen?«

»Ein paar Mal war es der Fall.«

»Was?«

»Jetzt einmal ganz ehrlich, Miss Alden. Wovon reden wir eigentlich?«

Sie sah ihn finster an. Eine sonnengoldene Haarsträhne fiel ihr über die Stirn, und sie schob sie zurück. »Ich habe in den Zeitungen nachgesehen. Omar Krepps war Ihr Onkel. Davon reden wir.«

»Ich verstehe nicht.«

»Als ich fünfzehn Jahre alt war, nahm sie mich einfach aus der Schule in der Schweiz heraus und schleppte mich von da an mit sich durch die Weltgeschichte. Sie und Joseph sind Spekulanten. Kanadisches Gold, afrikanisches Öl, indisches Opium, brasilianische Mädchen, die Liste läßt sich beliebig fortsetzen. Sie kaufen und verkaufen. Sie sind nicht die Größten und nicht die Gerissensten, aber sie werden immer reicher, und es geht ihnen nie schnell genug. Sie schließen sich mit Leuten ihres Schlages zu Kartell- und Syndikatgeschäften zusammen und trennen sich genauso schnell wieder; am glücklichsten sind sie, wenn sie einander betrügen können. Ich war erst fünfzehn, aber mir wurde bald klar, daß der Name Omar Krepps ihre Kreise in panischen Schrecken versetzte, der schon an Aberglauben grenzte. Krepps tauchte zu oft plötzlich auf, sahnte bei einem Geschäft ab und machte sich mit dem Geld davon. Ich glaube, daß sie und ihre Freunde ihn sogar umbringen lassen wollten, aber es gelang nicht.«

»Onkel Omar umbringen?«

»Halten Sie den Mund und hören Sie zu. Und glauben Sie mir. Der kleine, fette alte Mann konnte offenbar an neun verschiedenen Orten gleichzeitig sein. Einmal zog er ihnen richtig das Fell über die Ohren. Er fing Geld ab, das auf dem Weg auf ein Nummernkonto in Zürich war, und steckte es einfach ein; sie konnten nichts dagegen unternehmen, denn Joseph, Charla und ein paar ihrer diebischen Genossen hatten es ebenfalls gestohlen. Damals trug Charla einen Ring, der sich öffnen ließ. Ich glaube es war ein Giftring mit einem Smaragd. Eines Tages öffnete sie ihn nur so zum Zeitvertreib und fand darin ein Papierknäuel. Sie entfaltete das Papier und darauf stand: ›Danke! O. Krepps.‹ Als sie aus ihrer Ohnmacht erwachte, bekam sie den wüstesten hysterischen Anfall, den Sie je erlebt haben. Sie mußte für eine Woche ins Krankenhaus. Sie hatte den Ring noch vor dem Verschwinden des Geldes zum letzten Mal vom Finger genommen.«

»Ich kann kaum glauben, daß Onkel Omar ...«

»Lassen Sie mich zu Ende erzählen. Krepps ist vergangenen Mittwoch gestorben. Sie waren in Bermuda und flogen am Morgen des Donnerstag hierher. Sie, Winter, trafen Freitag früh ein, und Samstag früh lagen Sie im Bett in Charlas Suite. Was soll daran Zufall sein?«

»Ich habe geglaubt, daß ich sie zufällig kennenlernte.«

»Die beiden freunden sich nicht so schnell mit irgendwelchen Fremden an. Für alles, was sie tun, gibt es einen Grund. Was wollen sie von Ihnen?«

»Sie luden mich auf eine Kreuzfahrt ein.«

»Erzählen Sie mir alles, Winter, wortgetreu. Alles, woran Sie sich erinnern.«

Er erzählte eine redigierte Zusammenfassung.

Sie sah ihn finster an. »Ihr Onkel Omar hat Ihnen praktisch nichts hinterlassen? Die beiden wollen von Ihnen bestimmt erfahren, wie er seine Geschäfte gemacht hat.«

»Aber ich hatte nichts damit zu tun, wie er zu seinem Geld kam. Von seinen Geschäften hatte ich keine Ahnung. Er bestimmte, welche Fächer ich auf dem College belegen sollte. Als ich fertig war, begann ich für ihn zu arbeiten und machte von Anfang an immer das gleiche.«

»Was haben Sie gemacht?«
»Ich verschenkte Geld.«
»Was?«
»Sie haben schon verstanden«, wiederholte er hilflos. »Er hatte so etwas wie eine Zeitungsausschnitt- und Übersetzungsagentur. Ich stellte dann Nachforschungen an, und wenn meiner Ansicht nach alles stimmte und nichts an die Öffentlichkeit gelangen konnte, dann verschenkte ich das Geld.«
»Viel Geld?«
»Im Durchschnitt etwa drei Millionen Dollar im Jahr.«
»An Wohltätigkeitsorganisationen?«
»Manchmal. Manchmal auch an Einzelpersonen, die etwas aufbauen wollten oder an kleine Firmen, die in Schwierigkeiten geraten waren.«
»Warum verschenkte er das Geld?«
»Er nahm nichts besonders ernst und erklärte nie etwas. Er behauptete, er tue es, damit ihm das Glück hold bliebe. Er war ein fröhlicher kleiner Mann, dem nicht viel an ernsten Gesprächen lag. Er erzählte gern lange Witze, führte Kartenkunststücke vor und demonstrierte, wie er die Weste auszog, ohne vorher das Jackett abzulegen.«
»Haben Sie ihn oft getroffen?«
»Ungefähr einmal im Jahr. Er war immer allein unterwegs. Es machte die Leute nervös. Er hatte überall Appartements und Häuser, und es war schwer zu sagen, wo er sich gerade aufhielt. Aber mir ging die Arbeit nie aus, ganz gleich, wie lang er sich nicht rührte. Publicity in jeder Form war ihm verhaßt.«
»Sie lügen mich nicht an«, sagte sie. Es war eher eine Feststellung als eine Frage.
»Nein. Solang er lebte, durfte ich niemandem erzählen, was ich für ihn tat. Aber jetzt spielt es keine Rolle mehr. Ich glaube, daß die Geheimnistuerei mit dem schlechten Ruf aus seiner Anfangszeit zusammenhing.«
»Sein schlechter Ruf?«

»Es liegt lang zurück. Meine Eltern ertranken bei einem Schiffsunglück, als ich sieben Jahre alt war. Von da an lebte ich bei Onkel Omar und Tante Thelma, seiner älteren Schwester. Zu mir war sie gut, aber Onkel Omar machte sie das Leben schwer. Wir wohnten in einem alten Haus in Pittsburgh. Onkel Omar unterrichtete Chemie und Physik an einer High School. Im Keller hatte er eine Werkstatt, in der er an seinen Erfindungen arbeitete. Es war der einzige Ort im ganzen Haus, an dem er glücklich war. Tante Thelma nörgelte immer über das Geld, das er für Werkzeuge, Ausrüstung und Material ausgab, und jammerte über die Stromrechnungen. Als ich elf Jahre alt war, kündigte er mitten im Schuljahr und fuhr nach Reno. Dort gewann er hundertsechsundzwanzigtausend Dollar. Die Zeitungen waren voll davon. Sie nannten ihn ein mathematisches Genie und ließen ihn nicht in Frieden. Alle Verrückten im ganzen Land machten ihm das Leben schwer. Er hinterlegte bei der Bank Geld für uns und verschwand für fast ein ganzes Jahr. Dann tauchte er in Reno wieder auf und verlor hunderttausend Dollar. Von da an interessierte er niemanden mehr. Danach brachte er uns nach Texas, wo er vor Brownsville, auf einer Insel im Golf ein Haus gebaut hatte. Tante Thelma erhielt ein Treuhandvermögen und wurde nach Pittsburgh zurückgeschickt. Ich blieb noch eine Weile bei ihm und kehrte dann ebenfalls nach Pittsburgh zurück. Damals verfolgte er bereits Geschäftsinteressen auf der ganzen Welt. Er unterstützte mich und bezahlte meine Ausbildung; nach meinem Abschluß, gab er mir einen Job. Aber — er hinterließ mir nichts, und ich habe keine Ahnung von seinen Geschäften. Ich habe ihn nicht einmal gut gekannt. Den Zeitungen nach beläuft sich die Hinterlassenschaft auf fünfzig Millionen Dollar. Mir hat er seine Uhr hinterlassen sowie einen Brief, der mir am vergangenen Mittwoch in einem Jahr ausgehändigt werden soll.«

»Haben Sie das Charla erzählt?«

»Ja.«

»Und Sie haben ihr erzählt, wie Sie Ihren Lebensunterhalt verdient haben?«

»Ich glaube schon.«

»Und während all dieser Jahre haben Sie nicht einmal versucht, etwas über Ihren Onkel herauszufinden?«

In diesem Moment ärgerte er sich über Betsy Alden. »Ich benehme mich vielleicht wie ein Idiot, aber ich verfüge trotzdem über eine durchschnittliche Intelligenz, Miss Alden. Mein Onkel hat seinen Keller urplötzlich verlassen. Und wie viele High School-Lehrer entwikkeln sich denn zu internationalen Finanzfachleuten?«

»Er hat also etwas entdeckt, das ihm anderen gegenüber einen Vorteil verschaffte?«

»Er war anderen Menschen gegenüber im Vorteil, und deshalb verschenkte er viel von dem Geld. Vielleicht hatte er Gewissensbisse. Zumindest fühlte er sich dadurch besser.«

Sie nickte wissend. »Charla ist versessen auf den Brief, das ist doch offensichtlich, oder nicht?«

»Aber sie kann doch nicht — ich bekomme ihn erst in einem Jahr.«

»Mr. Winter, es steht schon dafür, ein Jahr zu opfern, wenn man dadurch erfährt, wie es einem kleinen Mann gelingen konnte, Charla und ihre Gruppe zu terrorisieren, sie zu schröpfen und mit fünfzig Millionen auf der Kante zu sterben. Und am Ende dieses Jahres hat sie Sie so an sich gefesselt, daß Sie ihr den Brief ungeöffnet überreichen und dabei noch vor Freude wiehern, weil Sie ihr einen kleinen Gefallen erweisen können.«

»Sie haben ja eine schöne Meinung von mir.«

»Ich kenne Charla und ihre Methoden.«

»Welche Rolle spielen Sie dabei? Was wollen Sie? Wollen Sie den Brief?«

»Ich will nur ein Druckmittel, das können Sie mir glauben. Es ist mir gleichgültig, wie ich dazu komme, aber ich möchte Charla zwingen, es so einzurichten, daß ich wieder zurück zu meiner Arbeit kann, wo ich hingehöre. Sie hat auf mich Druck ausgeübt.« Sie bohrte Kirby den Finger in die Brust. »Wenn es mir durch Sie gelingt, Charla für immer loszuwerden, dann wäre ich sehr glücklich und würde Ihnen gleichzeitig einen Gefallen tun, wenn ich Sie davor bewahre, in einem Sumpf zu versinken.«

»Hassen Sie sie so sehr?«

»Haß ist etwas Komplexes. Hier handelt es sich um ein einfaches Gefühl: Verachtung. Sie ist im Grunde nicht schwer zu verstehen. Ihr einziges Motiv ist Gier. Gier nach Geld, nach Macht, nach schönen Dingen, nach Bewunderung, nach sinnlichem Vergnügen. Sie genießt es, Macht auszuüben, Winter. Das gleiche gilt für Joseph, aber sie ist der Boss des Teams.«

»Er ist Ihr Onkel?«

»Kaum. Sie bezeichnet ihn als ihren Bruder. Aber er ist so etwas wie ein Stiefschwager, also nicht unbedingt verwandt. Sie wirken jedoch so bezaubernd, und das läßt sie zu einem tödlichen Team werden.«

»Ich werde das Gefühl nicht los, daß Sie alles zu dramatisch sehen. Ich kann einfach nicht glauben, daß sie ...«

»Warten Sie einen Augenblick. Mir ist gerade etwas eingefallen. Sie sind sein einziger Blutsverwandter. Das stand in den Zeitungen, daher muß Charla es wissen. Sie bekommen daher, abgesehen von dem, was im Testament vorgesehen ist, auch seine persönlichen Papiere und Aufzeichnungen?«

»Vermutlich. Daran habe ich noch nicht gedacht.«

»Charla wird bestimmt daran denken. Sie hat schon daran gedacht. Sie dürfen ihr unter keinen Umständen irgend etwas geben.«

»Wofür halten Sie mich?«

»Werden Sie nicht zornig. Wir wissen, daß es etwas gibt, das sie unbedingt haben will. Wir müssen also herausfinden, was es ist. Sobald wir das wissen, können Sie entscheiden, ob Sie es ihr verkaufen wollen, was es auch sein mag. Falls ja, würde ich den Verkauf gern für Sie abwickeln; ich kann mehr für Sie herausholen als jeder andere.«

»In letzter Zeit geht mir alles zu schnell.«

»Ich bin wesentlich härter als Sie, Kirby Winter. Ich komme aus Charlas Schule. Sie ziehen ins ›Elise‹. Wenn Sie jetzt zögern, so ändern sie vielleicht ihre Taktik.« Sie kritzelte eine Adresse und eine Telephonnummer auf ein Stück Papier und gab es ihm. »Wenn Sie Genaueres wissen, kontaktieren Sie mich hier. Es ist ein kleines Appartement, das einem Freund gehört. Er fährt jedes Jahr einmal nach New York und dreht dort Werbespots, damit er es sich leisten kann, hier zu leben und Stücke zu schreiben. Er ist unsterblich in mich verliebt. Sie müssen mich nicht mögen, Kirby, und Sie müssen mir nicht vertrauen. Was haben Sie bis jetzt zu verlieren? Und nennen Sie mich Betsy.«

»Bis jetzt verliere ich nichts. Höchstens den Verstand, aber das ist nicht wichtig.«

»Gehen Sie auf alles ein, und seien Sie überzeugend. Sobald Sie herausfinden, worauf sie aus sind, können Sie es sich überlegen, ob Sie sich bei mir melden oder nicht. In Ordnung?«

»In Ordnung, Betsy.«

Der Ausdruck in ihren Augen änderte sich. »Wenn mich die Leute nicht herumkommandieren, dann kann ich viel netter sein.«

»Und ich bin normalerweise nicht so durcheinander.«

»Ich weiß nichts über Ihre Neigungen — oder Ihre Möglichkeiten, aber je weniger Sie Charla verraten, desto mehr kriegen Sie aus ihr heraus.« Sie wirkte etwas beunruhigt. »Lassen Sie sich nicht verwirren, Kirby. Halten Sie sich stets vor Augen, daß sie zu den größten Expertinnen zählt, wenn es um horizontale Überzeugungskraft geht. Behalten Sie den Kopf, und sie wird zahlen, zahlen und wieder zahlen.«

»Wenn es etwas zu verkaufen gibt.«

»Sie wäre nicht hier, wenn sie nicht davon überzeugt wäre.« Sie strich ihm über den Arm und stand rasch auf. »Ich höre hoffentlich von Ihnen. Warten Sie fünf Minuten, bevor Sie gehen.«

KAPITEL 4

In seinem Fach im Hotel Birdline im Zentrum von Miami lagen neun Nachrichten. Sie lauteten alle gleich: Er möge bitte Mr. D. LeRoy Wintermore von Wintermore, Stabile, Schamway und Merz zurückrufen. Das war die Anwaltskanzlei, die Onkel Omars persönliche Angelegenheiten abwickelte, zum Unterschied zu den Anwälten, die sich um die Geschäftsinteressen von Krepps Enterprises und den damit verflochtenen Unternehmen kümmerten.

Wintermore war ein zerbrechlicher, weißhaariger alter Mann. Onkel Omar hatte einmal behauptet, daß er allen etablierten Institutionen — auch dem Rechtswesen — äußerst skeptisch gegenüberstünde.

Kirby packte zuerst seine persönlichen Dinge in zwei Koffer, bevor er Wintermore anrief. Das Packen dauerte sieben Minuten. Er wählte die Nummer, die auf dem letzten Zettel stand; es war D. LeRoy Wintermores Privatnummer. Es war zwar Sonntag, aber Kirby fühlte sich nicht nach Sonntag.

»Mein lieber Junge!« rief Wintermore. »Ich habe mir Sorgen um Sie gemacht. Als Sie von Omars … äh … Verfügungen erfuhren, waren Sie ein wenig verdrossen.«

»Ich war nicht gerade begeistert. Ich halte mich nicht für besonders habgierig, aber schließlich schwirren angeblich fünfzig Millionen herum.«

»Vielleicht wollte er dadurch Ihren Charakter festigen, Kirby.«

»Davon habe ich im Augenblick mehr als mir lieb ist.«

»Es wären jedenfalls noch einige geringfügige Schwierigkeiten aus der Welt zu schaffen. Man erwartet Sie morgen vormittag um zehn Uhr zu einer Management-Konferenz im Krepps-Büro.«

»Wer sind ›man‹?«

»Die seriösen Vorstandsmitglieder Ihres Onkels, sein Elitekorps. Wunschgemäß werde ich auch anwesend sein, und wenn es dazu kommt, daß Sie einen Rechtsbeistand benötigen, stehe ich Ihnen zur Seite. Furchtlos.«

»Was haben sie vor?«

»Ich habe keine Ahnung, aber sie sind offenbar der Meinung, daß zwischen Ihnen und Omar irgendeine geheime Absprache bestand. Versteckte Vermögenswerte, irgend etwas Idiotisches. Sie scheinen beunruhigt. Noch etwas hat sie verunsichert: Seit vergangenem Mittwoch wurde jedes Haus und jedes Appartement Omars gründlich durchsucht.«

»Wirklich?«

»Sie wollen das offenbar mit den geheimnisvollen Aufträgen in Verbindung bringen, die Sie für Omar erledigt haben.«

»Hat er Ihnen je gesagt, was ich für ihn gemacht habe?«

»Ich habe ihn nie gefragt, mein lieber Junge.«

»Das Testament, Mr. Wintermore, besagt zwar nur, daß ich die Uhr und den Brief bekomme, aber gehören mir nicht auch die persönlichen Aufzeichnungen und Papiere meines Onkels?«

»Üblicherweise wäre es so.«

»Aber ich bekomme sie nicht?«

»Omar hatte ein schwaches Herz, und vor drei Monaten erhielt er eine unmißverständliche Warnung. Er kam in mein Büro und entnahm unseren Akten persönliche Unterlagen; es blieben nur die wichtigsten Dokumente zurück. Ich fragte ihn, was er mit den entnommenen Papieren vorhatte. Er antwortete, daß er sie verbrennen würde. Dann grinste er breit und meinte, er würde alles verbrennen und zog dabei aus meinem linken Ohr einen Silberdollar. Er war sehr geschickt bei seinen Zauberkunststücken. Soviel ich weiß, hat er tatsächlich alles verbrannt, mit Ausnahme einer Schachtel mit Dokumenten, die jetzt im Haupttresor von Krepps Enterprises liegt. Ein wunderbarer Mann, lieber Junge! Einfach wunderbar! Aber seine Geheimnistuerei war ein richtiger Tick von ihm. Und die Geschäftsleitung drüben glaubt offenbar, daß Sie von derselben Krankheit befallen sind.«

»Ich habe Anordnungen befolgt. Ich werde um zehn Uhr dort sein, Mr. Wintermore.«

Er legte auf und sah sich im Zimmer um. Ob er je wieder Grund haben würde, im Hotel Birdline zu wohnen? Es lag zwar zentral, aber nachts war es manchmal gräßlich, wenn die Leute an die falschen Türen hämmerten, einander im Flur anschrien und fürchterlich prügelten, bis die Sirenen heulten. Aber es war billig und verhältnismäßig sauber; außerdem bekam er immer ein Zimmer, ganz gleich ob Saison war oder nicht. Die Hotelleitung verrechnete auch nichts für die Aufbewahrung jener persönlichen Habseligkeiten, die er nicht mitnahm, wenn er rund um den Erdball reiste, um wohltätige Aufträge auszuführen, Investitionen zu tätigen und Unterstützungen auszuzahlen.

Er trug seine Koffer hinunter zur Rezeption. Die Magenschmerzen erinnerten ihn daran, daß er das Mittagessen vergessen hatte. Hoover Hess, der Besitzer, saß hinter dem Pult. Er war ein dicker, kurzatmiger, ungepflegter Mann, der ständig so aussah, als würde man ihm gerade bei vollem Bewußtsein das Bein abnehmen. Sein Lächeln war besonders qualvoll. Seine Hypotheken waren schon bis zum siebenten Rang geklettert und bestenfalls bis zum zweiten hinuntergegangen. Der Durchschnitt lag etwa beim vierten Rang.

Er lächelte. »Hallo, Kirb, die Geschichte mit Ihrem

Onkel tut mir höllisch leid. So geht es manchmal. Peng! Und schon ist man dahin, noch ehe man Zeit hat umzufallen. Wie alt war er?«

»Er wurde vor kurzem siebzig, Hoover.«

»Sie haben es jetzt wohl geschafft, was?«

»Nicht ganz. Ich ziehe aus. Ich bin dann drüben am Strand im ›Elise‹.«

»Ich hab's ja gesagt! Nehmen Sie eine Suite? Warum nicht? Genießen Sie's, Kirb. Lassen Sie Frauen kommen und Schneider, und trinken Sie die guten Jahrgänge!«

»Ich wurde eingeladen, Hoover.«

»Klar. Bis die rechtlichen Dinge geregelt sind und Sie den Packen bekommen. Ich versteh' schon. Mir tut es leid, daß ich einen guten Kunden verliere. Ich möchte Ihnen etwas vorschlagen, Kirb. Wenn Sie den Packen kriegen, setzen wir uns zusammen, und ich zeige Ihnen die Bücher von dem Kasten da. Ich kann mir vorstellen, daß Sie die Hypotheken konsolidieren. Das wäre die richtige Investition für Sie.«

»Ich habe wirklich nichts, das ich investieren könnte, Hoover.«

»Ich weiß, wie das läuft. Sie müssen sich ja eine Antwort zurechtlegen. Jeder Clown kommt Ihnen mit heißen Tips, aber mich kennen Sie schon lang, nicht wahr? Hoover Hess brauchen Sie keinen Korb zu geben. Ich kenne Sie sehr gut, Kirb. Sie machen es genau richtig. Ruhig und ohne Aufsehen. Gab nie 'n Aufsehen mit Ihren Frauen, stimmt's?«

»Aber ich habe nichts ...«

Hoover Hess winkte mit seiner blassen, sommersprossigen Hand ab. »Schon gut. Sie sind schlau. Das ist Ihre Masche. Die eine, die ich damals gesehen habe, das war eine Lady. Brille ist immer gut, Schuhe ohne Absätze und angezogen wie eine Lehrerin. Da läßt sich so mancher täuschen. Aber Sie nicht, Sie haben sie beobachtet, wie sie geht, das war wirklich Klasse! Mit hochgerecktem Kinn ist sie zu unserem schäbigen Lift gegangen und hat dabei mit ihrem kleinen runden Hintern so süß hin- und hergewackelt.«

Kirby begriff plötzlich, daß Hess von Miss Farnham sprach, Wilma Farnham. Sie war die einzige außer ihm, die zu Onkel Omars geheimem Schenkungsprogramm gehörte. Sie fungierte als Ein-Frau-Zeitungsausschnittdienst, führte die Akten, übersetzte fremdsprachige Artikel und war Onkel Omars geheimem Programm treu ergeben. Sie hatte den Job seit sechs Jahren gehabt. Ihr kleines Büro lag weit von den Bürogebäuden von Krepps Enterprises entfernt. Kirby hatte seine Berichte stets an dieses Büro geschickt. Das Geld wurde über dieses Büro disponiert. Onkel Omar hatte bei den von ihr ausgegrabenen Projekte in groben Zügen Prioritäten gesetzt. Kirby und Miss Farnham arbeiteten die Einzelheiten aus. Wenn er in der Stadt war, dann saßen sie abends oft zusammen und konferierten in seinem Zimmer im Birdline über laufende und zukünftige Aufgaben. Ihr lagen die Gesundheitsprojekte stets sehr am Herzen, die Krankenhäuser im Busch, Dorfambulanzen, Kinderernährungsprogramme. Kleine Unternehmer in Schwierigkeiten schienen ihr fragwürdig, und Kirby hatte immer das Gefühl, daß sie ihn für zu leichtgläubig hielt. Sie hatte Onkel Omar verehrt. Kirby bekam ein schlechtes Gewissen, weil er erst jetzt zum ersten Mal nach seiner Rückkehr darüber nachdachte, was aus ihr werden sollte. Aber vor ihm stand Hoover Hess und grinste anzüglich.

Kirby hatte das Gefühl, das er an Miss Farnham einen entwürdigenden Verrat beging, als er Hess verschwörerisch zublinzelte.

»Ich stelle sie mir ohne Brille und ohne die altjüngferlichen Kleider vor und mit einer ordentlichen Frisur. Wenn sie dann noch einen Drink im Magen hat, ist sie bestimmt scharf wie eine Kanone, da wette ich drauf, Kirb.«

»Wieviel schulde ich Ihnen diesmal?«

»Das Zimmer hätte zwar schon längst geräumt werden sollen, aber ich berechne Ihnen den heutigen Tag trotzdem nicht. Sie sind Freitag im Morgengrauen gekommen. Das macht drei Nächte, plus zwei Telephongespräche. Alles zusammen achtzehn vierundachtzig. Keine Kreditkarte?«

»Ich mußte sie abgeben.«

»Wer braucht Karten, wenn so viel Bargeld winkt? Sie brauchen nur zu unterschreiben.«

»Ich zahle bar, Hoover. Danke.«

Als er sein Retourgeld hatte, ging er zur Telefonzelle in der Halle. Es hatte keinen Sinn, Wilma Farnham im Büro anzurufen. Es war unter O.K. Devices eingetragen. O.K. für Omar Krepps. Er suchte Miss Farnhams Privatnummer. Das Telephon läutete achtmal, dann gab er auf, nahm ein Taxi zum Strand und meldete sich im Hotel Elise an. Die Angestellten in der Rezeption waren besonders herzlich. Zimmer 840 war für Mr. Winter bereit. Es war ungefähr sechsmal so groß wie sein Zimmer im Birdline, hatte Lehnstühle, Tische, leise Musik, sechs verschiedene Einstellungen in der Dusche, einen Sonnenbalkon, Blick auf das Meer, Vasen mit frischen Blumen und Schalen mit Früchten. Sein gereinigter Anzug hing im Schrank, und die übrige Wäsche lag auf einer Kommode. Sobald er allein war, trat er hinaus auf den Sonnenbalkon. Er konnte den Balkon nicht sehen, auf dem er auf die in der Sonne liegende Charla gestoßen war; der lag schätzungsweise zehn Meter weiter rechts und war durch eine architektonische Konstruktion vor fremden Blicken geschützt. Er sah hinunter. Kleine, braune Menschen lagen wie Puppen auf den hellen Sonnenbetten neben den Strandhütten, als ob sie darauf warteten, daß sich ein Kunde für sie interessierte. Er trat wieder zurück ins Zimmer und ging auf die größte Obstschale zu. Bei ihrem Anblick mußte er an Charla denken. Er wählte eine Birne aus, und sie war so vorzüglich, daß er sie über dem Waschbecken im Bad essen mußte. Es war ein tiefes ovales Becken aus rostfreiem

Stahl, das in einem langen, mit kirschroten Fliesen verkleideten Unterschrank eingebaut war. Er betrachtete das gerundete Waschbecken und dachte an Charla. Er biß in die Birne und dachte an Charla. Er blickte unwillig in seine eigenen Augen im Spiegel und dachte an Charla. Schließlich wischte er sich mit einem Handtuch den Schweiß aus dem Gesicht und stellte sich vor die Klimaanlage.

Er ging hinunter und fand in dem Gewirr von Bars, Geschäften, und Speisesälen eine Grillstube, in der man ihm ein Steaksandwich und Kaffee servierte. Es war vier Uhr vorbei. Er versuchte, die Dinge logisch zu durchdenken, was er nicht besonders gut konnte. Miss Farnham war immer skeptisch gewesen, wenn er sich bemühte, etwas methodisch zu analysieren. Onkel Omar hatte es nicht gestört, wenn er zu Schlüssen kam, die logisch nicht zu rechtfertigen waren.

Betsy Alden war zu undurchsichtig. Er wollte nicht einmal an sie denken. Der Gedanke an sie bereitete ihm dumpfe Kopfschmerzen. Vielleicht war sie eine Neurotikerin mit Halluzinationen. Vielleicht hatte sie vollkommen recht. Sie konnte aber genausogut irgendwo in der Mitte zwischen diesen Extremen liegen.

Ich bin keineswegs so bemerkenswert, so bezaubernd und vornehm, dachte er, daß mich Joseph und Charla unwiderstehlich finden und sich dermaßen ins Zeug legen. Auf der ganzen Welt haben sich die Leute um mich bemüht, sobald sie spitz bekamen, daß von mir Geld zu holen war, aber es geschah nie so geschickt und perfekt. Sie wollen etwas. So umwirbt man auch keinen zukünftigen Angestellten. Soviel ich weiß, besitze ich nicht, was sie wollen. Aber sie glauben, daß ich es besitze oder besitzen werde. Es gibt etwas, das jemand haben will. Es hat Onkel Omar Erfolg gebracht. Soviel Erfolg, daß seine sämtlichen Wohnsitze durchsucht wurden, aber laut Mr. Wintermore gab es angeblich nirgends etwas, nicht einmal auf der Insel.

Ich habe ihnen gesagt, daß ich nichts habe, und sie geben noch immer nicht auf. Ich war so betrunken, daß ich nicht lügen konnte. Sie müssen also glauben, daß ich etwas besitze und nicht weiß, daß ich es besitze, oder daß ich später etwas bekommen werde, von dem ich nichts weiß. Der Brief. Könnte sein. Oder vielleicht seine persönlichen Unterlagen, wie Betsy vermutete.

Und die Moral von der Geschichte? Mitspielen? Betsy informieren, sobald ich einen Hinweis habe? Schulde ich ihr etwas? Vielleicht, je nachdem, wie recht sie hatte. Eine kleine Gratisfahrt ist noch keine Bestechung.

Aber wie sehr ist Charla Maria Markopoulo O'Rourke auf Bestechung aus? Plötzlich schoß es ihm durch den Kopf, daß er es leicht nachprüfen konnte — zumindest indirekt. Wenn Charla und Joseph wirklich so einflußreich waren, wie es den Anschein hatte, und so mächtig, wie Betsy vorgab, dann würde in den Archiven der Zeitungen von Miami etwas über sie zu finden sein.

»Liebling!« rief Charla. Sie ließ sich ihm gegenüber nieder und ergriff über den Tisch hinweg seine Hände. »Wo haben Sie denn gesteckt?« Sie trug ein blau-weiß gemustertes Baumwollkleid mit beunruhigend tiefem Ausschnitt und einen vollkommen verrückten Hut. Er spürte die Wärme ihrer Hände durch die weißen Handschuhe hindurch. Sie sah ihn ernst an, glühend und so erregt, daß er sich fast umgedreht hätte, um zu sehen, wem ihr Blick galt. Sie saßen in einer dunklen Ecke der Grillstube, die Nische war mit Holz verkleidet und über dem Tisch hing ein orangfarbener Lampenschirm. Ihr Eindruck war so überwältigend, daß sie ihm überlebensgroß vorkam, wie ein Gesicht im Kino, wenn man zu nahe der Leinwand sitzt. Sie hatte eine Stupsnase, breite Wangen, graugrüne, leicht asiatische Augen, weiche Haare im Farbton von altem Elfenbein und einen breiten Mund. Die vollen Lippen standen leicht offen, glänzten feucht und entblößten die kleinen, weißen, ebenmäßigen Zähne.

»Ooch ... nur ... Besorgungen«, antwortete er.

Sie ließ seine Hand los und schmollte. »Ich war einsam. Ich habe Sie schrecklich vermißt. Ich habe mich sogar gefragt, ob Ihnen vielleicht meine arme, verwirrte Nichte aufgelauert hat.«

»Äh ... nein.«

»Dann ist es gut. Sie wird vielleicht versuchen, Ihnen ihren verrückten Unsinn zu erzählen. Ich muß Sie schon im voraus warnen. Es ist zwar nicht sehr loyal, wenn ich Ihnen diese Dinge über sie erzähle, denn schließlich ist sie die Tochter einer meiner Halbschwestern. Als sie damals von dieser guten Schule in der Schweiz flog, hätten wir uns schon denken können, daß sie uns Probleme machen wird. Aber sie war so süß mit fünfzehn. Wir haben unser Bestes versucht, Kirby, aber sie hat einen schlechten Bezug zur Realität. Vielleicht hätten wir sie in eine Anstalt einweisen sollen. Aber — sie gehört eben zur Familie, da versucht man es immer wieder. Das ist auch der Grund, warum ich sie diesmal herkommen ließ. Wieder schlechte Nachrichten. Aber wahrscheinlich hilft es nichts. Sie widersetzt sich allem.«

»Schlechte Nachrichten?«

»Wir behalten sie immer im Auge, diskret, versteht sich. Liebster Kirby, ich will Sie nicht mit Familienproblemen langweilen. Aber sie ist wirklich schrecklich ... ah ... labil und kann zwischen Phantasie und Wirklichkeit nicht unterscheiden.«

»Tatsächlich?«

»Sie hat mich und Joseph eines wahrhaft schrecklichen Verhaltens beschuldigt, und ich habe nicht gewußt, ob ich darüber lachen oder weinen sollte. Skrupellose Männer haben es ausgenützt, daß sie ihre eigenartigen Träumen auslebt.«

»Wie bitte?«

»Derzeit scheint sie sehr unberechenbar zu sein. Vielleicht wird sie sich an Sie heranmachen, Kirby. Vielleicht wird sie versuchen, Sie zur Schlüsselfigur in einem ihrer Hirngespinste zu machen. In diesem Fall, wird sie sich Ihnen wahrscheinlich an den Hals werfen.«

»Sich mir an den Hals werfen?«

»Es wird eines der kleinen Dramen sein, die sie ständig für sich erfindet. Falls es dazu kommt, kann ich Ihnen nicht sagen, was Sie tun sollen. Sie scheinen mir ein überaus anständiger Mensch zu sein, Kirby. Wenn Sie sich weigern, den männlichen Gegenspieler für ihre paranoide Heldin zu spielen, dann wird sie sich vielleicht jemand anderen suchen, der es tut. Sie ist recht attraktiv. Vielleicht wäre es am besten, wenn ... ah ... Sie ihr nachgeben. Sie werden sanft mit ihr umgehen, ja?«

»A-aber ...«

»Ich danke Ihnen, mein Lieber. Lassen Sie sie gewähren. Sagen Sie, was sie hören will. Ich werde ihr eine andere Stelle verschaffen. Ich habe gute Freunde in der Unterhaltungsbranche. Finden Sie nicht, daß es besser für sie ist, frei zu sein, als irgendwo hinter Schloß und Riegel?«

»Ich denke schon.«

»Ein Arzt hat vermutet, daß sie Dinge verdrängt, denen sie sich nicht stellen will. Wenn sie mir gemeine, unglaublich böse Dinge unterstellt, befreit sie sich dadurch von ihren eigenen Schuldgefühlen. In ihrer Phantasie bin ich das Zentrum fürchterlicher Verschwörungen. Joseph und ich scherzen manchmal darüber, aber es tut weh. Wir sind nicht kompliziert. Wir leben gern gut, aber wir können es uns leisten — obwohl man uns immer betrogen hat. Vielleicht werden Sie uns von dieser Sorge befreien, mein Lieber.«

»Ich habe wirklich nicht ...«

»Man hat Ihnen ein unmögliches Zimmer gegeben, und ich habe veranlaßt, daß Sie ein anderes bekommen. Morgen gehen Sie und ich einkaufen. Ich weiß genau, was Sie tragen müssen. Und dieser Haarschnitt ist ausgesprochen langweilig, wenn ich das sagen darf. Sie sehen aus, als wollten Sie durchs Leben schleichen, ohne aufzufallen. Dabei steckt so viel in Ihnen. Wenn ich mit Ihnen fertig bin, dann werden Sie durch die Welt gehen, als ob sie Ihnen gehörte. Die Frauen werden sich nach Ihnen umdrehen und große Augen bekommen; ihre kleinen Hände werden feucht werden, und sie werden sich schlaue Komplotte ausdenken, um Sie kennenzulernen.«

»Ich will eigentlich diese Art von …«

»Sie werden es genießen, glauben Sie mir. Kommen Sie jetzt, mein Lieber. Joseph wartet in der Suite auf uns. Wir werden etwas trinken, und um halb acht holt uns die Limousine ab, und wir fahren in ein fabelhaftes Restaurant.«

Um halb elf mußte sich Kirby Winter größte Mühe geben, um deutlich zu sprechen. Und wenn er ein Auge zumachte, wurde Josephs Bild etwas klarer.

»Nett von Ihnen, mich auf eine Kreuzfahrt einzuladen«, sagte er. »Aber ich möchte mich nicht …«

»Verpflichtet fühlen?« rief Joseph. »Unsinn! Es ist uns ein Vergnügen!«

Kirby drehte vorsichtig den Kopf: »Wo ist sie hingegangen?«

»Vielleicht ihr Make-up erneuern.«

»Ich tanze nicht oft, Joe. Ich bin ihr nicht absichtlich auf den Fuß getreten.«

»Sie hat Ihnen verziehen.«

»Aber ich muß immer noch daran denken, wie sie geschrien hat.«

»Sie ist eben ungewöhnlich schmerzempfindlich, Kirby. Ihre Nerven sitzen dicht unter der Haut, das ist alles. Dafür ist sie für positive Reize ebenso empfänglich und würde diese charakteristische Eigenschaft vermutlich nie freiwillig aufgeben.«

»Erstaunliche Frau«, stellte Kirby feierlich fest. »Erstaunlich.«

»Mir ist gerade etwas eingefallen, mein Junge. Vielleicht haben Sie das Gefühl, daß Sie auf der *Glorianna* ein Schmarotzerleben führen werden, und das widerstrebt Ihnen. Ich wüßte ein Projekt, um das Sie sich kümmern könnten, ein lohnendes Projekt.«

»Und zwar?«

»Sie haben Omar Krepps nahe gestanden. Er war ein phantastischer Mann mit einer phantastischen Karriere. Aber die Welt weiß wenig über ihn; dafür hat er gesorgt. Es wäre doch eine nette Geste der Verehrung und Hochachtung, wenn Sie sich mit seiner Biographie beschäftigten. Für die Veröffentlichung könnten wir die Geschichte von einem Fachmann in die richtige Form bringen lassen. Denken Sie an seine vielen heimlichen Wohltaten, von denen niemand erfahren würde, wenn Sie sich nicht darum kümmern. Vielleicht liegt auch ein wenig poetische Gerechtigkeit darin; Sie könnten damit etwas Geld verdienen.«

»Interessant«, bemerkte Kirby.

»Ich kann mir vorstellen, daß Sie für ein derartiges Projekt seine persönlichen Unterlagen, Dokumente und Papiere zusammensuchen müßten.«

»Und sie an Bord bringe, was?«

»Sie könnten doch an Bord arbeiten.«

»Das Geheimnis des Omar Krepps.«

»Wäre doch ein hübscher Titel.«

»Manchmal reden Sie wie ein Engländer.«

»Ich habe eine Zeitlang in England studiert.«

»Sie würden mir bestimmt gern dabei helfen, die Berge von persönlichen Unterlagen zu sichten.«

»So viel ist es!«

»Verdammt viel.«

»Wenn Sie mich brauchen, helfe ich natürlich liebend gern.«

Kirby kam sich schlau wie ein Fuchs vor. »Habe alles im Hotel Birdline unter meinem Namen deponiert. Ganze Kisten von dem Dreck. Tagebücher.«

»Ich hatte keine Ahnung, daß Sie alles haben. Sie haben letztens nichts davon erwähnt.«

»Hab es vergessen.«

»Sobald die *Glorianna* einläuft, können wir alles an Bord bringen lassen.«

»Klar.«

»Sie benehmen sich etwas seltsam, Kirby.«

»Ich? Seltsam?« Er grinste. Plötzlich bekam der ganze Raum Schlagseite und richtete sich dann langsam wieder auf. Er wurde leichtsinnig. »Joseph, alter Freund, wir sind doch alle ein wenig seltsam, jeder auf seine Art. Sie, ich, Charla und Betsy.«

»Betsy?«

Er grinste breit und trank seinen Irish Coffee aus. »Sie ist vielleicht die Sonderbarste von allen. Sie weiß im vorhinein, was geschehen wird. Vielleicht ist sie eine Hexe.«

Josephs gebräuntes, glänzendes Gesicht wurde plötzlich hart. »Was hat sie denn vorausgesagt, Kirby?«

Die Alarmglocken klingelten zu spät. Der Fuchs wurde zum Hasen und lief unter einen Busch.

»Wer sagt was voraus, Joseph?«

»Hat Betsy mit Ihnen gesprochen?«

»Entschuldigung. Ich glaube, ich muß mich übergeben.«

Er ging auf die Herrentoilette, beugte sich zum den Spiegel und schnitt sich selbst wilde Grimassen, bis jemand hereinkam …

»Sie schlimmer Junge«, schalt ihn die heisere Stimme sanft und liebevoll. Es war Nacht. »Wirklich ein sehr schlimmer Junge.« Finger strichen ihm über die Stirn. Er öffnete vorsichtig die Augen. Er sah den dunklen Rand eines Gebäudes über sich und ein Stück Sternenhimmel.

Ein Kopf beugte sich über ihn und verdeckte ein paar Sterne. Das Gesicht lag im Schatten, aber von irgendwo hinter ihr kam Licht und umriß silbern ihren Kopf.

»Du lieber Himmel«, flüsterte er.

»Sie haben viel zu viel getrunken, mein lieber Junge. Eine solche Verschwendung noch dazu! Die vielen guten Dinge waren rein vergeudet.«

Er bewegte den Kopf. Sein Nacken lag auf einer glatten, warmen, weichen Rundung. Er hätte gern gewußt, was es war, doch da strich der warme Nachtwind über seinen Körper, und er hatte das Gefühl, vollkommen nackt zu sein. Vorsichtig bewegte er eine Hand. Er *war* nackt! Unvermittelt setzte er sich auf, obwohl sein Schädel dabei vor Schmerz fast zersprang. Für einen Augenblick tauchte sein Kopf in den Lichtschein ein, doch Charla packte ihn an den Schultern und zog ihn entschlossen hinunter, daß sein Kopf von ihren elastischen Schenkeln zurückfederte, bevor er in der ursprünglichen Position zur Ruhe kam. Zumindest kannte er sich jetzt ein wenig aus. Er lag auf einer Liege auf einem Sonnenbalkon, und soviel er aus dem kurzen Blick schließen konnte, war das Zimmer dahinter sein eigenes. Charla saß am Ende der Liege und hielt seinen Kopf in ihrem Schoß. Zum Glück trennte ihn ein beruhigendes Stück Stoff von der elastischen Wölbung seines lebenden Kissens.

»Nicht so hastig, mein Lieber«, flötete sie.

»Ich wollte nur ...«

»So ein Schlimmer«, gurrte sie. »Säuselt sich an und lügt. Sie sollten mich nicht anlügen. Sie haben Betsy getroffen.«

»Ganz kurz.« Er zögerte. »Wo sind denn meine Sachen?«

»Hier auf dem Fußboden, Süßer. Wir waren kaum hier oben, da sind Sie auf dem Balkon umgekippt. Sie fühlten sich so heiß, verschwitzt und elend an, daß ich Sie ausgezogen habe.«

»Oh!«

»Ich bin wirklich böse auf Sie. Sie wissen nicht, wer Ihre wahren Freunde sind, oder doch?«

»Ich fühle mich nicht sehr wohl.«

»Klar. Und Sie haben sich auch nicht sehr gut benommen. Ruhen Sie sich aus. Für heute nacht haben Sie uns alles verdorben. Haben Sie denn nicht gewußt, daß Sie alles für Ihre Charla verderben?«

»Ich habe nicht gewußt, daß es ...«

»Haben Sie mich für so vulgär gehalten und geglaubt, daß ich eine Verabredung treffe? Ich bin eine Frau, mein Lieber. Vielleicht wird es eine andere Nacht geben, vielleicht nicht. Wer weiß?«

»Der Alkohol hat mir übel mitgespielt.«

Ihre Fingerspitzen schlossen seine Augenlider und wanderten zart über seine Lippen. »Vielleicht waren Sie erschöpft. Vielleicht hat die arme, dünne, kleine Betsy all Ihre Kräfte verbraucht.«

»Nein! Wir haben nur in einem Hotel gesessen und geredet.«

»In ihrem Hotel?«

»Nein. Irgendein Hotel. In der Halle.«

»Und Sie haben zugehört, was dieser arme, verwirrte Verstand produzierte, und begannen an uns zu zweifeln. Wo wohnt sie?«

»In einem Appartement.«

»Kennen Sie die Adresse?«

»Sie hat sie mir nicht gesagt.«

»Haben Sie für einen Abend nicht schon genug gelogen?«

»Sie hat es mir wirklich nicht gesagt. Sie wollte sich bei mir melden.«

»Sie weiß, daß Sie jetzt hier wohnen?«

»Ja.«

»Und wenn sie sich bei Ihnen meldet, lassen Sie es mich wissen, mein Lieber. Sofort.«

»Natürlich, das mache ich, Charla.«

Sie seufzte. Er spürte den duftenden Hauch ihres

Atems auf seinem Gesicht. »Das war ein Rückschlag für uns beide. Sie wissen, daß es nicht genügt, wenn ich nur halb verliebt bin. Ich glaube, ich war schon mehr als nur halb verliebt, aber jetzt bin ich es nicht.«

»Es tut mir leid! Verzeihen Sie mir, bitte.«

Sie hielt seinen Kopf fest, schlüpfte unter ihm hervor und legte seinen Kopf auf das Plastikgewebe der Sonnenliege. Einen Augenblick stand sie neben ihm und sah auf ihn hinunter. Zum Glück war es dunkel, und er konnte es gerade noch vermeiden, seiner lächerlichen Schamhaftigkeit nachzugeben.

»Ich werde versuchen, Ihnen zu vergeben. Aber von nun an müssen Sie wirklich sehr brav sein. Ich muß Sie jetzt verlassen.«

Der wohlbekannte Mund senkte sich langsam auf seinen und umspielte seine Lippen mit weichen, warmen Bewegungen. Unwillkürlich schlang er die Arme um sie und umklammerte sie. Plötzlich stöhnte er laut auf und schnellte wie besessen hoch, elektrisiert von dem plötzlichen, kraftvollen, kurzen Griff. Sie löste sich von ihm, lachte von der Tür her leise und spöttisch und war verschwunden.

Er blieb zitternd liegen und sah zu den Sternen auf. Dann ging er hinein, duschte eiskalt und gab einen Weckauftrag für neun Uhr. Es war wenige Minuten vor drei Uhr. Er fand den Schalter für die Terrassenbeleuchtung und sammelte seine Kleider ein. Nachdem er sie geordnet und aufgehängt hatte, schaltete er das Licht aus und trat wieder hinaus in die Aprilnacht. Er setzte sich nackt auf die breite, rauhe Betonmauer am Ende der Terrasse und lehnte sich mit dem Rücken gegen die Hauswand. Die Knie hatte er angezogen, die Unterarme lagen auf den Knien, und die Hände ließ er baumeln; im Mundwinkel steckte eine Zigarette. Sein Blick wanderte nach links und vorbei an architektonischen Spielereien senkrecht nach unten, wo ihm in der verschwommenen Dunkelheit aus der gepflasterten Tiefe der Tod entgegenstarrte. Blickte er geradeaus, so sah er die nachtdunkle See und fühlte den langsamen Puls der Dünung und der Gezeiten. Zu seiner Rechten sah er im Dunkeln ein paar Lichtreflexe auf der die sterilen Sonnenliege, einem Requisit in einem Spiel, das jetzt vorüber war. Der Wind hatte aufgefrischt und war beinahe unangenehm kühl geworden. Sein Herz pochte ein wenig zu schnell, und er hatte dumpfe Kopfschmerzen. Aber diese physischen Symptome waren nichts, verglichen mit seinen verletzten Gefühlen. Charla hatte ihn mit einem einfachen, gewöhnlichen Kniff zum Clown gemacht, hatte seine Bestürzung zu einer Posse gemacht und ihm symbolisch bewiesen, daß es in ihrer Macht lag, seinen Stolz, seine Würde und seine Männlichkeit nach Lust und Laune zu zerstören.

Verbittert dachte er an alles, was er hätte tun sollen. Ein anderer Mann, ein wirklicher Mann, wäre bei diesem willkürlichen Einbruch in die Privatsphäre zornbrüllend aufgesprungen, hätte sie gepackt, auf die Liege geschleudert und sie unter den Sternen vergewaltigt, als gehörige Strafe für ihre Unverschämtheit. (Aber vielleicht wollte sie das in Wirklichkeit von ihm!)

Was hatte ihm vor langer Zeit die Fähigkeit geraubt, mit Leuten wie Charla fertigzuwerden? Er blickte hinaus aufs Meer; warum sollte er sich vor etwas oder vor jemandem fürchten? Das Meer blieb bestehen, die Menschen an den Küsten wechselten, aber gegen die immerwährenden Sterne war die See geringer als das Leben eines Menschen. Im Vergleich zum Meer und zu den Sternen, was bedeutete da der Griff eines Marktweibes, eine kleine Demütigung, für einen einzelnen Mann, an einem einzigen Abend?

Er dachte an ihre Hände. Sie waren klein, kräftig, fast breit, wunderbar gepflegt, mit langen, gebogenen Nägeln und kräftigen Handballen.

Er stöhnte; dann schnippte er die Zigarette Richtung Meer und ging zu Bett.

Kapitel 5

Der Sitzungssaal des Vorstandes lag im sechzehnten Stockwerk. Durch das große Fenster sah man die Bucht und ein Stück des Damms und in der Ferne die pastellfarbenen Hotels am Strand. Der Raum war in Limonengrün und Weiß gehalten; der große runde Tisch und die Armstühle waren matt schwarz.

Um den Tisch hatten acht Männer Platz genommen. Links von Kirby saß D. LeRoy Wintermore und rechts von ihm Hilton Hibber, ein grobschlächtiger, blasser Mann, der die Treuhandabteilung jener Bank vertrat, die mit der Abwicklung von Omar Krepps Testament betraut war. Die anderen fünf Männer waren Direktoren von Krepps Enterprises. Sie hatten schon seit jeher bedrückend auf Kirby gewirkt. Er konnte sie nie von einander unterscheiden. Ihre Namen klangen irgendwie ähnlich: Grumby und Groombaw und Gorman. Sie trugen schneeweiße Hemden, goldene Accessoirs und wirkten sehr würdig. Ihre Gesichter waren groß und feist und hatten im Lauf der Zeit einen so distinguierten Ausdruck angenommen, daß sie aussahen wie die Direktoren in einem Fernsehspiel.

Er hatte sie immer äußerst langweilig gefunden. Sie mißbilligten offenbar die leichtfertige Entscheidung, das Zentralbüro in Miami anzusiedeln. Omar Krepps war für sie ein grotesker, exzentrischer kleiner Mann, der hier und dort das eine oder andere Geschäft aufgriff und ihre schwere Arbeit komplizierte, denn sie mußten dann alles in den ausgewogenen Strukturen des Imperiums unterbringen. Sie hatten den Versuch, O.K. Devices dem Unternehmen einzuverleiben, nie aufgegeben.

Selbst in den fernsten Ländern hatte Kirby bunte Formulare mit kleinen Löchern bekommen, die er hätte ausfüllen sollen. Onkel Omar hatte ihn angewiesen, sie nicht zu beachten, und das tat er auch. Aber sie versuchten es immer wieder, und schrieben ihm manchmal betrübte, scheltende Briefe.

Der Mann in der Mitte rief die Anwesenden zur Ordnung und begann: »Ich möchte die Bestimmungen von Mr. Krepps' Testament wiederholen, meine Herren. Die gesamten Aktiva der Verlassenschaften gehen an die Omar Krepps Stiftung. Krepps Enterprises wird schrittweise aufgelöst, während die Beteiligungen an andere Gesellschaften übertragen werden. Wir fünf Vorstandsmitglieder von K.E. werden Funktionäre und Direktoren der Stiftung und führen gleichzeitig unsere Aufgaben in der Gesellschaft weiter. Wir halten es für richtig, daß Sie, Mr. Winter, in der Stiftung ebenfalls eine aktive Rolle spielen. Mr. Krepps hat Ihnen in seinem Testament kein Geld hinterlassen. Die Stiftung wird einen Geschäftsführer brauchen, und wir offerieren Ihnen ein Gehalt von jährlich fünfundzwanzigtausend Dollar.«

»Ich habe um nichts gebeten«, antwortete Kirby.

Die fünf sahen ihn ernst an. »Sie sind arbeitslos, nicht wahr?« fragte der Sprecher.

»Im Augenblick.«

»Meine Herren«, schaltete sich D. LeRoy Wintermore höflich ein, »mein Klient und ich haben den Eindruck, daß Sie etwas Bestimmtes im Auge haben. Wir können aber die Vorteile nicht klar beurteilen, solange wir nicht wissen, was Sie von meinem Klienten erwarten.«

»Von Ihrem Klienten?« fragte der Sprecher. »Handelt es sich dabei nicht um einen Interessenskonflikt?«

»Keineswegs«, entgegnete der alte Mann.

Hilton Hibber räusperte sich. »Vielleicht kann ich Licht in die Angelegenheit bringen. Als ich die Unterlagen im Hinblick auf die Steuer durchsah, stellte ich fest, daß in den vergangenen elf Jahren siebenundzwanzig

Millionen Dollar in bar und in flüssigen Mitteln aus dem Vermögen von K.E. an O.K. Devices transferiert wurden. Da für dieses Geld alle Steuern bezahlt wurden, interessierte sich das Finanzamt nicht besonders dafür. Aber der alleinige Eigentümer von O.K. Devices war Omar Krepps. Und jetzt möchte man diese siebenundzwanzig Millionen in die Verlassenschaft miteinbeziehen. Wenn es dazu kommt, würde die Steuer für diesen Betrag die Struktur von K.E. entscheidend schwächen und den Umfang der Stiftung erheblich reduzieren. Miss Wilma Farnham übergab mir die Geschäftsbücher von O.K. Devices; sie war, abgesehen von Mr. Winter, die einzige Angestellte von O.K. Devices und führte die Bücher. Aus den Büchern ergibt sich derzeit ein Aktivposten von vierhundert Dollar. Es gibt keine offenen Wechsel, keine Forderungen oder Verbindlichkeiten.« Er zögerte, zog ein weißes Taschentuch heraus und wischte sich über das Gesicht, obwohl es kühl im Sitzungssaal war. »Abgesehen vom Abschreibungskonto für die Büroausstattung existieren überhaupt keine Aufzeichnungen.«

»Wir wissen auch, warum es keine Aufzeichnungen gibt«, fuhr der Sprecher der Gruppe gepreßt fort. »Miss Farnham behauptet, daß sie Mr. Krepps' Anweisungen befolgt hat. Am Tag nach Mr. Krepps' Tod mietete sie einen Lastwagen und Hilfskräfte, brachte sämtliche Akten und Aufzeichnungen an einen abgelegenen Ort und verbrannte sie dort. Sie stapelte sie auf, übergoß sie mit Benzin und verbrannte sie!«

»Höchst bedauerlich«, murmelte Mr. Wintermore.

»Die Leute von der Steuerbehörde werden nun annehmen, daß man damit den Verbleib der verschwundenen Vermögenswerte verbergen wollte«, fuhr Mr. Hibber fort. »Wahrscheinlich wird man sowohl Miss Farnham als auch Mr. Winter vorladen und versuchen, von ihnen Informationen über diese Vermögenswerte zu erhalten. Meiner Meinung nach wäre es für alle von Vorteil, wenn sich Mr. Winter in dieser Angelegenheit … äh … kooperativ zeigte.«

Alle sahen Kirby Winter an. »Habe ich das jetzt richtig verstanden?« begann dieser. »Sie haben Steuerprobleme. Sie wissen nicht, was ich in den vergangen elf Jahren getan habe und möchten es für Ihr Leben gern erfahren. Wenn ich Sie nun über meine Aufgabe in den vergangenen elf Jahren aufkläre, und Sie erfahren, was mit den siebenundzwanzig Millionen Dollar geschehen ist, bekomme ich als Belohnung eine anspruchslose Lebensstellung.«

Der Sprecher lächelte. »Unpräzise ausgedrückt, ja. Aber wenn Sie das Angebot ablehnen, können Sie uns keinen Vorwurf daraus machen, wenn wir den Verdacht hegen, daß ein Teil des fehlenden Geldes vielleicht — auf Ihr privates Konto abgezweigt wurde.«

»Das ist eine Verleumdung, Sir«, warf Wintermore scharf ein.

Der Sprecher zuckte die Achseln. »Vielleicht. Aber wir müssen realistisch sein und uns schützen.«

Kirby lehnte sich zurück und betrachtete die gespannten Gesichter. »Sie wollen nur wissen, wo das Geld ist, was?«

Sechs Köpfe nickten eifrig und sechs Augenpaare glitzerten.

Er lächelte sie an. »Es ist fort.«

»Fort!« stöhnten sie schmerzlich.

»Ja. Ich habe es verschenkt.«

Die Bestürzung verwandelte sich sofort in Empörung. »Das ist kaum der richtige Zeitpunkt für leichtfertige Bemerkungen, Winter. Mr. Krepps war exzentrisch, aber nicht so exzentrisch.« Der Sprecher beugte sich vor und schlug mit der Faust auf den Tisch. »Wo ist das Geld?«

»Ich habe es verschenkt«, antwortete Kirby. »Sie haben mich gefragt, und ich habe Ihnen geantwortet. Ich habe es verschenkt.«

»Mein Klient hat Ihnen geantwortet«, bekräftigte Wintermore.

»In Anbetracht der Einstellung von Mr. Winter sehe ich wenig Sinn darin, wenn wir dieses Meeting fortsetzen«, fuhr der Sprecher fort. »Sein Verhalten ist dem von Miss Farnham nicht unähnlich. Sie haben offenbar beschlossen, nicht mit uns zusammenzuarbeiten. Darf ich fragen, welche Pläne Sie haben, Mr. Winter?«

»Ich gehe vielleicht auf eine Kreuzfahrt.«

»Mit siebenundzwanzig Millionen Dollar?« fragte Hibber eisig.

»Ich trage nie mehr als fünfzig Dollar in bar bei mir.«

»Wo ist der Rest?«

»Ich habe alles verschenkt.« Er beugte sich nach rechts und flüsterte dem Anwalt etwas zu.

Wintermore richtete sich auf. »Als der einzige lebende Verwandte hat mein Klient Anspruch auf die persönlichen Papiere und Unterlagen von Mr. Krepps, die sich noch hier befinden.«

Die fünf Direktoren sahen unbehaglich drein. »Er ließ eine Kiste mit Dokumenten im Safe«, erklärte der Sprecher. »Als wir das Problem erkannten, gingen wir die Papiere durch. Es kam uns — wie ein Witz vor. Die Kiste enthält ungefähr fünfundzwanzig Kilogramm Texte und Broschüren über Witze und Zauberkunststücke. Kartenspiele mit gezinkten Karten. Taschentuchtricks, verschlungene Ringe. Der alte Mann war — ziemlich eigenartig. Die Kiste befindet sich wieder im Safe — Sie können sie jederzeit abholen lassen.«

Auf der Taxifahrt zurück zu Wintermores Büro war der alte Mann still und nachdenklich. Als sie schließlich in seinem privaten Büro waren, stieß er einen seltsamen Laut aus. Kirby sah ihn erschrocken an. Wintermores Gesicht war dunkel. Plötzlich begriff Kirby, daß der alte Rechtsanwalt lachte.

»Du liebe Zeit!« sagte er schließlich. »Entschuldigen Sie. Ich denke an die vielen kleinen Hinweise während unserer langen Freundschaft. Es stimmt. Es gibt keine andere Antwort. Sie haben das Geld verschenkt.«

»Das sagte ich doch.«

»Aber sie werden es nie glauben. Die Vorstellung ist so ungeheuerlich, daß sie sich dagegen wehren. Omar hatte seine Freude an Streichen. Und das ist der größte Streich der Finanzgeschichte. Wo er jetzt auch sein mag, er lacht genauso hemmungslos wie ich. Diese armen, ernsthaften Männer. Ich bin überzeugt, daß Miss Farnham nur seinen Anweisungen folgte, als sie die Unterlagen verbrannte.« Wintermore putzte sich die Nase und stand auf. »Ich hole Ihre Uhr.«

»Muß das Testament nicht zuvor rechtswirksam erklärt werden oder so etwas Ähnliches?«

»Nicht, wenn es um Andenken geht, Kirby.«

Wenige Augenblicke später kam Wintermore mit einer großen, altmodischen goldenen Taschenuhr an einer abgetragenen Kette zurück. Die Uhr ging genau. Am anderen Ende der Kette hing ein Talisman in Form eines kleinen goldenen Fernrohrs. Kirby betrachtete die Uhr und dann richtete er das Fernrohr auf das Fenster und sah durch. Das Licht beleuchtete ein kleines Interieurbild, das so realistisch war wie ein Foto. Kirby schnappte nach Luft und konnte lange den Blick nicht abwenden; dann sah er Wintermore fragend an.

»Mein lieber junger Mann, Ihr Onkel wollte nicht mit einer Frau zusammenleben, das heißt aber nicht, daß er die Frauen für vollkommen nutzlos hielt. Er war ein Mann, genau wie Sie und ich.«

»Ich bekomme das Gefühl, daß ich ihn überhaupt nicht kannte.«

»Er machte es einem nicht leicht, ihn kennenzulernen.«

»Er war mir gegenüber immer ungeduldig, so als hätte ich ihn enttäuscht.«

Wintermore lehnte sich in seinem ledernen Armsessel zurück. »Er hat nicht viel über Sie geredet, Kirby, aber wenn er es tat, dann spürte ich immer eine gewisse Besorgnis. Als machte er sich Sorgen, daß Sie rechtzeitig bereit sind. Als wartete auf Sie irgendeine große Prüfung oder Aufgabe. Ich glaube nicht, daß er bezüglich Eifer oder Einfallsreichtum etwas an Ihnen auszusetzen hatte, aber er schien mit wachsender Ungeduld darauf zu warten, daß Sie auf eigenen Füßen stehen.«

»Ich habe oft genug versucht zu kündigen.«

»Kündigen und sich in einem Loch verkriechen, so drückte er es aus. Einmal stellte er sich in meiner Gegenwart laut die Frage, ob Sie wohl Ihr ganzes Leben ein Einfallspinsel bleiben werden. Entschuldigen Sie, aber das waren seine Worte.«

»Ich bin nicht verletzt; ich habe mir schon die gleiche Frage gestellt.«

»Wenn Omar Sie heute vormittag gesehen hätte, dann hätte er Mut gefaßt.«

»Glauben Sie?«

»Sie waren hervorragend, mein Junge. Skeptisch, ungehalten, gleichgültig. Ich habe erwartet, daß Sie sich bei den fünf beeindruckenden Herren für die Ungelegenheiten, die Sie ihnen bereitet haben, entschuldigen, ihnen danach einen umfassenden Bericht über Ihre Aufgaben in der Vergangenheit geben und die angebotene Stelle dankbar annehmen würden.«

»Ich bin selbst überrascht, daß ich es nicht getan habe. Aber seit ich hier bin, manipulieren mich die Leute.«

»Sie haben sie verblüfft, Kirby. Sie haben ihnen keinen Ansatzpunkt gegeben; sie konnten nirgends einhaken. Logischerweise nehmen sie an, daß hinter Ihrer Unabhängigkeit die versteckten Millionen stehen.«

»Es hätte meinen Onkel wahrscheinlich gefallen. Aber was hilft es? Es ist ein wenig spät gekommen, nicht wahr?«

»Scheint so.«

Kirby sah wieder durch das Fernrohr, seufzte und

steckte die Uhr in die Tasche. »Sie sollen eine Weile zappeln. Wenn ich so weit bin, lasse ich sie vom Haken, vielleicht auch nicht. Ich weiß es noch nicht.«

»Sie werden nicht einfach dasitzen und die Hände ringen. Sie müssen sich auf eine Gegenoffensive gefaßt machen.«

»Wenn es soweit ist, werden Sie mir sagen, was ich tun soll. Sie sind mein Anwalt.«

»Es wäre interessant zu wissen, was Omar im Sinn hatte. Ich würde zu gern den Brief öffnen, den er für Sie hinterlassen hat. Aber ich habe eine lange, makellose Karriere hinter mir, junger Mann, weil ich klug genug war, mir nie zu vertrauen. In unserem Büro gibt es einen Mr. Vitts, der über eine wahrhaft psychotische Verläßlichkeit verfügt. Ich habe veranlaßt, daß er den Brief in seinen persönlichen Safe nimmt. Mr. Vitts ist glücklich, wenn ich ihn mit einer solchen heiligen Verantwortung betraue. Man könnte ihn in siedendes Öl tauchen, aber er würde den Brief keinem auch nur um einen Tag zu früh aushändigen.«

»Vielleicht habe ich, noch ehe das Jahr um ist, genauere Vorstellungen darüber, was darin steht.«

»Wenn Sie je eine plausible Vermutung haben, dann sagen Sie es mir, bitte. Omar war ein seltsamer Mensch. Er traf keine Fehlentscheidungen. Ich habe mich oft gefragt, worauf sich das Geheimnis seines Erfolges gründete. Die einzige halbwegs vernünftige Antwort wäre, daß er vor langer Zeit mathematische Berechnungen ersann, die es ihm ermöglichten, künftige Ereignisse vorherzusehen. Vielleicht enthält der Brief diese Formeln. Das würde seine Sorge um Sie erklären. Die Fähigkeit, in die Zukunft zu sehen, wäre eine schreckliche Verantwortung.«

Kirby runzelte die Stirn und nickte. »Es wäre eine Erklärung für seine Spielgewinne, als ich noch ein Kind war. Danach hat er mit Absicht wieder alles verloren, damit ihn die Leute in Frieden ließen.«

»Dieses Jahr muß ich unbedingt überleben, denn ich will wissen, was in dem Brief steht.«

Kirby verließ Wintermores Büro und kaufte in einem nahe gelegenen Drugstore ein Sandwich und Kaffee. Ein kleines Wort ging ihm nicht aus dem Sinn. Einfaltspinsel.

Ein altmodisches Wort, aber er fand kein zeitgemäßes Äquivalent dafür, das exakt dieselbe Bedeutung hatte. Einfaltspinsel — ein sanfter, lächelnder zurückhaltender Mensch, der sich untertänigst entschuldigt, wenn ihm jemand auf den Fuß tritt, von dem man sich Geld borgen kann und dabei mit Sicherheit weiß, daß er es nie zurückfordern wird. Wäre er ein kleiner Hund, würde er ständig nervös mit dem eingezogenen Schwanz wedeln.

Bis zu welchem Grad war er tatsächlich ein solcher Einfaltspinsel? War er ein schwerer Fall? War er noch zu retten? Konnte sich ein Mann wirklich sein ganzes Leben lang ducken? Waren andererseits die gegenteiligen Eigenschaften nicht ziemlich häßlich? Arroganz Streitlust, Herrschsucht. Aber einem eingebildeten Menschen bereitete ein wichtiger Aspekt des Lebens offenbar wesentlich weniger Probleme.

»Mädchen«, sagte er laut. Eine dicke Frau, die neben ihm saß, drehte sich zu ihm um und musterte ihn kühl. Kirby spürte, wie er rot wurde und sein Mund sich zu einem schüchternen, entschuldigenden Lächeln verzog. Er wollte sich schon vorbeugen, doch dann straffte er die Schultern, hob das Kinn und sagte: »Ich habe nicht mit Ihnen gesprochen, Madam, sondern mit mir. Wenn Sie den Eindruck haben, daß Sie sich in Gesellschaft eines gefährlichen Verrückten befinden, dann suchen Sie sich einen anderen Hocker.«

»Waaas? Ein Neunmalkluger, wie?«

»Sie haben mich angestarrt, da muß ich doch etwas sagen.«

»Lauter Verrückte, in Miami«, murmelte sie und beugte sich über ihren Thunfisch.

Leiser Stolz stieg in Kirby hoch. Vielleicht war er kein kompletter Einfaltspinsel. Man mußte mit kleinen Dingen beginnen und der Einfalt langsam, Schritt für Schritt, einen kleinen Sieg nach dem anderen abringen; mit jedem Sieg nahm das Selbstvertrauen zu.

Bei der Konferenz hatte er alles andere als einfältig reagiert. Ein Einfaltspinsel hätte einen genauen Bericht über seine Tätigkeit für O.K. Devices erstattet und sie dazu gebracht, ihm zu glauben. Er hatte die Wahrheit gesagt, aber in einer Anwandlung von Auflehnung hatte es wie eine Ausrede geklungen. Im Grunde war es Miss Wilma Farnhams Unnachgiebigkeit gewesen, die seine rebellische Reaktion ausgelöst hatte. Die Direktoren sollten ruhig schwitzen.

Als er bei einem untersetzten Mädchen zahlte, nahm er sich ein Herz und sagte. »Der Kaffee war scheußlich.«

»Was?«

»Der Kaffee war scheußlich.«

Sie lächelte ihn strahlend an. »Das stimmt!«

Er ging zu den Telephonzellen und rief Wilma Farnham zu Hause an. Sie meldete sich nach dem zweiten Läuten; ihre Stimme klang kühl und korrekt.

»Kirby Winter. Ich habe gestern versucht, Sie zu erreichen.« begann er.

»Ja?«

»Wir sollten uns unterhalten.«

»So?«

»Was ist los mit Ihnen?«

»Nichts, Mr. Winter. Das Büro wurde geschlossen, ich habe die Bücher den Anwälten übergeben. Ich suche mir eine neue Stelle. Mr. Krepps hat mir ein großzügiges Legat hinterlassen, aber man hat mir gesagt, daß ich es erst in einigen Monaten bekommen werde. Unsere Beziehung ist beendet. Adieu, Mr. Winter.«

Er rief nochmals an. »Was könnten Sie mir noch zu sagen haben, Mr. Winter?«

»Hören Sie, Miss Farnham. Wilma. Ich habe erfahren, daß Sie alle Unterlagen verbrannt haben.«

»Das stimmt.«

»Allem Anschein nach werden uns die Leute von der Steuer vorladen ...«

»Ich habe gewußt, daß Sie mich anrufen werden, Mr. Winter. Ich habe gewußt, daß Sie das Ehrenwort, das Sie ihm gegeben haben, vergessen würden, sobald er tot ist. Ich habe die Absicht, mein Wort zu halten, Mr. Winter. Ich würde lieber im Gefängnis verkommen, als das Wort brechen, das ich diesem großartigen Mann gegeben habe. Aber ich habe gewußt, daß Sie sofort versuchen würden, sich bei allen einzuschmeicheln, indem Sie ihnen alles erzählen, was Sie wissen. Glauben Sie mir, es gibt keine Unterlagen mehr, die das, was Sie ihnen erzählt haben oder erzählen werden, beweisen. Sie können mich weder durch Überredung noch durch Einschüchterung zu einem Wortbruch bringen. Sie sind ein elender, kriecherischer Schwächling, Mr. Winter, und Ihr Onkel hat Sie meiner Ansicht nach seit je her überschätzt. Belästigen Sie mich bitte nicht mehr.«

Die Verbindung war wieder unterbrochen.

Zwanzig Minuten später drückte er auf die Klingel zu ihrem Appartement. Als Sie sich über die Gegensprechanlage meldete und er seinen Namen nannte, herrschte Schweigen. Der Türöffner wurde nicht betätigt. Er drückte wahllos auf alle Klingeln. Der Türöffner summte, er stieß die Tür auf und betrat den kleinen Hausflur. Der Fahrstuhl war besetzt. Er stieg zwei Treppen hoch, fand ihr Appartement am Ende des Korridors und trommelte mit der Faust an die Tür.

»Verschwinden Sie!« schrie sie.

Er trommelte weiter. Am anderen Ende des Korridors ging eine Tür auf. Eine Frau starrte ihn an. Er grinste wie ein Irrer, und sie zog sich in ihre Wohnung zurück.

Schließlich wurde die Tür aufgerissen. Wilma Farnham wollte ihm den Weg verstellen, aber er drängte sich grob an ihr vorbei, drehte sich um und schloß die Tür.

»Wie können Sie es wagen!«

»Es gibt ziemlich aufregende Neuigkeiten, Wilma!«

»Sie sind stockbesoffen!«

»Ich bin stocksauer. Sie setzen sich jetzt, halten den Mund und hören mir zu!« Er faßte sie an den Schultern und schob sie rückwärts bis zur Couch. Dort ließ er sie los. Sie schnappte vor Schreck und Zorn nach Luft und ließ sich fallen.

»Sie können mir sagen, was Sie wollen, ich ...«

»Halten Sie den Mund!« Er betrachtete sie. Sie trug einen formlosen Morgenmantel aus häßlichem braunen Frottee. Die braunen Haare fielen ihr auf die Schultern. Sie trug keine Brille, blinzelte ihn kurzsichtig an und verzog angewidert ihr kleines Gesicht. »Wieso, zum Teufel, glauben Sie, Sie hätten ein Monopol auf Loyalität, Tugend und Ehre, Wilma? Wieso sind Sie so verdammt schnell mit Ihren Urteilen über andere, ohne einen Beweis zu haben? Mit welchem Recht nehmen Sie an, daß Sie über mich oder meine Reaktion etwas wissen?«

»Aber Sie haben sich immer irgendwie treiben lassen mit ...«

»Halten Sie den Mund! Sie haben getan, was man Sie geheißen hat. Das ist gut. Herzlichen Glückwunsch. Deshalb sind Sie aber nicht einmalig. Auch ich tat, was man mich geheißen hat. Ich habe kein Wort gesagt.«

Sie starrte ihn an. »Sie wollen mich wohl austricksen?«

»So rufen Sie um Himmels willen einen von den hohen Tieren an und fragen Sie!«

Sie blickte ihn zweifelnd an. »Kein Wort?«

»Nichts.«

»Aber die Anwälte haben mir gesagt, daß Sie alles erzählen würden. Sie meinten, das wäre Ihre einzige

Chance. Sonst bekommen Sie nicht einen Pfennig aus der Hinterlassenschaft.«

»Die Anwälte haben mich genauso falsch eingeschätzt wie Sie.«

»Haben Sie tatsächlich nichts gesagt? Haben Sie sich einfach geweigert zu antworten?«

»Ich war noch besser. Ich habe ihnen etwas erzählt, das sie einfach nicht akzeptieren konnten; sie konnten es unmöglich glauben.«

»Was?«

»Ich habe ihnen erzählt, daß ich alles verschenkt habe.«

Sie riß die Augen auf. »Aber das ... das ...«

Sie begann zu kichern. Er hätte nie gedacht, daß sie so mädchenhafte Töne von sich geben konnte. Dann brach sie in schallendes Gelächter aus, und er lachte mit. Sie gackerte vor Lachen, Tränen rannen über ihr kleines Gesicht, und plötzlich bemerkte er, daß sich ihr Lachen in Schluchzen verwandelt hatte; sie zitterte vor Kummer und Schmerz.

Er trat zu ihr und setzte sich neben sie. Dankbar warf sie sich in seine Arme, barg den Kopf an seinem Hals, schnaubte und schniefte, und bei jedem Schluchzen zuckte ihr schmaler Körper krampfhaft. Ab und zu verstand er ein paar Worte. »Entschuldigung ... ganz allein ... schäme mich ... nicht so gemeint ...«

Er hielt sie in den Armen und streichelte sie. »Schon gut, schon gut.«

Schließlich beruhigte sie sich. Ihm fiel auf, wie frisch und sauber ihre Haare dufteten, wie weich und warm sie sich an ihn schmiegte und wie sich die angenehmen Rundungen unter dem langweiligen Hauskleid zart an ihn preßten. Ab und zu schluchzte sie noch. Unvermutet versteifte sie sich, fuhr hoch und floh an das andere Ende der Couch.

»Kommen Sie nicht näher! Rühren Sie mich ja nicht an, Sie Scheißkerl!«

»Wilma!«

»Ich weiß alles über Sie. Die anderen legen sich vielleicht sofort auf den Rücken, aber ich nicht!«

»Verdammt noch mal!«

»Ha! Stellen Sie sich nicht so unschuldig, Kirby Winter! Ich bin froh, daß Sie Ihrem Onkel gegenüber loyal geblieben sind, aber deshalb muß ich die *anderen* Dinge, die Sie tun, nicht respektieren.

Ich weiß, was sie mit den Besprechungen in dem schmutzigen Hotelzimmer beabsichtigt haben. Wir wußten beide, worauf Sie aus waren, nicht wahr? Deshalb war ich stets auf der Hut. Wenn ich Ihnen nur die geringste Gelegenheit gegeben hätte, wären Sie wie ein Verrückter über mich hergefallen.«

»Was?«

»Ich blieb stets auf der Hut. Ich hatte nicht die Absicht, Ihr Spielzeug in Miami zu werden, Mr. Winter. Sie haben genügend Spielgefährtinnen auf der ganzen Welt. Ich hatte immer schreckliche Angst, wenn ich in dieses Zimmer ging. Wie Sie mich angesehen haben! Ich habe Gott gedankt, ja, *gedankt,* Mr. Winter, daß ich so unauffällig bin und Sie daher kaum die Beherrschung verlieren würden. Wenn ich in dieses Zimmer kam, richtete ich mich noch unauffälliger her. Jetzt, da alles vorüber ist, kann ich Ihnen noch etwas sagen, das mich krank vor Scham macht. Trotz meiner Angst und meiner Verachtung ertappte ich mich manchmal bei dem Wunsch, daß Sie sich auf mich stürzen würden.«

»Auf Sie *stürzen!*«

»Das war der Teufel in meinem Herzen, Mr. Winter. Es war Fleischeslust, das verrückte Verlangen, mich zu erniedrigen. Aber ich habe ihm nie nachgegeben und Sie nie ermutigt.«

»Wir haben doch in diesem Zimmer nur dagesessen und sind die Berichte durchgegangen ...«

»Dem äußeren Anschein nach. Aber die vielen ungesagten Dinge, der innere Aufruhr und auch die Spannung, die dahinterstanden, was war damit, Mr. Winter?«

Er hob die rechte Hand. »Ich schwöre bei Gott, Miss Farnham, daß ich nie, nicht einen einzigen Augenblick, das leiseste Verlangen verspürte, Sie ...«

Er hielt unvermittelt inne. Er sah die sterile Wohnung, das unscheinbare Mädchen, ihren Gesichtsausdruck, als sie begriff, was für ein entsetzlicher Schlag ihrem Stolz bevorstand. Das konnte er ihr nicht antun, auch wenn sie vielleicht ein wenig verrückt war.

Er ließ die Hand unvermittelt sinken und blinzelte sie schalkhaft an. »Damit komme ich wahrscheinlich nicht durch, was?«

»Wie bitte?«

Er blinzelte nochmals. »He, Baby, ich habe Sie beobachtet, wenn Sie beim Gehen mit ihrem kleinen, runden Hintern so entzückend hin und her gewackelt haben. Da habe ich Sie mir immer ohne Brille und ohne diese schrecklichen Großmutterkleider, dafür mit schick auffrisierten Haaren vorgestellt; wenn ich Ihnen einen Drink verpaßt hätte, dann wären Sie scharf wie eine Pistolenkugel gewesen.«

»S-sie schmutzige Bestie!«

Er zuckte die Achseln. »Aber wie Sie eben gesagt haben, Süße, Sie haben mir nie einen Ansatzpunkt gegeben. Sie haben nicht die kleinste Andeutung gemacht.«

Mit einem Satz stürzte sie von der Couch zur Tür am anderen Ende des Zimmers, wirbelte herum und starrte ihn an. Ihr Gesicht war blaß, der Mund zitterte. »W-wenn«, flüsterte sie, »wenn ich mir auch nichts anmerken ließ — warum, um Himmels willen, haben Sie nichts unternommen?«

In der knisternden Stille suchte er nach der richtigen Antwort, sah sich aber jedoch mit der schrecklichen Wahrheit konfrontiert und wollte ihr nicht mehr ausweichen. »Weil — ich Angst vor Frauen habe. Ich versuche, es zu verbergen, aber Frauen jagen mir Angst ein.«

Sie sah ihn ungläubig an und machte einen kleinen Schritt auf ihn zu. »Aber Sie sind so ... so höflich und so ...«

»Alles nur Theater, Wilma. Ich renne jedesmal davon wie ein Hase.«

Sie biß sich auf die Lippe. »Ich ... habe nicht oft Gelegenheit gehabt davonzulaufen. Aber im geeigneten Augenblick laufe ich auch davon wie ein Hase. Aber Sie!«

»Sie sind die erste, der ich es erzähle.«

Plötzlich begann sie zu lachen, aber er konnte nicht mitlachen. Ihr Lachen wurde wieder hysterisch.

»Nein, nicht schon wieder! Bitte!« rief er.

Sie kreischte vor Lachen, drehte sich um, stürzte aus dem Zimmer und schlug die Tür hinter sich zu. Er hörte sie im Nebenraum herumtrampeln; es klang wie eine Viehherde im Sumpf. Er ging langsam auf und ab, bis das Geräusch verebbte. Er setzte sich mit dem Rücken zur Schlafzimmertür auf einen Stuhl.

»Wilma!« rief er.

»Einen Augenblick«, antwortete sie, und ihre Stimme klang heiser vom Weinen.

Er zog die Golduhr heraus und blinzelte durch das kleine Fernrohr. Ein Schauer überlief ihn. Als er gerade das verschlungene Monogramm auf der Rückseite studierte, ging die Schlafzimmertür auf.

»Die hat er immer bei sich gehabt«, begann sie. »Immer.«

»Ich werde es ebenfalls tun. Ich werde eine Weste tragen oder sie am Gürtel befestigen.«

Sie stand hinter ihm und blickte ihm über die Schulter. Eine betäubende Wolke von Parfum hüllte ihn ein.

»Manchmal hat er durch das kleine Fernrohr geschaut und gelacht.«

»Das kann ich mir vorstellen.«

»Einmal habe ich ihn danach gefragt. Er ließ mich nicht durchschauen. Ich verstehe die Sprache nicht, hat er gemeint. Ich begriff nichts. Lassen Sie mich durchschauen?«

»Ich ... äh ... vielleicht ...«

Sie machte einen großen Bogen um den Stuhl herum und blieb in einiger Entfernung stehen, so daß er sie zum ersten Mal sah. Er wollte schlucken, schaffte es aber nicht. »Habe es vor zwei Jahren gekauft«, flüsterte sie ernst. »Ich habe es einmal anprobiert.«

Sie hatte die braunen Haare so lange gebürstet, bis sie glänzten, und zum ersten Mal fiel ihm der rötliche Schimmer darin auf. Sie stand ihm gegenüber, hatte aber das Gesicht abgewandt, wie ein Rekrut, der eben eine Rüge wegen seiner schlechten Haltung bekommen hat. Sie zitterte nicht, sondern schien eher wie elektrisiert zu vibrieren, so daß das Auge die Schwingungen kaum erfaßte. Winter hatte das Gefühl, daß ein Fingerschnippen genügte, und der Zauber würde sich in beißenden, blauen Rauch auflösen. Er konnte nicht schlukken. Sie trug nur ein einziges Kleidungsstück, und er hatte keine Ahnung, welche Funktion es hatte. Um ihren Hals lag eine schmale Rüsche aus schwarzer Spitze, ebenso um ihre Handgelenke. Eine dritte Rüsche schwebte in einigem Abstand zu ihren blassen, schlanken Schenkeln um ihre Hüften. Diese drei schwarzen Streifen wurden von einem unfaßbaren Gebilde zusammengehalten, das so zart und körperlos war wie ein Hauch von Ruß auf der Windschutzscheibe. Auf diesem Gespinst saß genau über dem Nabel die Applikation eines aufgedunsenen, entarteten Kaninchengesichts, das boshaft grinste.

Er schluckte krampfhaft, als müsse er eine Handvoll Reißnägel hinunterwürgen. Einen Sekundenbruchteil lang staunte er über Hoover Hess' unheimlichen Scharfblick. Aber er fühlte sich der Situation nicht gewachsen und stürzte mit einem verzweifelten, schuldbewußten Aufschrei aus dem Appartement und rannte den Korridor entlang zur Treppe. Hinter sich hörte er ihr enttäuschtes Geheul und einen langen, heiseren Schrei: »Du *Baastaaard!*« Er polterte die Treppe hinunter, als ihr brüllendes Gelächter begann, das sich immer höher und höher schraubte; endlich fiel die schwere Brandschutztür hinter ihm ins Schloß, und es war still.

Er war schon zwei Häuserblöcke weit gegangen, als er sich sagen hörte: »Um Himmels willen, Wilma!« Erst jetzt bemerkte er, daß er die Worte schon seit geraumer Zeit ständig vor sich hin murmelte. Er hielt noch immer die goldene Uhr in der Hand. Zwei alte Damen starrten ihn mißtrauisch an. Er verlangsamte den Schritt, steckte die Uhr in die Tasche und lächelte die Damen freundlich an. Eine von ihnen erwiderte sein Lächeln. Die andere schob das Kinn in die Höhe, holte tief Luft und schrie mit einer Lautstärke, daß jeder Autofahrer im Umkreis erschrocken das Steuer herumriß: »Haltet den Dieb!«

In panischem Schrecken stürzte er davon, bog um die nächste Ecke und wurde langsamer. Seine Beine zitterten. Er blieb stehen und starrte in die Auslage eines Buchladens, ohne etwas zu sehen, und wartete, bis sein Atem wieder normal ging. Als er sich schließlich orientierte, bemerkte er, daß ihn nur wenige Straßenzüge vom Hotel Birdline trennten. Plötzlich fielen ihm die Lügen wieder ein, die er im Zusammenhang mit Onkel Omars persönlichen Papieren erzählt hatte. Er war sich damals furchtbar schlau vorgekommen, aber jetzt war er nüchtern, und ihm wurde klar, daß es eine riesige Dummheit gewesen war.

Er ging zum Birdline. Der Kerl mit den eng zusammenstehenden Augen und der fürchterlichen Akne machte in der Rezeption Dienst. Er steckte den Kopf in das kleine Büro hinter der Telefonzentrale und rief Hoover Hess. Hess kam heraus und rieb sich gequält lächelnd die Hände.

»Nun, Kirb, sind Sie so weit, daß wir übers Geschäft reden können? Sie werden kein besseres ...«

»Nicht jetzt, Hoover. Ich habe es eilig. Ich wollte Sie

wegen der Sachen fragen, die Sie für mich aufbewahrt haben. Ich werde sie vielleicht …«

»Verstehe, ich weiß eine nette Geste zu schätzen, aber ich habe Ihnen gesagt, daß ich die Sachen kostenlos für Sie aufbewahre, solange ich da unten Platz habe, nicht wahr?«

»Ja.«

»Und ich ändere meine Meinung nicht, nur weil Sie eine große Erbschaft gemacht haben.«

»Aber …«

»Ich will damit sagen, daß ich mich über die fünfzig Mäuse gefreut habe, Kirb. Es war nett von Ihnen, das können Sie mir glauben.«

»Fünfzig?«

Hess sah ihn erschrocken an. »War es mehr? Haben sich die Gauner unterwegs etwas unter den Nagel gerissen?«

»N-nein, es war nicht mehr.«

»Beruhigen Sie sich, Kirb. Heute vormittag um etwa elf Uhr haben sie den Schrankkoffer und die große Kiste geholt.«

»Wer?« fragte er schwach.

»Die Leute vom Elise! Im Lieferwagen vom Elise. Zum Kuckuck! Wissen Sie nicht einmal mehr, wen sie geschickt haben? Wenn Sie ein paar Minuten hereinkommen und sich setzen, könnte ich Ihnen erklären, wie ich mir die Geschichte denke. Sie übernehmen meine Hypotheken zu einem vernünftigen Zinssatz, statt der Halsabschneiderzinsen, die ich jetzt bezahle. Dafür bekommen sie einen Anteil. Ich hatte sogar den großartigen Einfall, daß wir das Hotel nach Ihnen benennen können: Winter-Haus. Was halten Sie davon?«

»Ein andermal, Hoover.«

»Wann Sie wollen. Ich stehe immer zu Ihrer Verfügung. Immer.«

Kirby ging durch die Halle zur Telefonzelle. Fast wäre er mit einem Matrosen zusammengestoßen. Der Matrose kam ziemlich schnell daher, schlitterte über den gefliesten Boden und drehte sich langsam mit geschlossen Augen um die eigene Achse. Er grinste immer noch, als er in eine Gruppe von drei kleinen, dicken Männern hineinrutschte, die erbittert über einen Rennschein diskutierten. Die drei fielen auf eine Couch, die kippte um, und der Matrose ging oben drauf liegend mit ihnen zu Boden.

Kirby wählte Betsys Nummer aus dem Gedächtnis.

»Kirby! Ich wollte mich gerade auf die Suche nach Ihnen machen. Ich habe schon tausendmal im Hotel angerufen. Sind Sie jetzt dort?«

»Nein. Hören Sie zu. Ich glaube, Sie hatten recht, zumindest ein wenig.«

»Vielen Dank.«

»Seien Sie nicht so sarkastisch. Wie sich die Dinge entwickeln, kann keiner von mir erwarten, daß ich ihm traue.«

»Was ist los, Kirby! Sie zeigen ja die Zähne!«

»Ich habe etwas Dummes getan. Ich bin mir zwar dabei sehr schlau vorgekommen, aber ich war betrunken.«

»Nicht die richtige Zeit für einen Rausch.«

»Ich weiß. Irgendwie hat es trotzdem geklappt. Die beiden werden aber furchtbar wütend sein. Ich sollte sie um zwei Uhr drüben treffen; sie wollte mit mir einkaufen gehen.«

»Wie üblich. Sie hat ein Talent dafür, allen ihren Männer den gleichen Look zu verpassen; sie sehen wie schwule Schilehrer aus. Wahrscheinlich ist es die Kombination von Sonnenbräune, Koteletten und den breiten Krawatten; auf die ist sie ganz versessen. Aber es ist schon lang nach zwei, Kirby.«

»Ich habe so ein Gefühl, daß es nicht sehr klug wäre, jetzt hinüberzugehen. Hören Sie zu, ich ...«

»Kommen Sie zu mir, da können wir uns unterhalten. Ich hasse das Telefon.«

»Ich erzähle es Ihnen lieber am Telefon.«

»Kommen Sie her. Ich bin allein, und wir können alles besprechen.«

»Aber … aber …«

»Kommen Sie her, und zwar gleich, Sie Clown!« Sie legte auf.

Ein Wort drängte sich in sein Bewußtsein und nahm Gestalt an: Einfaltspinsel. In dicken rosa Stoffbuchstaben sah er es vor sich geschrieben; der Stoff hatte die gleiche Farbe wie das Gesicht des lüsternen Hasen auf Miss Farnhams luftigem Kostüm. Er riß sich zusammen. Er machte einen Bogen um das brodelnde Durcheinander von Polizisten, Matrosen und Wettscheinbesitzern in der Halle und bestieg das einzige Taxi vor dem Eingang, ohne sich um die Schlagstöcke der prügelnden Polizisten zu kümmern.

Beim Wegfahren meinte der Fahrer:

»Da sieht's am Montag nachmittag aus wie am Samstag abend.«

»Was?«

»Der Krawall, Mann!«

»Tut mir leid, ist mir nicht aufgefallen.«

Nach langem Schweigen begann der Fahrer wieder: »Ich weiß nicht, zu was für einer Verabredung Sie unterwegs sind, Mister, aber ich würde gern mit Ihnen tauschen.«

Die Adresse war nicht leicht zu finden. Es war eine gewundene, enge Gasse an der Küste. Im Lauf der Jahre hatte man willkürlich an das Haus angebaut, und jeder Zubau neigte sich in eine andere Richtung. Endlich fand er Appartement vier; es lag im ersten Obergeschoß und war über eine eiserne Treppe an der Außenseite des Gebäudes zu erreichen. Die Tür war in atemberaubenden Orange gestrichen. Über der Klingel stand *b. sabbith.* Er war versucht, den Daumen fünf Zentimeter unterhalb der Klingel auf den Türrahmen zu drücken, zehn Sekunden zu warten und über die Treppe davonzustürzen. »Einfaltspinsel«, flüsterte er und drückte auf die

Klingel. Die Tür hatte ein winziges Guckloch. Ein grünes Auge tauchte dahinter auf, dann ging die Tür auf.

»Kommen Sie rein und schaun Sie sich um; es ist schauderhaft«, sagte sie. Sie war barfuß und trug eine karierte Stretchhose und eine ärmellose blaue Bluse. Im Mundwinkel hing eine Zigarette und ihre braunen Haare waren unordentlich zerrauft.

Das Apartment bestand im Grunde aus einem großen Raum. Außerdem gab es eine Kochnische, und die einzige Tür führte vermutlich ins Bad. Durch eine Glastür trat man auf einen winzigen Frühstücksbalkon.

Sie machte eine umfassende Armbewegung. »Sehen Sie sich um: knöcheltiefe Teppiche, raffinierte Beleuchtung, ein entzückender kleiner Herd mit einer Tigerfellimitation davor. Egal auf welchen Stuhl Sie sich setzen, zum Aufstehen brauchen Sie eine hilfreiche Hand. Das Bett mißt drei mal drei Meter und ist einen halben Meter hoch, ich habe es gemessen. Die kleine Bibliothek besteht nur aus Erotica. Siebzehn Spiegel habe ich gezählt. Einundreißig Kissen, auch die habe ich gezählt. Was die Verpflegung anlangt, so gibt es eine halbvolle Schachtel alter Salzkekse, eine halbvolle Schachtel Puffweizen, einundzwanzig Dosen mit diversen Köstlichkeiten für Cocktails, zwei Flaschen Gin, vierzehn Flaschen Wein. Raten Sie einmal, Winter, was Bernies Hobby ist?«

»Vielleicht — Briefmarken?«

Sie wirbelte herum und grinste ihn an. »Sie brauchen eine Weile, aber irgendwie sind Sie nett, Kirby. Ich habe Sie für einen tödlichen Langweiler gehalten. Vielleicht irre ich mich. Ich empfehle die Couch dort drüben. Sie ist das einzige Möbelstück, von dem Sie ohne Hilfe aufstehen können. Sie muß zur Wohnung gehören.« Sie setzte sich, klopfte neben sich auf die Couch und sagte: »Jetzt möchte ich einen detaillierten Bericht, mein Freund.«

Er erzählte ihr alles, und machte nur hier und dort

kleine Korrekturen. Sie wirkte ruhiger und nachdenklicher als bei ihrem letzten Gespräch. »Was hatten Sie im Hotel aufbewahrt?«

»Nur persönlichen Plunder. Bücher, Schallplatten, Photographien. Tennissachen, Jagdsachen, sogar ein Paar Schlittschuhe.«

»Schlittschuhe, das ist nett. Darüber werden sie sich sehr freuen. Aber wir sind weitergekommen. Sie wissen jetzt mit Sicherheit, daß die beiden etwas wollen. Onkels persönliche Aufzeichnungen. Der Schlüssel zu der Tatsache, daß er den anderen gegenüber immer im Vorteil war. Und Sie sagen, daß es überhaupt keine Aufzeichnungen gibt? Sind Sie sicher?«

»Ziemlich sicher.«

»Die Farnham scheint mir loyal bis zum Gehtnichtmehr zu sein. Könnte Sie trotzdem etwas abgezweigt haben?«

»Ich bezweifle es.«

»Charla und Joseph werden sehr ungehalten sein, Kirby. Aber für die beiden sind Sie wahrscheinlich immer noch die beste Verbindung zu dem, was sie haben wollen. Ich glaube, daß sie nicht einmal genau wissen, was sie wollen. Aber sie wollen es unbedingt. Sie sind so versessen darauf, daß sie Sie nicht allzu schlecht behandeln werden. Haben Sie ihnen bestimmt nicht meine Adresse gegeben, als Sie betrunken waren?«

»Wenn ich sie ihnen gesagt hätte, würden sie jetzt nicht versuchen, sie herauszufinden.«

»Die beiden wollen vermeiden, daß wir an einem Strang ziehen. Sie haben es lieber mit einem Trottel zu tun, als mit jemandem, dem ich Härte beigebracht habe.«

»Dieses Wort gefällt mir nicht, Betsy.«

»Seien Sie doch um Himmels willen ehrlich zu sich. Hätte ich nicht den Samen des Verdachts gesät, dann hätte Charla Sie mittlerweile am Gängelband; sie würde Sie spazierenführen, Sie hinter den Ohren kraulen, Ihre neuen Krawatten binden und mit Ihnen ihre Routine abziehen, bei der sie Sie abwechselnd aufgeilt und hinhält, bis Sie nicht einmal mehr wissen, wie Sie heißen, wenn jemand Sie plötzlich fragt.«

»Da bin ich nicht so sicher.«

»Sie kennen Tante Charla nicht. Wo stehen wir also? Am besten gehen Sie wieder zu ihnen; Sie müssen sich aber sehr schlau anstellen. Tun Sie so, als wüßten Sie, worauf sie es abgesehen haben. Geben Sie zu, daß Sie sie reingelegt haben und stellen Sie sich verhandlungsbereit. Vielleicht kriegen wir so heraus, was die beiden wirklich haben wollen, falls sie es wissen.«

»Ich glaube, daß ich bei solchen Sachen nicht besonders geschickt bin.«

»Ich *weiß*, daß Sie dabei nicht sehr geschickt sind. Aber bleiben Sie dran, vielleicht bekommen wir einen freiwilligen Helfer. Bernie macht Werbefilme und kommt mit einem Drehteam und ein paar Fotomodellen her. Sie sind alle verrückt. Vielleicht helfen sie uns, die Verwirrung noch zu vergrößern.«

»Ist sie noch nicht groß genug?«

»Armer Kirby.«

»Im Lauf von elf Jahren bekommt man langsam genug davon, sich mit Leuten herumzuschlagen, von denen man weiß, daß man sie nie wieder sieht. Ich wollte schon längst Schluß damit machen. Ich träume davon, weit weg von allem ein Dorf zu finden, ein Dorf mit achtundzwanzig Einwohnern. Die würde ich alle kennen, und sie würden mich kennen, am nächsten Tag, im nächsten Jahr und in zehn Jahren. Dann brauchte ich mir nicht mehr Namen und Gesichter zu merken und wüßte am Morgen bereits vor dem Aufwachen, wo ich bin, anstatt nachher herumzurätseln.«

»Ich träume davon, daß ich wieder in diese Schule gehe. Ich war sechs Jahre in dieser Schule, von neun bis fünfzehn. So lang war ich nirgendwo sonst. Ich träume, daß eine Klasse abreist, und ich muß auch abreisen und weine. Aber dann holen sie mich aus der Reihe, und ich weiß, daß ich bleiben kann; das ist wunderbar. Die anderen marschieren davon, aber ich darf bleiben.«

»Aber Sie durften nicht bleiben.«

»Charla kam in einem Auto so groß wie ein Lastwagen, mit einem Chauffeur in Uniform und einer englischen Lady Irgendwas, die beim Lachen immer schrecklich prustete. Ich hätte bei einer Schulaufführung mitwirken sollen, aber das hat sie einen Dreck gekümmert. Sie fuhren mit mir nach Paris und kauften mir eine Menge Kleider. Wir trafen noch andere Leute und flogen gemeinsam nach Kairo.«

»Manchmal sprechen Sie mit mehr Akzent.«

»Wenn es sein muß, kann ich ganz ohne sprechen.«

»Könnte es sein, daß Charla die Einbrüche in die Wohnungen meines Onkels arrangiert hat?«

»Warum nicht? Es liegt zwar nicht auf ihrer Linie, etwas unfein und wahrscheinlich ziemlich teuer. Aber sie denkt praktisch.«

»Sie werden nicht an diesen Brief herankommen.«

»Sie können es sich leisten, ein Jahr zu warten. Und Sie haben nichts als ein Andenken.«

Er zog die Uhr aus der Tasche. Sie nahm sie ihm aus der Hand. »Eine richtige Großvateruhr.« Bevor er es noch verhindern konnte, sah sie durch das kleine goldene Fernrohr.

»Ach du liebe Zeit«, sagte sie mit müder Stimme. »Zeigen Sie das nicht Bernie. Das fehlt gerade noch in diesem Apartment. Auf dieser Wand hier ist noch Platz für ein Wandgemälde.« Sie sah noch einmal durch. »Dieser Plunder kommt aus Japan. Ein Mädchen in der Schule hatte eine ganze Schachtel voll davon. Ihre waren alle in Ringe eingesetzt.« Sie gab ihm die Uhr zurück, und er steckte sie wieder in die Tasche. Da beugte sie sich vor und streckte die Hand aus. Nach seiner demütigenden Flucht aus Wilmas Wohnung hatte er beschlossen, Feuer mit Feuer zu bekämpfen. Er wollte sie berühren, zielte aber schlecht. Seine Handfläche glitt über ihre kleine, feste Brust, die rund unter der blauen Bluse ruhte, wie ein Apfel in der Sonne. Ihre Zähne blitzten auf, aber es war kein Lächeln, dann knallte etwas auf seine linke Wange. Seine Augen füllten sich vor Schmerz mit Tränen. Sein Blick trübte sich. Als er sie wieder klar sehen konnte, blickte sie ihn ernst an und saugte dabei an ihren Fingerknöcheln. Er schob mit der Zungenspitze einen Metallsplitter aus dem Mund auf die Lippe, nahm ihn in die Hand und starrte ihn an. Es war ein Stück von einer Zahnfüllung. Es gab ein leise klickendes Geräusch, als er es in den Aschenbecher fallen ließ.

In der darauf folgenden Stille, griff sie wieder nach ihm, zog die Zigaretten aus seiner Hemdtasche, nahm eine aus der Packung und steckte die Packung wieder zurück.

»Hat Sie die Umgebung inspiriert, was?« fragte sie.

»Ich habe nur geglaubt ...«

»Vielleicht hat Charla Ihr Gefühl für Werte verschoben, mein Freund. Vielleicht ist es für sie nur eine gesellschaftliche Geste, so wie man die Butterdose reicht oder um den nächsten Tanz bittet. Nicht bei mir, Winter. Ich schätze mich höher ein.«

»Sie hat gesagt, daß es gerade umgekehrt wäre«, entgegnete er unglücklich.

»Wie viele Lügen werden Sie noch glauben?«

»Von jetzt an — nicht mehr sehr viele.«

»Ich wollte nicht so kräftig zuschlagen, Kirby.«

»Ich habe schon bessere Tage erlebt als den heutigen.«

Sie stand auf und ging durchs Zimmer. Wieder bewunderte er ihre Ausdruckskraft. In ihrem Gang lag Zögern, Bedauern und Unberührbarkeit. Sie hantierte an einem Schaltbrett an der gegenüberliegenden Wand. Ein ohrenbetäubendes Kreischen ertönte und wurde immer lauter — das mußte ein Jet sein, der in das Gebäude donnerte. Kirby sprang auf, da verwandelte sich das Geräusch in das Sperrfeuer von Infanterie. Sie reduzierte die Lautstärke und plötzlich ertönte lateinamerikanische Musik, Bongos, Zupfinstrumente und eine gedämpfte Trompete.

»Hi-Fi gehört auch zur Behandlung. Zweihundert Watt, mit Hoch- und Tieftonlautsprechern, die im ganzen Raum verteilt sind.«

»Laut, was?«

»Die Schallplatten sind hier unten. Er hat für alles die passende Musik. Aber ich habe es jetzt auf UKW gestellt.« Sie ging rastlos durch das Zimmer und bewegte sich dabei im Rhythmus, halb tanzend und halb gehend. »Wenn wir nur genau wüßten, was sie suchen.«

»Ich gehe jetzt besser wieder zurück und sehe zu, was ich herausfinden kann.«

»Sagen Sie ihnen ja nicht, wo sie mich finden können.«

»Keine Sorge. Aber was würden sie tun?«

»Eine Möglichkeit finden, um uns zu trennen. Es könnte auch unangenehm werden.«

Er versuchte sich vorzustellen, daß Charla etwas Unangenehmes tat. Beim Gedanken an Charla schien die Luft dünn zu werden. Er sah sie deutlich vor sich. Sie trug Wilmas rauchigen Hauch, lächelte ihn an, und das Bild vermengte sich mit der Erinnerung an Betsys kleine, feste Brust in seiner Hand. Betsy trat zu ihm und starrte ihn an. »Leiden Sie manchmal an Anfällen?«

»Ich?«

»Versuchen Sie es mit kalten Duschen, tief Atmen und sauberen Gedanken, Winter. Jetzt verschwinden Sie, damit ich ein wenig schlafen kann.«

Kapitel 6

Um viertel vor fünf war er im Elise und ging sofort auf sein Zimmer, ohne sich an der Rezeption aufzuhalten. Kaum hatte er die Tür hinter sich geschlossen, läutete das Telefon. Es läutete und gleichzeitig leuchtete befehlend ein rotes Licht auf.

»Warum haben Sie mich nicht wissen lassen, daß Sie sich verspäten würden, mein Lieber?« fragte Charla.

»Es tut mir leid.«

»Ist jemand bei Ihnen?«

»Nein.«

»Das ist sehr eigenartig.«

»Was ist daran eigenartig?«

»Leute, die in der Öffentlichkeit stehen, sind meist von einem ganzen Menschenschwarm umgeben.«

»Leute, die in der Öffentlichkeit stehen?«

»Sie sind entzückend begriffsstutzig, Kirby. Sehen Sie zu, daß Sie so schnell wie möglich herkommen, bevor Ihnen der Himmel auf den Kopf fällt. Gehen Sie durch den Korridor zu unserer Suite. Ein Glück, daß wir nicht einkaufen waren. Wir können von Glück reden, wenn wir es auf die *Glorianna* schaffen, mein Lieber. Sie ist heute vormittag eingelaufen.«

»Wovon sprechen Sie?«

»Du lieber Himmel, wissen Sie es wirklich nicht?«

»Nein.«

»Waren Sie nicht an der Rezeption?«

»Nein.«

»Dann kommen Sie schleunigst her, damit ich es Ihnen erzählen kann.«

Sie legte auf. Kaum hatte er aufgelegt, läutete das Telefon von neuem. Er hob ab. Eine nervöse Männerstimme fragte: »Kirby Winter?«

»Ja?«

»Hören Sie, Freundchen. Ich rede ganz offen. Wenn ich der erste bin, biete ich zweitausendfünfhundert Mäuse für vierundzwanzig Stunden exklusive. Ich heiße Joe Hooper; merken Sie sich meinen Namen, ja? Ich sorge dafür, daß die anderen Sie bis morgen um diese Zeit in Ruhe lassen. Abgemacht?«

»Ich weiß nicht, wovon Sie reden.«

»Zieren Sie sich nicht. Sie müssen sich schnell entscheiden. Sie haben sich geschickt vorbeigeschlichen, aber es hat sich herumgesprochen und sie sind schon auf dem Weg zu Ihnen.«

»Wer?«

»Sind sie überhaupt Kirby Winter?«

Im Korridor wurde es laut, und Leute hämmerten an seine Tür. »Entschuldigen Sie, jemand ist an der Tür.«

»Das sind *sie*, Sie Narr! Ist es abgemacht?«

Kirby seufzte und legte auf. Er ging auf die Tür zu, zögerte dann jedoch. Der Lärm hörte sich nach vielen Leuten an. Plötzlich klopfte jemand laut an die verschlossene Verbindungstür zum angrenzenden Zimmer, und eine gedämpfte Stimme fragte: »Kirby?« Er erkannte Charla, ging zur Tür und antwortete. »Öffnen Sie den Riegel«, verlangte sie.

Er öffnete die Tür. Sie legte den Kopf schief und lächelte ihn an, während sie dem Tumult im Korridor lauschte. »Die sind schnell, das kann man wohl sagen!« Sie trug einen mandaringelben Mantel über weißen Bermuda Shorts und eine riesige, dunkle Sonnenbrille.

»Wer?«

»Die Leute von der Presse, Liebster. Sie stoßen und drängeln ohne Rücksicht auf Verluste und halten ihre gräßlichen kleinen Blitzlichter, Bleistifte und Kassettenrecorder bereit. So ähnlich habe ich es mir vorgestellt. Ich bat daher Joseph, sicherheitshalber dieses Zimmer zwischen der Suite und Ihrem Zimmer zu mieten. An der Meerseite sind alle Zimmer miteinander verbunden und man kann sie in eine große Suite verwandeln. Ein entzückendes Flitterwochenpärchen mußte ein anderes Zimmer beziehen, damit Joseph dieses hier bekam.«

»Was wollen diese Leute?«

»Stehen Sie nicht wie ein Einfaltspinsel herum, mein Lieber. Es hört sich an, als würden sie gleich die Tür eintreten.«

Er ging mit ihr durch das angrenzende Schlafzimmer in die Suite. Sie schloß die Verbindungstür hinter ihnen und reichte ihm eine Nachmittagsausgabe der Miami *News.* Auf der ersten Seite prangte über zwei Spalten ein Bild von ihm, das vor langer Zeit aufgenommen worden war. Die Überschrift lautete: GEHEIMNISVOLLER NEFFE AN KREPPS STEUERTRICK BETEILIGT. Er ließ sich auf einen Stuhl fallen.

»Heute mittag gab Walton Grumby, der geschäftsführende Vizepräsident von Krepps Enterprises bekannt, daß ernste Probleme mit der Erbschaftssteuer für den Nachlaß von Omar Krepps zu erwarten sind, weil Kirby Winter, der Neffe des verstorbenen Krepps, sich weigert, über den Verbleib von rund 27000000 Dollar Auskunft zu geben. Diese Summe wurde im Lauf von elf Jahren von Krepps Enterprises an eine geheimnisvolle Firma, O.K. Devices, transferiert, deren alleiniger Inhaber Mr. Krepps war.

Grumby teilte den Reportern mit, daß O.K. Devices in einem kleinen gemieteten Büro im Fowler Gebäude untergebracht war und nur zwei Angestellte hatte: Miss Wilma Farnham aus Miami und Kirby Winter. Am Tag nach Krepps' Tod vernichtete Miss Farnham alle Akten und Unterlagen von O.K. Devices und löste das gemietete Büro auf. Sie handelte entweder aus eigenem Antrieb oder auf Winters Anweisung. Grumby ließ die Presse wissen, daß Krepps bezüglich der von O.K. Devices durchgeführten Transaktionen immer äußerst verschwiegen war. Es ist möglich, daß die Firma nur dazu diente, die flüssigen Mittel von den übrigen Krepps Unternehmungen abzuschöpfen und sie damit dem Zugriff der Steuerbehörde zu entziehen.

Winter erhielt von Krepps vertrauliche Aufträge und reiste durch die ganze Welt; er kam nur selten nach Miami. Heute vormittag weigerte sich Winter, dem Vorstand von Krepps Enterprises Näheres über seine vertraulichen Aktivitäten zu enthüllen und wollte auch nicht sagen, was mit den 27 Millionen Dollar geschehen war. Auch Wilma Farnham schwieg über Einzelheiten bezüglich der Geschäfte von O.K. Devices und gab keine Auskunft darüber, auf wessen Anweisung sie die Unterlagen verbrannt hatte.

Alles deutet auf eine Verschwörung hin, und Grumby hält es daher für möglich, daß Farnham und Winter versuchen werden, das Land zu verlassen. Bei Redaktionsschluß waren weder Wilma Farnham noch Winter für eine Stellungnahme aufzutreiben.«

»Du lieber Himmel!« Kirby starrte Charla ausdruckslos an.

Sie setzte sich dicht neben ihn und nahm die Sonnenbrille ab.

»Haben Sie jetzt begriffen, Liebster?« fragte sie.

»Sie wollen unbedingt mit mir sprechen.«

»Die Summe wirkt ungeheuer faszinierend. Bei der Vorstellung von dem vielen Geld, das in den romantischen Ecken der Erde versteckt ist, geraten eine Million trübseliger kleiner Leute aus dem Häuschen. Man haßt Sie und bewundert Sie gleichzeitig, weil Sie alles geschnappt haben, sobald ihr Onkel starb.«

»Es war aber nicht so!«

»Macht das einen Unterschied?«

»Wenn ich das Geschäftsgebaren in allen Einzelheiten erkläre ...«

»Ohne Unterlagen? Hier und dort haben Sie doch etwas für sich auf die Seite gebracht, nicht wahr? Sehen

Sie mich nicht so empört an. Wenn Sie es nicht getan haben, dann sind Sie natürlich ein Idiot. Hat Miss Farnham denn nichts abgezweigt? Wie wollen Sie das wissen? Aber wegen der Presseleute müssen Sie sich keine Sorgen machen.«

»Was wollen Sie damit sagen?«

»Lieber Kirby, die Welt ist voller Bestien, die nichts lieber täten, als Sie und Ihre Miss Farnham auf einen Spieß zu stecken und über glühenden Kohlen zu braten, wenn sie dadurch nur an ein Prozent von dem vielen Geld gelangen. Sie beide sind plötzlich zu einer verlokkenden Beute im falschen Teil des Dschungels geworden. Wenn Sie zu dieser Tür hinausgehen, werden Sie wahrscheinlich feststellen, wie scharf die Zähne der wilden Tiere sind.« Sie war immer näher an ihn herangerückt, und er war unauffällig zurückgewichen. Jetzt war er am Ende der Couch angelangt und eine seidenweiche Brust ruhte auf seinem Arm.

»Sie brauchen uns mehr denn je«, flötete sie.

»Was?«

»Die *Glorianna,* mein Lieber. Seien Sie doch nicht so begriffsstutzig. Entweder wir schmuggeln Sie hinaus, oder die Welt reißt sie in Stücke, glauben Sie mir. Dabei weiß ich nach dem häßlichen Streich, den Sie uns gespielt haben, nicht einmal, warum wir Ihnen überhaupt helfen sollten. Schlittschuhe!«

»Ich wollte mich vergewissern.«

»Joseph war blaß vor Wut. Aber es geschah uns recht, weil wir Sie unterschätzt haben. Es war wirklich ein kluger Schachzug. Wahrscheinlich wären Sie nicht so mißtrauisch gewesen, wenn Betsy Ihnen nicht so viele falsche Dinge über uns erzählt hätte.«

»Aber — Sie wollen doch etwas.«

»Natürlich, mein Lieber! Ist es nicht angenehm, daß wir jetzt die Karten auf den Tisch legen können? Wir brauchen nicht mehr Verstecken zu spielen.«

»Vermutlich nicht.«

»Keine Geheimnisse mehr?«

»Das kommt darauf an.«

»Worauf? Sie werden doch nicht so gewöhnlich sein und eine Vereinbarung verlangen! Damit würden Sie alles verderben, finden Sie nicht? Ich kann Ihnen nicht versprechen, Ihre ergebene Sklavin zu sein, aber wenn wir einmal auf See sind, könnte es sich durchaus so entwickeln. Nur, Hurenhandel würde ich keinen abschließen, ganz gleich, worum es geht. Das wäre schrecklich gewöhnlich. Wir wollen doch außergewöhnlich sein!«

Er dachte an Betsy und wählte sein Worte vorsichtig. »Ich denke an einen anderen Handel, wie ich aus dem Geschäft aussteigen würde und welche Sicherheiten ich hätte.«

Sie war so nahe, daß er in der graugrünen Iris ihres linken Auges ein winziges bernsteinfarbenes Fleckchen sah und ihre wunderbaren Wimpern und Brauen bewundern konnte, die wie goldene Drähtchen schimmerten.

Ihre Augen wurden schmal, sie atmete tief ein und hielt die Luft an.

»Dann haben Sie es also!«

»Was?«

»Glauben Sie ja nicht, daß Sie besonders klug sind, Mr. Winter. Sie könnten sich selbst alles versauen.«

»Wieso das?«

»Ihr toter Onkel setzt Sie plötzlich mehr unter Druck, mein Kleiner, als wir. Sie werden jetzt einen Handel abschließen müssen. Könnte sein, daß Sie keine Wahl haben.«

Er tastete sich weiter. Das war eine neue, gefährliche Charla, so wie Betsy sie beschrieben hatte.

»Nehmen wir einmal an, daß ich Sie nicht brauche, auch wenn der Druck noch so groß ist.«

»Tatsächlich?«

»Nehmen wir an, daß ein Gutteil des Geldes tatsächlich beiseite geschafft wurde und daß ich Zugang dazu habe. Und nehmen wir an, daß ich Sie für gewöhnlich halte.«

»Gewöhnlich?« fragte sie leise und empört.

»Sie haben Onkel Omars Wohnsitze durchsucht.«

Sie betrachtete ihn lange. »Sie sind also auch ein guter Schauspieler. Das macht Sie doppelt gefährlich, als wenn Sie nur klug wären. Wenn der Einsatz hoch genug ist, steht es manchmal dafür, direkt vorzugehen. Es hätte funktionieren können. Wer hätte Sie dann gebraucht?«

»Wie es aber aussieht, brauchen Sie mich.«

Sie legte den Kopf schief. »Und warum, zum Kukkuck, reagierten Sie auf meine kleinen — Aufmerksamkeiten wie ein kleiner Junge, Kirby?«

»Es macht mir Spaß, wenn ich entwaffnend wirke.«

»Bei Gott, das sind Sie! Und was macht Sie so unempfänglich? Ist die Farnham so gut?«

»Vermutlich.«

Sie stand auf und ging mit finsterem Gesicht auf und ab. Während der letzten Minuten hatte sie ihren Akzent verloren. »Sehr schön«, sagte sie. »Man spielt mit hohem Einsatz, und wenn man das Opfer so weit hat, fällt es einem in den Rücken. Sie denken wahrscheinlich an eine Partnerschaft.«

»Nicht unbedingt.«

»Ist es auch dort, wo das Geld ist?«

»Was?«

Sie stampfte mit dem Fuß auf. »Zieren Sie sich nicht so, verdammt noch mal! Sie wissen genau, daß wir es auch anders hätten machen können. Sie haben getrunken, was ich Ihnen gab. Wir hätten Sie auch an einen Ort bringen können, an dem Ihnen Schreien nichts geholfen hätte. Joseph hat nicht den Magen dafür, aber ich schon, Freundchen. Ich habe ihn, und ich finde es sehr interessant.«

Er schluckte mühsam. »Sie meinen also, daß dabei nichts für Sie herausgeschaut hätte.«

»Für *Sie* hätte nichts herausgeschaut, mein Lieber.«

»Sie müssen allmählich begreifen, daß ich weiß, was ich tue.«

Sie nickte zögernd. »Ich fange an, es zu glauben. Aber was, zum Teufel, hat sich Ihr Onkel dabei gedacht? Er muß doch gewußt haben, daß es so kommen würde.«

»Falls er es so geplant hat.«

Sie deutete auf die Zeitung. »Sie müssen sich sehr sicher fühlen, Kirby, wenn Sie das initiiert haben.«

»Ich habe keine öffentliche Erklärung abgegeben.« Er ging zum Telefon und sah auf die Uhr. »Vielleicht ist Grumby mittlerweile zu Hause, und ich kann ihn dort erreichen.«

»Lassen Sie mich das Gespräch anmelden. Wenn das Mädchen in der Zentrale weiß, wo Sie sind, kann sie es in Geld umsetzen.«

Er suchte die Nummer, und Charla meldete das Gespräch an. Sobald Sie Grumby am Telefon hatte, reichte sie Kirby den Hörer.

»Sie haben eine interessante Pressekonferenz gegeben, Mr. Grumby.«

»Ah, Winter! Begreifen Sie doch, daß wir uns schützen müssen.«

»Dann werden Sie auch meine Erklärung begreifen, sobald ich sie abgebe.«

»Ich kann Ihnen nicht folgen.«

»Ich war ein Handlanger, das ist alles, was ich sagen kann. Onkel Omar hat mir jedenfalls nichts hinterlassen. Für mich war O.K. Devices eine raffiniert eingefädelte Sache, die ich nie ganz begriff. Ich habe nie verstanden, warum mit dem vielen Geld Grundstücke und Wertpapiere in Europa gekauft wurden und Verträge und Urkunden sowie jede Menge Bargeld unter Ihrem Namen und den Namen Ihrer Gesellschaft in Schweizer Banken deponiert wurden. Aber ich machte es, weil ich dafür bezahlt wurde. Ich kann ihnen außerdem erzählen, daß Sie auch Miss Farnham genarrt haben, weil sie nämlich die Unterlagen auf Ihr Ersuchen hin verbrannte.«

Es blieb lange still. Mit heiserer Stimme fragte Grumby schließlich: »Was wollen Sie damit erreichen, Mr. Winter?«

»Ich möchte eine Stellungnahme möglichst vermeiden.«

»Eine Stellungnahme wie diese — erfundene, könnte uns alle ruinieren.«

»Da es keine Unterlagen gibt, könnte es für alle höchst unangenehm werden. Ich möchte nur verhindern, daß Sie sich noch mehr schlaue Tricks einfallen lassen.«

»Wir haben Sie vermutlich gründlich unterschätzt, Mr. Winter.«

»Sie können Ihre Erklärung nicht mehr zurücknehmen, aber Sie können weitere Erklärungen unterlassen. Ich habe schon genügend Probleme.« Er legte auf.

Charla sah ihn anerkennend an. »Sie können eine rechte Schlange sein.«

»Im Grunde bin ich ein Einfaltspinsel.«

»Eine überzeugende Maskerade. Omar hat wie ein lieber, verwirrter alter Mann ausgesehen. Wir hätten uns denken können, daß Sie ihm nachgeraten.«

Das Telefon läutete und sie hob ab. »Wer? Ach ja, natürlich. Was sagen Sie da? Nein, nein, meine Liebe. Mein Bruder und ich kennen den jungen Mann kaum. Wir wurden mit ihm gesehen? Sie müssen sich irren. Nicht, daß es mir etwas ausmachen würde, verstehen Sie. Es ist wirklich aufregend, im selben Hotel zu wohnen. Soviel ich weiß, sogar im gleichen Stockwerk. Er muß ein *sehr* interessanter Mensch sein. Dazu das viele Geld! Schade, daß mein Bruder und ich heute abend noch abreisen müssen. Es wäre amüsant zu bleiben und den Spaß zu beobachten. Nein, natürlich nicht. Gern geschehen.«

Sie legte auf. »Ein kluges Mädchen! Kalkuliert auf Grund von Vermutungen. Wahrscheinlich hat sie jemanden bestochen, vermutlich die Hotelpagen, die Sie gestern nacht heraufgetragen haben. Ich habe versucht, im Hintergrund zu bleiben, aber diese Burschen haben ihre Augen überall. Sie können eigentlich Ihre Koffer gleich herüberbringen, Liebster. Joseph soll sich dann etwas überlegen, wie wir Sie heute abend von hier auf die *Glorianna* schaffen. Mittlerweile ist sie sicher aufgetankt. Genau das fehlt noch bei Ihrer Geschichte: Ihr dramatisches, geheimnisvolles Verschwinden.«

»Das fehlt mir wirklich noch.«

»Wir werden auf See weiterverhandeln, Kirby.«

»So?«

»Trauen Sie mir wenigstens ein bißchen Intelligenz zu, mein Junge. Wenn Sie nicht an einem Geschäft interessiert wären, würden Sie doch nicht hier herumlungern, oder?«

»Wahrscheinlich nicht. Ich ... ich werde jetzt duschen und mich umziehen.«

»Lassen Sie sich Zeit. Es wird noch Stunden dauern, bis wir hier wegkommen. Soll ich Ihren Rücken schrubben?«

»Nein, danke.«

»Schauen Sie mich nicht so streng an. Kann ich sonst etwas für Sie tun?«

»Im Augenblick nicht. Ich lasse es Sie wissen!«

»Davon bin ich überzeugt, Sie reizende Schlange, Sie!«

Er kehrte in sein Zimmer zurück, verriegelte die Tür und lauschte an der Tür zum Korridor. Stimmengemurmel und Gelächter waren zu hören. Er ging auf und ab, biß sich auf die Lippen und knallte die Faust in die flache Hand. Er dachte an ihre Worte: »Ein Ort, an dem Ihnen Schreien nichts hilft.« Eiskalter Schweiß trat ihm bei dem Gedanken aus den Poren.

Um halb acht stand er auf dem offenen Treppenabsatz, und das grüne Auge sah ihn durch das Guckloch in der grellbunten Tür an.

»Ich bin es«, sagte er atemlos mit hoher, gedämpfter Stimme. »Ich!«

Betsy öffnete die Tür und ließ ihn ein. »Du lieber Himmel«, sagte sie leise. »Ist Ihnen jemand hierher gefolgt? Kann ich mir eigentlich nicht vorstellen.«

Er knöpfte die Jacke der Hoteluniform auf, nahm den Gürtel ab und zog das Kissen aus dem Hotel heraus. Er entfernte die Papierknäuel aus seinen Backen und ließ sich in einen Stuhl fallen. »Sie haben mir einen Dicken geschickt.«

»Einen dicken was?«

»Einen dicken Kellner. Ich rief vom Zimmer der Flitterwöchner aus an.«

»Von wessen Zimmer?«

»Als ich das letzte Mal jemanden geschlagen habe, war ich dreizehn. Er stellte das Tablett ab, drehte sich um und — Patsch. Ich steckte ihm eine Fünfzigdollarnote in die Hand. Dann bin ich einfach an ihnen vorübergegangen.«

»An wem?«

»Warum, um alles in der Welt, haben sie eine solche Uniform — lachsfarben und smaragdgrün?«

»Ich habe in den Sechs-Uhr-Nachrichten im Fernsehen alles über Sie gehört, Kirby. Ich habe vermutet, daß die wilde Jagd hinter Ihnen her ist, aber erzählen Sie vom Anfang an, sonst schreie ich.«

»Sie hat etwas von Schreien gesagt, und das klang widerlich.«

»Kirby!«

»Schon gut! Schon gut!« Er erzählte ihr alles. Diesmal waren keine Korrekturen erforderlich. Sie lauschte aufmerksam und nachdenklich.

»Sie hat also endlich die Zähne gezeigt!«

»Ich möchte um nichts in der Welt auf diese Yacht. Es ist verdammt anstrengend, mit jemandem zu sprechen, ohne genau zu wissen, worüber man eigentlich spricht.«

»Sie sind ein süßes Schäfchen und haben Ihre Sache sehr gut gemacht. Wo stehen wir also? Sie glaubt also, daß Sie wissen, worauf sie es abgesehen hat. Aber Sie haben keine Ahnung, was es ist?«

»Nicht die geringste.«

»Aber sie weiß, daß sie entweder ganz besonders schlau sein muß, um es Ihnen abzuluchsen, oder äußerst grob, oder sie muß Ihnen den vollen Preis zahlen, oder als Ihr Partner einsteigen. Wonach hört es sich an, was immer es sein mag?«

»Ich vermute nur, daß es eine Erfindung ist, mehr kann ich nicht sagen.«

Sie nickte ernst. »Das glaube ich auch. Vor vielen, vielen Jahren hat er wirklich an Erfindungen gearbeitet. Plötzlich war er reich und mächtig. Er ist auf etwas gestoßen, auf irgendeinen Dreh, der funktionierte. Charla und Joseph sind wahrscheinlich zu gewissen Schlußfolgerungen gelangt. Vielleicht wissen sie nicht einmal genau, was es ist. Aber sie vermuten, daß sich in seinen persönlichen Dokumenten Aufzeichnungen darüber befinden.«

»Und sie glauben, daß ich genau weiß, was es ist.«

»Vielleicht würde es helfen, wenn Sie die persönlichen Papiere jetzt bereits in die Hände bekommen könnten, Kirby.«

Er schloß die Augen. »Ich bin am Ende. Die ganze Welt glaubt, daß ich siebenundzwanzig Millionen Dollar vergraben habe, wie ein Eichkätzchen, und alle wollen das Geld. Nur sechs Leute wissen, daß ich alles verschenkt habe. Sie, ich, Wilma, Wintermore, Charla und Joseph. Ich ließ Charla im Glauben, daß ich einen Teil davon behalten habe. Aber sie sind auf etwas anderes aus, und ich weiß nicht, was es ist; Sie wissen es auch nicht und sind der Meinung, daß die beiden es ebenfalls nicht wissen.«

»Dann bleibt nur noch Wilma.«

Er öffnete die Augen. »Könnte sie etwas wissen?«

»Vielleicht; vielleicht weiß sie etwas, ohne sich dessen bewußt zu sein. Vielleicht hat sie etwas, ohne zu wissen, daß sie es hat.«

»Ich rufe sie einmal an.«

Er wählte Wilmas Nummer. Ein Mann hob ab. Er hatte eine klare, hohe Stimme. »Wer möchte mit ihr sprechen, bitte?«

Er zögerte. Betsy hörte mit und nickte. »Kirby Winter.«

»Können Sie mir denn beweisen, daß Sie Mr. Winter sind?«

»Wie soll ich Ihrer Meinung nach ...?«

»Einen Augenblick, bitte. Ich muß die Fragen, die sie aufgeschrieben hat, holen. Wenn Sie die Fragen richtig beantworten, habe ich den Beweis, daß Sie Mr. Winter sind.« Zwanzig Sekunden Stille. »Sind Sie da? Gut. Erstens: Mit wem haben Sie zum Zeitpunkt des Todes Ihres Onkels verhandelt?«

»Äh ... Manuel Hernandez y Gomez.«

»Und den Namen des Mannes in Rangoon im Dezember?«

»Dr. Na Dan Boala.«

»Danke, Mr. Winter. Ich habe meiner Schwester diese Vorsichtsmaßnahme vorgeschlagen. Sie erlitt einen emotionalen Schock und war in einer schrecklichen Verfassung und unfähig, so präzise zu denken wie sonst. Ich bin Roger Farnham. Sie hat gehofft, daß Sie anrufen. Jetzt kann ich Gott sei Dank wieder gehen. Die ständigen Belästigungen sind gräßlich; Ihnen wird es ja nicht anders ergehen. Eine schlechter Lohn für die vielen Jahre treuer Dienste, die meine Schwester Ihrem Onkel geleistet hatte.«

»Ich habe nichts ...«

»Das weiß ich natürlich. Vieles kann ich beim besten Willen nicht verstehen, Sir. Wilma erzählt mir nur sehr wenig. Aber ich weiß natürlich, daß sie — unfähig ist, einen faulen Schwindel zu begehen.«

»Natürlich.«

»Man wird mir zweifellos folgen, wenn ich von hier fortgehe, aber ich habe wenigstens die Genugtuung, daß ich sie nicht zu Wilma führe. Wissen Sie, daß die Reporter ihr dermaßen zugesetzt haben, daß sie hysterisch wurde?«

»Das ist ja fürchterlich!«

»Ich mußte etliche Tricks anwenden, um sie in Sicherheit zu bringen.«

»Das kann ich mir vorstellen.«

»Es wäre jammerschade, wenn Sie die Welt zu ihrem Versteck führen würden.«

»Ich werde mich bemühen, es nicht zu tun.«

»Für so etwas ist sie zu zartfühlend. Es bleibt Ihnen überlassen, das Richtige zu tun und einen Ausweg für sie zu finden. Man sollte den Mann verklagen, der diese schmutzigen Andeutungen in dem Interview gemacht hat.«

»Damit hat es jetzt vermutlich ohnehin ein Ende.«

»Der Schaden ist schon geschehen. Auf mich warten jedenfalls ein Heim, eine Familie und ein Job, Sir. Sie kann von mir nicht erwarten, daß ich mein eigenes Leben zerstöre, nur weil ich vergeblich versuche, ihr beizustehen, bestellen Sie ihr das.«

»Wo ist sie?«

»Sie versprechen, vorsichtig zu sein, wenn Sie sie kontaktieren? Sie möchte sich mit Ihnen treffen.«

»Ich werde sehr vorsichtig sein, Mr. Farnham.«

»Ich habe sie in das Haus eines meiner Teilhaber geschmuggelt, Mr. Winter. Er ist auf Studienurlaub in Frankreich und hat mir die Schlüssel überlassen. Leider ist das Telefon abgemeldet. Haben Sie einen Bleistift? 210 Sunset Way, Hallandale. Professor Wellerly schätzt seine Privatsphäre und hat daher rund um das Haus viel angepflanzt; es liegt daher sehr versteckt. Es ist ein kleines rosa Haus. Sie hat Lebensmittel und Wasser und sollte dort vor dem Mob und den Neugierigen einigermaßen sicher sein. Aber sie ist natürlich außer sich. Läuten sie einmal lang, einmal kurz und wieder lang, dann weiß sie, daß es sich entweder um Sie oder um mich handelt. Sie öffnet niemand anderem. Wir verlassen uns auf Sie, Sir, daß Sie etwas zur Klärung dieser unglückseligen Situation unternehmen.«

»Danke.«

»Keine Ursache, Sir. Es ist meine Pflicht meiner Schwester gegenüber. Guten Abend.«

»Na also!« begann Betsy, als er auflegte. »Wie gemütlich Sie es in dem süßen rosa Häuschen haben werden!«

»Wie komme ich dorthin?«

»Es ist mir ziemlich gleichgültig, wie sie nach Hallandale kommen, mein Freund.«

»In dieser Uniform?«

»Bernie Sabbith hat ungefähr Ihre Größe, und es gibt einen ganzen Schrank voll mit Sachen. Bedienen Sie sich.«

»Sie würde es nie zulassen, daß ich mit ihr im selben Haus wohne.«

»Sie machen Witze!«

»Keineswegs. Sie ist sehr ... sie ist ein komisches Mädchen. Äh ... sehr korrekt.«

»Auch nicht, wenn es ein Notfall ist, wie dieser?«

»Ich möchte es nicht darauf ankommen lassen. Es wäre für mich wirklich äußerst riskant, diese Wohnung zu verlassen. Jeder Taxifahrer könnte mich erkennen.«

»Hier können Sie nicht bleiben, mein Freund, ich bin auch ein komisches Mädchen.«

»Wollen Sie mir jetzt helfen oder nicht?«

»Will ich schon, aber alles hat seine Grenzen, und ...«

»Ich habe mir gedacht Betsy, ich könnte ihr einen Brief schreiben, damit sie Ihnen vertraut, auch wenn sie nicht sehr viel von meinem Urteilsvermögen hält. Sie könnten zu ihr fahren und heute nacht bei ihr bleiben.

Sie könnten alles besprechen, und vielleicht finden Sie beide heraus, worauf Charla es abgesehen hat. Ich verringere das Risiko, wenn ich hier allein bleibe. Morgen kommen Sie zurück, und wenn Sie etwas herausgefunden haben, dann wissen wir, was zu tun ist. Wenn nicht, dann werden wir uns über den nächsten Schritt den Kopf zerbrechen.«

Betsy zögerte anfangs, aber schließlich gab sie zu, daß die Idee etwas für sich hatte. Sie mixte Drinks, während er den Brief schrieb. Sie hatte eingekauft und briet in der winzigen Küche Schinken und Eier. Kurz vor neun brach sie auf und zeigte ihm im Weggehen, wo der Fernsehapparat war. Sie kroch auf Händen und Knien zu dem komplizierten Kopfteil des riesigen Bettes, betätigte einen Schalter, eine Latte in der Deckenverkleidung glitt zur Seite, und dahinter tauchte der in der Decke eingebaute Bildschirm auf. Die übrigen Bedienungsknöpfe befanden sich neben dem Schalter.

»Wenn Charla Sie hier aufspürt, Kirby, dann soll sie mit Ihnen Fernsehen.«

»Wenn ich mein Leben in den Griff bekomme, dann werde ich diese Frau nie mehr wiedersehen.«

»Was ist los? Haben Sie Angst vor ihr?«

»Und ob!«

Betsy schenkte ihm ein mattes Lächeln. »Ehrlich gesagt, ich auch.«

Kapitel 7

Kirby vergewisserte sich, daß die Tür versperrt war. Nach langem Suchen entdeckte er den Lichtschalter und machte es sich in der Mitte des riesigen Betts bequem. Das Kissen duftete beunruhigend nach Betsy. Die Nacht war warm; dumpf hörte er den Straßenlärm, das entfernte Dröhnen der entfernten Düsenflugzeuge und die nasalen Sirenensignale der Schiffe. Die Zehn-Uhr-Nachrichten hatten wieder Fotos von ihm gebracht, auf denen er wie ein Versicherungsvertreter grinste, und dazu ein ernstes Foto von Wilma Farnham. Die Nachrichten hörten sich an, als wären sie beide die Meisterverbrecher des Jahrhunderts. Informierte Kreise waren der Meinung, daß Winter und Farnham das Land bereits verlassen hatten. Auf geheimnisvolle Weise waren sie vor den Augen der Damen und Herren von der Presse verschwunden. Man konnte sich die beiden vorstellen, wie sie als dicke Freunde in einer Air France-Maschine saßen, sich kichernd amüsierten und mit Champagner vollaufen ließen. Sie reisten dem Vermögen entgegen, das sie beiseitegeschafft hatten und das ihnen zu einem bequemen, lustvollen Leben mit Dienern, Schlössern, Juwelen, und Pelzen verhalf.

Er dachte an Betsy und Wilma. Mittlerweile waren sie wahrscheinlich ins Gespräch vertieft, und er wurde rot, wenn er daran dachte, wie Wilma stockend ihre mädchenhaft schüchternen Vertraulichkeiten erzählte. »Dabei hatte er die ganze Zeit Angst vor Frauen. Sie hätten sehen sollen, wie er entsetzt die Flucht vor mir ergriff.«

Er war körperlich erschöpft, aber seine Gedanken ließen ihn nicht zur Ruhe kommen. Er wußte, daß er nicht schlafen würde, doch plötzlich befand er sich mitten in einem Alptraum. Wilma öffnete lachend Zippverschlüsse zu Fächern in langen, kühl-blassen Schenkeln, um ihm zu zeigen, wie prall sie mit Tausend-Dollar-Noten vollgestopft waren. Charla hatte eine kleine goldene Schere, mit der sie rosaroten Hasen die Ohren abschnitt. Die Hasen schrien und Charla gab gurrende Laute von sich und grinste dabei. Sie war nackt und schimmerte ölig golden, und als sie sich umdrehte, sah er auf einer äußerst geschmacklosen Stelle eine kleine Tätowierung des Wortes ›Einfaltspinsel‹. Er betrat die Szene in dem kleinen goldenen Fernrohr; etwas abseits stand lachend Onkel Omar. Er hielt Kirby Spielkarten hin und forderte ihn auf, eine Karte zu ziehen. Er zog; die Karte fühlte sich warm und schwer an und bewegte sich. Plötzlich saß er wieder in einem alten Auto; draußen regnete es in Strömen, so wie damals vor langer Zeit. Der Traum ging in Wirklichkeit über. Ein warmes, festes, weiches Geschöpf drängte sich heftig an ihn, schnupperte, kicherte und schnaubte und kratzte ihn mit kleinen Krallen. Im ersten Augenblick empfand er Angst und wollte das Wesen loswerden, es von sich stoßen, aber als er es packte und die lebendigen Rundungen unter den Händen fühlte, verwandelte sich die Angst in süße Angriffslust. Sein Verstand mußte die Situation staunend und tatenlos zur Kenntnis nehmen.

Als ihm klar wurde, daß er dem Unvermeidlichen hilflos ausgeliefert war, fiel ihm ein, wie zutreffend die Vergleiche waren, die er aus der Literatur kannte, und die von Feuerwerk und Meeresbrandung, Erdbeben und planetarischen Phänomenen sprachen. Die Identität der Person beunruhigte ihn ein wenig. War es Charla oder Betsy oder Wilma? Aber das war eine rein theoretische Frage, zumindest im Augenblick. Er hatte keine Zeit, und es kümmerte ihn keinen Pfifferling.

Es geschah also, ohne daß er sich an eine Parallelsituation erinnerte oder Zeit hatte, über eine nachzudenken. Nur ein flüchtiger Gedanke jagte ihm durch den Kopf: Es lief wie eine absurde, stilisierte Auseinandersetzung ab, wie ein Schwertkampf zu Musik, bei dem man auf die Tempovorgaben entsprechend reagierte. Als der Kampf gleichzeitig gewonnen und verloren war und sich in weißem, blendendem Licht auflöste, wurde er sich langsam ihrer ungeheuren Spannung bewußt, hörte ihre vereinzelten Schreie und spürte dann das Dahinschmelzen des bezwungenen Wesens.

Ein Kopf tauchte neben ihm auf, schmiegte sich an seinen Hals und kitzelte ihn. Atem strich in langen, langsamen, heißen Brisen über seinen Hals, eine Hand strich über seine Wangen.

»Hooo, mein Junge!« flüsterte sie. »Bernie! Du Süßester aller Zeiten! Allerbester!«

»Hmm«, brummte er und war froh, daß ihm das Herz doch nicht aus der Brust gesprungen war.

»Überraschung, was Süßer? Nette Überraschung?«

»Hm.«

»Der Schlüssel hat zuerst nicht gepaßt. Ich habe gedacht, du hast das Schloß geändert. Dann hätte ich dich umgebracht. Das hättest du nur einmal mit Bonny Lee gemacht. Aber es hat geklappt, ich bin hereingeschlichen und habe mich zum Bett getastet. Ich habe geschaut, ob zwei Paar Füße drin sind. Wenn ich zwei Paar gefunden hätte, dann wäre hier verdammt was losgewesen, Bernie-Boy, das kannst du mir glauben.«

»Mhm?«

»Du redest aber nicht viel; dabei hat dich dein Mädchen ganz schrecklich vermißt, Süßer. Glaub nur ja nicht, daß ich dich wegen diesem Fernsehmist anbettle, für den du immer diese widerlichen Frauenzimmer herbringst. Ich bin gekommen, weil du der allerbeste bist, den es gibt und ich dich furchtbar gern habe. Es war echt wild heute, richtig gut, was?«

»Hmh??«

Ihre Fingerspitzen glitten über seine Oberlippe. »He!

Du hast ihn echt wegrasiert! Jetzt möchte ich wissen, wie du ausschaust!«

Sie raffte sich hoch und tastete am Kopfende sekundenlang nach den Schaltern. Ein heller Lichtstrahl blendete ihn. Er kniff die Augen zusammen, öffnete sie dann ein wenig und blinzelte das Mädchen an.

Sie kniete und starrte auf ihn herunter. Sie war tief gebräunt und hatte lange, wohlgeformte Beine. Ihre braunen Augen waren groß und rund, ihr Mund stand vor Empörung kreisrund offen. Sie hatte große, runde, braune Brüste, über die ein aufregender weißer Streifen verlief, einen flachen Bauch, die glatten Muskeln einer Schwimmerin und unter dem eng anliegenden Gewirr weißer Locken ein entzückendes, engelhaftes, braungebranntes, unschuldiges Gesicht.

»Wer bist du, du Mistkerl!« schrie sie. »Was für einen dreckigen Trick ziehst du Klugscheißer ab? Ich reiß dir das Gesicht in Stücke!« Ihre Finger bogen sich gefährlich.

»Jetzt warte mal!«

»Auf was? Was glaubst du, wer ich bin? Wo ist Bernie?«

»Ich weiß es nicht.«

»Du hättest Bernie sein sollen, verdammt noch mal!«

»Davon weiß ich nichts.«

»Wenn jemand so etwas macht, wie Sie, Mister, dann sollte man ihn mit einem rostigen Messer ...«

Er setzte sich auf und sah sie böse an. »Was, zum Teufel, ist mit Ihnen los?« brüllte er. »Ich habe tief und fest geschlafen! Ich hatte keine Ahnung, wer Sie sind und weiß es immer noch nicht. Ich habe so fest geschlafen, daß ich nicht einmal gewußt habe, *was* Sie sind.«

Ihre Mundwinkel zuckten. »Es hätte Ihnen dämmern können, daß ich ein Mädchen bin.«

»Das habe ich bemerkt!«

»Brüllen Sie mich nicht so an, Sie hinterlistiger Bastard! Sie sind ja rechtzeitig aufgewacht und hätten sich denken können, daß das ein Irrtum sein muß; schließlich liegen Sie in Bernies Bett! Aber Sie haben kein Wort gesagt, verdammt noch mal!«

Er starrte sie an. »Wann? Was hätte ich denn sagen sollen. Begreifen Sie denn nicht, daß Sie genauso gut von einem Mann, der vom Dach stürzt, erwarten können, daß er unterwegs die Schnürsenkel bindet und die Uhr aufzieht?«

Wieder zuckten ihre Mundwinkel. »Es war richtig toll, was?« Ohne Vorwarnung füllten sich ihre Augen mit Tränen; sie legte die Hände vor das Gesicht und begann wie ein Kind zu weinen. Schluchzend und zitternd ließ sie sich auf die Seite fallen und rollte sich zusammen.

»Was ist denn?« fragte er wütend.

»S-s-sie hinterlistig-ger Bast-tard!«

»Warum weinen Sie denn?«

»Was Sie mir a-angetan haben! In meinem g-ganzen Leben habe ich keine Aff-färe mit jemandem gehabt, d-den ich nicht kenne. Ich komme mir wie eine Nutte vor. R-richtig gemein und schlecht. Aach!«

»Jetzt seien Sie still! Wie heißen Sie eigentlich?«

»Sie wissen nicht einmal wie ich *heiße!*« jammerte sie. »Bonny Lee Beaumont, Sie Blödmann, Sie!«

»Ich heiße ...« — er zögerte — »Äh ... Kirk Winner.« Er zog ihr die rechte Hand vom Gesicht, hielt sie fest und schüttelte sie. »Jetzt haben wir uns vorgestellt. Nun hören Sie, um Himmels willen, auf zu heulen.«

»Aber zuerst habe ich es nicht gewußt!«

»Wenn Sie gewußt hätten, daß Sie mich nicht kennen, dann wäre es nicht geschehen, nicht wahr?«

Sie hielt plötzlich inne und sah ihn mißtrauisch von der Seite an. »Wie war das jetzt?«

»Sie haben geglaubt, daß ich Bernie bin, stimmt's? Sie haben also keinen Grund, sich Vorwürfe zu machen.«

Sie war für einen Augenblick still. Dann setzte sie sich auf, schniefte noch einmal und nickte ihm schließlich zu. »Ich muß es wahrscheinlich so sehen, wie Sie sagen. Aber mit vierzehn habe ich mir heimlich gelobt, daß ich mich nie mit einem Mann in die Klappe haue, den ich nicht liebe. Auch wenn es nur ein Zufall war, habe ich das Versprechen trotzdem gebrochen. Mir ist ganz komisch, wenn Sie mich anschauen, und bei Männern, die ich liebe, macht es mir nie etwas aus. Aber jetzt ziehe ich mich an, und das ist noch komischer. Ich weiß wirklich nicht, was ich tun soll, Mister. Wie heißen Sie?«

»Kirk Winner.«

»Ein Freund von Bernie?«

»Ein Freund einer Freundin.«

»Sind Sie wegen der Fernseh-Sache da?«

»Nein.«

»Verheiratet?«

»Nein.«

Sie legte den Kopf schief. »Sie sehen eigentlich gar nicht so übel aus.«

»Vielen Dank.«

Sie legte die glatte junge Stirn in nachdenkliche Falten. »Ich verstehe nur nicht, Kirk, wieso es wirklich *großartig* war. Ich habe mir immer gedacht, daß es ohne Liebe nichts ist. Wenn es aber mit einem Fremden schön ist, komme ich mir wie ein Tier vor.«

»Sie haben Ihre Liebe für Bernie ausgedrückt. Daher war es so schön, Bonny Lee.«

Sie grinste. »Sie können einem richtig was einreden. Ich werde noch mit allen möglichen Problemen zu Ihnen kommen, ja?«

»Wann immer Sie wollen.«

»Ich muß ständig daran denken, wie Bernie ohne Schnurrbart aussehen würde. Dabei habe ich schon geglaubt, daß ich es endlich zu sehen bekomme.«

»Wie alt sind Sie, Bonny Lee?«

»Fast zwanzig.«

»Du lieber Himmel. Wohnen Sie bei Ihren Eltern?«

»Meine Eltern! Sind Sie verrückt? Meine Familie hat

eine kleine Farm in South Carolina gepachtet. Mit vierzehn habe ich an einem Schönheitswettbewerb teilgenommen, für den man mindestens sechzehn sein sollte, aber ich habe garantiert wie sechzehn oder mehr ausgesehen. Beim Talentwettbewerb war ich nicht gut, aber als Preis hat mich einer der Preisrichter nach New Orleans mitgenommen, und danach bin ich nie mehr zurückgekommen. Einmal war ich verheiratet, das war ein Chaos, und ich war ihn bald wieder los. Der Mann hat Klarinette gespielt und Whisky getrunken. Dann habe ich in Lokalen gesungen. Jetzt arbeite ich im Rio in Nord Miami; ich singe und strippe auch ein bißchen, aber nicht ganz. Außerdem mache ich eine Bongo-Nummer. Jetzt will ich Karriere machen; die eine Ehe hat mir gereicht, das kann ich Ihnen sagen. Bernie ist nett zu mir; das mit ihm hat voriges Jahr angefangen. Ich habe das schönste Leben; in meinen Papieren steht, daß ich zweiundzwanzig bin, ich habe mein eigenes kleines Auto und was ich so brauche und jede Menge Freunde. Mir wäre nie eingefallen, daß ich in so etwas hineingerate. Ich schwöre Ihnen, Kirk, es hat mich vollkommen durcheinandergebracht.«

Sie drehte sich um und schwang sich aus dem Bett. Mit einem Schritt ihrer langen Beine war sie aus dem hellen Lichtkreis der Lampe getreten. In Dunkeln waren nur ihre hellen Haare und die zwei blassen Streifen, die der Bikini hinterlassen hatte, zu erkennen.

»Familie!« brummte sie. »Ich habe mich in der heißen Sonne genug abgerackert. Wenn ich geblieben wäre, so hätten mich mittlerweile ein paar nackte Kinder geschafft. Denn wenn du dort mit fünfzehn nicht dein erstes Kind hast, dann mußt du wirklich wie eine Kröte ausschauen. Ich habe aber nicht wie eine Kröte ausgesehen, und sehe nicht so aus.«

»Nein, bestimmt nicht.«

»Die Frau von dem Preisrichter hat sieben Wochen gebraucht, bis sie ihn aufgestöbert hat; dann hat sie ihm alle Teller im Appartement an den Kopf geworfen. Ich bin mit dem bißchen Geld, das er noch übrig hatte, zur Hintertür raus. Bis heute nacht habe ich mich nur deshalb geschämt, weil ich damals das Geld mitgenommen habe.«

Langsam sammelte sie ihre Kleider vom Boden auf, schüttelte sie aus und legte sie über die Armlehne eines Stuhls. Sie kam zum Bett zurück, hob eine weiße Tasche auf und setzte sich außerhalb des Lichtkegels am Fußende auf die Bettkante und blickte ihn an.

»Zu grell«, sagte sie, stand auf und schaltete einen niedrigen Leuchter in der Ecke ein; den Deckenstrahler schaltete sie aus und setzte sich wieder auf das Bett. Sie nahm eine kleine Bürste aus der Handtasche und bürstete die weißen Locken, die ihren Kopf wie eine Kappe umschmiegten. Ihre Silhouette zeichnete sich gegen das Licht ab. Sie zündete zwei Zigaretten an, beugte sich zu ihm und gab ihm eine.

»Zum Teufel damit«, sagte sie versonnen, »man kann nicht immer Glück haben.«

Langsam wurde ihm bewußt, wie gut er sich fühlte. Er wollte auf dem Fahrrad freihändig durch die Main Street fahren und die Flaggen der amerikanischen Staaten schwenken. Er hätte Häuser erklimmen oder stundenlang im Handstand stehen und mit den Zehen Stöckchen wirbeln können. Sie war ein großartiges Mädchen. Er mochte sie sehr.

»Was ist denn so schrecklich komisch?« wollte sie wissen.

»Entschuldigen Sie, es war mir nicht bewußt, daß ich lache.«

»Wovon leben Sie?«

»I-ich wechsle gerade den Job.«

»Welche Branche?«

»Nun — Investitionen.«

»Und die Investition bestand aus drei Königen gegen ein lausiges Full House. So ist das eben, Süßer.«

»W-was — Bonny Lee?«

»Ja?«

»Sie haben ... äh ... Sie haben gesagt, das es schön war?«

»Sie waren doch dabei, Bruder. So tief haben Sie auch wieder nicht geschlafen, das steht fest. Wollen Sie eine Medaille oder was? Ich schwör Ihnen, *einmal* möchte ich an einen Mann kommen, der nicht hören will, daß er der allerbeste ist. Was ist denn mit den Männern los? Ein Mädchen möchte einfach geliebt und begehrt werden, und ein Mann? Der tut, als ginge es jedes Mal um einen olympischen Rekord! Ihr habt alle Angst, daß ihr es nicht schafft und müßt es euch ständig beweisen. Dann stolziert ihr herum, als hättet ihr etwas Besonderes geleistet. Dabei kann's jeder Nerz schneller und besser. Großartig! Ich sag, es war in Ordnung, Zufrieden?«

»Tut mir leid, daß ich damit angefangen habe.«

»Mir auch, Süßer, mir auch. Mich langweilt es zu Tode, darüber zu reden. Wenn einer hungrig ist, ißt er ein Steak. Bleibt er dann bei den Knochen sitzen und redet darüber? Wenn man durstig ist, trinkt man ein großes Glas kaltes Wasser. Aber nachher herumhocken, ins Glas starren und überlegen, wie kalt das Wasser war? Zum Kuckuck! Ich finde ...«

»Ich habe gesagt, daß es mir leid tut, daß ich es erwähnt habe!«

»Schon gut, Sie brauchen mich nicht anzuschreien, Süßer. Sie sind ganz schön jähzornig.«

»Ich bin sehr sanftmütig, das war schon immer so. Ich verliere *nie* die Beherrschung! Und jetzt hören Sie damit auf, ja?«

»Sie sind aber empfindlich, Kirk! Gibt es hier etwas zu essen?«

»Etwas kalten Schinken und Roggenbrot.«

»Ich mache uns ein paar Sandwiches, dann geht es uns beiden wieder besser. Wissen Sie, daß es drei Uhr morgens ist?«

Sie ging in die Kochnische und schaltete die helle Leuchtstoffröhre ein. Er stützte sich auf die Kissen, damit er sie besser beobachten konnte. Ihre langen Beine waren braungebrannt und sahen aus, als hätte man sie aus rotem Sequoia-Holz geschnitzt, liebevoll geformt, glatt geschliffen und poliert. Sie bückte sich und ging herum, und er bewunderte die straffen Muskelpartien an Gesäß, Rücken und Schultern. Er war äußerst zufrieden darüber, daß sie — zumindest für den Augenblick — ihm gehörte. Am liebsten hätte er sich selbst eines über den Schädel gezogen, weil er sich diese alberne, arrogante Selbstgefälligkeit so lang nicht gegönnt hatte; er hatte ja nicht einmal geahnt, daß man so empfinden konnte.

Sie begann zu summen und kurz darauf zu singen. Ihre Singstimme lag eine Oktave tiefer als ihre Sprechstimme. Melodie und Text kamen ihm auf quälende Weise bekannt vor.

»Billie!« rief er plötzlich.

Sie drehte sich um und grinste ihn an. »Möge sie in Frieden ruhen. Ich habe ihre Platten gespielt, bis sie nur noch kratzten und zischten. Dann habe ich mir neue gekauft und die auch gespielt, bis sie den Geist aufgaben. Ohne die Lady hätte ich überhaupt keine Karriere gemacht. Haben Sie irgendeinen Lieblingssong von ihr?«

»God Bless the Chile.«

Sie klatschte entzückt in die Hände. »Verdammt, Kirk! Das ist *mein* Lied. Siebentausend mal habe ich es gesungen, für mich allein und für das Publikum, und jedesmal hat sich mir das Herz dabei umgedreht. Bei dem Lied kann ich weinen, wenn ich an das arme, einsame Frauenzimmer denke, und wie die Welt sie zerbrochen hat. Wenn wir mit dem Speck fertig sind, sing ich es für Sie. Sie machen die Augen zu, und werden glauben, daß sie wieder auferstanden ist. Sieh einer an, der rote Burgunder moussiert wie Sodawasser; den hab ich hier schon einmal getrunken. Möchten Sie ein großes Glas mit Eis?«

»Liebend gern, Bonny Lee.«

Auf einen Teakholztablett brachte sie den Wein in hohen Gläsern und dicke Sandwiches auf weißen Servietten. Noch nie hatte ihm etwas so gut geschmeckt. »Ich bin ein Nachtmensch«, meinte sie emsig kauend. »Drei Uhr, vier Uhr, da könnte ich Bäume ausreißen.«

»Aber Sie kommen auch in die Sonne.«

»Ich stelle meinen Wecker meistens auf zwölf Uhr mittag. Dann schwimme ich fünfzig Längen, immer fünf auf einmal und zwischendurch liege ich in der Sonne. Hält mich gut in Form, finden Sie nicht?«

»Phantastisch, Bonny Lee.«

Sie trug das Tablett in die Küche und füllte die Weingläser nach. Nachdem sie ausgetrunken hatten, stellte sie die Gläser beiseite. »Jetzt machen Sie die Augen zu und hören Sie Billie singen.«

Sie machte es wunderbar, ihre Stimme klang rauchig und weich. Er öffnete die Augen. Sie sang mit geschlossenen Augen und schwankte sanft hin und her. »... die reichen Verwandten geben Rinden vom Brot. Du kannst dich bedienen, aber nimm nicht zuviel ...«

Der letzte Ton verklang in der Stille des Raums. Sie öffnete die Augen; sie glänzten.

»Schon komisch, daß dir das gefällt Kirk, daß du Billie kennst und dir gerade dieses Lied gewünscht hast! Spürst du, wie etwas, das ganz verkehrt begonnen hat, sich langsam verwandelt?«

»Ja, Bonny Lee.«

»Jetzt, da ich weiß, daß du es bist, könnte vielleicht aus dem ersten Mal doch noch etwas Richtiges werden. Aber ich will nicht, daß du dir ein falsches Bild von mir machst. Es ist das erste Mal in meinem ganzen Leben, daß ich einen Freund erst so kurz kenne. Aber die Zeit ist für uns irgendwie durcheinandergeraten.«

»Ich denke mir schon nichts Falsches.«

Sie ging in die Kochnische, drehte das Licht aus und kam zurück. Kurz darauf fragte sie. »Kirk, mein Süßer, warum zitterst du so?« Und dann: »Deine Hände sind eiskalt!« Und noch später: »Bedeutet es dir wirklich so viel? Sei ehrlich!« Und als sie es wußte, flüsterte sie. »Dann bedeutet es mir auch zehnmal mehr, und das werde ich dir jetzt zeigen. Du lieber Himmel, ich bin wieder drauf und dran, mich zu verlieben, in einen flachshaarigen, reizbaren Yankee mit kalten Händen, der keinen Job hat und so süß und sanft ist, daß ich jeden Augenblick in Tränen ausbreche. Und ab jetzt wird kein Wort mehr geredet.«

Kapitel 8

Eine Hornisse so groß wie eine Möwe hockte genau vor seiner Nase. Sie hatte ein breites, ekelhaftes Gesicht, graugrüne Augen, lange, schwere, weiche Haare und einen stark geschminkten, dicken Mund. Sie schmatzte böse und schwang den Stachel hin und her. Die großen, geäderten Flügel wirkten steif, als wären sie aus Glas und vibrierten in gewissen Abständen sekundenlang. Dabei erzeugten sie ein schwingendes, schnarrendes Geräusch und wurden beinahe unsichtbar.

Die Hornisse war verschwunden. Ein Telefon läutete. Er setzte sich auf; das Gefühl für Raum und Zeit war ihm abhanden gekommen, und er war noch immer ängstlich wegen der Hornisse. Er lag in einem riesigen Bett in einem dämmrigen Zimmer; die schräge Morgensonne fiel vom Balkon herein. Während er automatisch mitzählte, wie oft das Telefon läutete, drehte er sich um und erblickte einen zerstrubbelten Lockenkopf auf einem Kissen am anderen Ende des Betts, mehr als einen Meter entfernt, einen zierlichen, braunen Nacken mit einem V-förmigen weißen Haaransatz, dunkelbraune Schultern und ein blaßblaues Laken, das sich um einen langen Mädchenkörper schmiegte — alles zusammen eine unglaubliche Bereicherung für einen beispiellosen Morgen. Wie eine Lawine stürzten die Erinnerungen plötzlich über ihn herein und füllten seine ausgedörrten Gehirnwindungen. Das Entzücken durchfuhr ihn mit einem unerwarteten Stich, und er empfand eher Schmerz als Freude. Er hatte das Gefühl, als hätte ihm plötzlich jemand eine hohle Nadel ins Herz gestoßen und es mit würziger Melasse vollgepumpt … — dreizehn, vierzehn, fünfzehn, das Telefon hörte nicht auf zu läuten. Es mußte Betsy Alden sein, die anrief. Jeder andere hätte es längst aufgegeben. Sie ließ es läuten und läuten und verriet ihm dadurch, wer es war.

— neunzehn, zwanzig, einundzwanzig ...

Er fand das Telefon auf dem Regal links vom Kopfende des Betts.

»Ja?«

»Guten Morgen, Kirby«, sagte Joseph. Sein voller, schwingender Bariton klang geschmeidig wie Gelatine.

»Äh ... wie ...«

»Sie waren in letzter Zeit wirklich äußerst ermüdend, Kirby. Aber wenn Sie jetzt ein bißchen kooperativ sind, ist alles vergeben. Sie haben jede Menge Probleme am Hals, das wissen Sie ja. Der tückische Angriff auf den armen Kellner war ein dummer Fehler. Aber offensichtlich mangelt es Ihnen nicht an Einfällen, daher wird es Ihnen hoffentlich gelingen, ohne Zwischenfall von diesem Appartement zur *Glorianna* zu kommen. Hören Sie mir gut zu, mein Junge. Sie liegt am Dock E im Biscayne Marina. Seien Sie bitte um spätestens zehn Uhr an Bord.«

»Wie spät ist es?«

»Zwanzig nach sieben. Sie haben genügend Zeit.«

»Aber ich will nicht ...«

»Filiatr ... besser gesagt Betsy ist ein dummes, starrköpfiges, emotionales Kind. Sie versuchte schlau zu sein. Sagen wir es so, es ist nicht klug, gegen ein Damengambit ein Schäfermatt zu versuchen. Vielleicht zählte sie auf ein Gefühl, das es gar nicht gibt. Vielleicht wollte sie uns gegen Sie ausspielen. Das läßt sich momentan schwer sagen. Sie spricht mittlerweile völlig zusammenhanglos. Ich muß Ihnen dazu gratulieren, daß Sie ihr nicht reinen Wein eingeschenkt haben. Sie wollte uns nämlich unbedingt alles beichten. Sie erzählte uns, daß ihr zwei jungen Leute schon sehr bald Gefallen aneinander gefunden habt. Und natürlich hat sie uns verraten, wo wir Sie und auch Miss Farnham erreichen können. Charla kann es kaum erwarten, auch mit Miss Farnham zu sprechen. Sie müssen jeden Augenblick eintreffen. Aber wir werden mit den anstrengenden Fragen warten — sagen wir, bis zehn Uhr.«

»Was wollen Sie damit ...«

»Ich möchte Sie damit nur dringend auffordern zu kommen, alter Junge. Ich zähle auf Ihr Verantwortungsbewußtsein Betsy gegenüber und auf Ihre Gefühle. Sie ist dieser Behandlung wirklich nicht gewachsen. Wenn Sie nicht plötzlich jede Vernunft verloren haben, werden Sie begreifen, daß Sie uns bei dem Stand der Dinge dringend brauchen. Wir erwarten Sie, Kirby.«

Die Verbindung wurde unterbrochen. Er legte auf. Seine Finger zitterten. Er stand auf, zog Shorts an und ging zur anderen Seite des Betts. Er hockte sich hin und betrachtete Bonny Lees liebes, schlafendes Gesicht. Er glaubte, sein Herz müsse bei dem Anblick zerspringen.

Es hob sich dunkel vom Kissen ab. Die Lippen waren leicht geöffnet; ein Gesicht von absoluter Unschuld. Eine Hand ruhte neben dem Gesicht. Eine schlanke, braune, muskulöse Hand, wie die Hand eines Teenagerjungen. Beim schwachen Schein der frühen Morgensonne entdeckte er auf ihrem Handrücken eine l-förmige haarfeine Narbe. Wie sie wohl dazu gekommen war?

Er legte die Hand auf ihre warme, nackte Schulter und schüttelte sie sanft. »Bonny Lee, Liebling! He! Bonny Lee!« Sie runzelte kurz die Stirn, sonst geschah nichts.

Er schüttelte sie heftiger und sprach energischer.

Sie gab einen leisen, unwilligen Laut von sich und warf sich auf die andere Seite. Er rollte sie zurück und schüttelte sie.

Schließlich öffnete sie die Augen und sah ihn finster an. »Mitten in der Nacht«, murmelte sie. »Mitten in der Nacht. Laß mich in Ruh'!« Und schon schlief sie wieder. Er nahm ihr das Laken weg, zog ihre Beine aus dem

Bett, faßte sie an den Schultern und setzte sie auf. Das Kinn sank ihr auf die Brust, die Schultern fielen nach vorn, und sie murmelte und knurrte ihn an. Als er ihre Schultern losließ, kippte sie auf die Seite und begann leise schnurrend zu schnarchen. Er setzte sie wieder auf, nahm sie an den Handgelenken und wollte sie hochziehen. Als er begriff, daß er sie nur vom Bett zog und sie gleich sie auf dem Gesicht landen würde, umfaßte er ihre Taille und stellte sie einen Meter vom Bett entfernt auf die Beine. Beinahe wäre sie wieder zusammengesackt, dann gab sie sich aber einen Ruck und schielte nach ihm. Sobald er sie losließ, drehte sie sich um, machte einen Schritt und warf sich mit dem Gesicht nach unten quer über das Bett. Er stellte sie wieder auf die Beine und ging mit ihr auf und ab. Sie stützte sich schwer auf ihn, taumelte, fluchte und stöhnte. Er ließ sie plötzlich los, hielt sich aber bereit, sie aufzufangen, falls sie fiel. Sie schwankte, gewann aber ihr Gleichgewicht; es schüttelte sie heftig, sie fuhr sich mit den Fingern durch die Locken und sah ihn scharf an.

»Was, zum Teufel, willst du, Kirk?«

»Bitte wach auf, Bonny Lee.«

Sie blinzelte und blickte zum Balkon. »Morgengrauen«, stellte sie verzweifelt fest. »Du Scheißkerl!«

»Ich hätte dich schlafen lassen, aber ich brauche deine Hilfe.«

Gehässiges Mißtrauen sprach aus ihren Augen. »Ich warne dich, Schatz! Es ist hoffentlich wichtig!«

»Es ist wichtig.«

Wieder schüttelte es sie. Sie drehte sich um und tappte zum Bad. Er hörte die Dusche. Er sah ihre Kleider durch: eine limonenfarbene Hose, eine weiße Bluse mit einer gelben aufgedruckten Figur, eine kleine gelbe Jacke, weiße Sandalen, zwei hauchdünne blaugrüne Wäschestücke aus Nylon. Er legte alles auf einen Stuhl vor der Badezimmertür. Die Dusche hörte auf. Die Tür ging einen Spalt auf, und sie streckte einen nassen braunen

Arm durch. »Bring mir meine Tasche, Liebling!« rief sie. Er drückte sie ihr in die Hand. Dann inspizierte er Bernies Kleiderschrank und legte ein graues Sporthemd und eine dunkelblaue Hose zurecht.

Kurz darauf tauchte ihr Kopf im Türspalt auf; sie wollte etwas sagen, als sie ihre Kleider entdeckte, lächelte sie ihn an und verschwand mit den Kleidern wieder im Bad. Das Protokoll war etwas verwirrend. Bis zum morgendlichen Bad konnte man offensichtlich vollkommen unbefangen splitternackt herumlaufen, von da an hatte man züchtig zu sein.

Sie kam heraus, war gebürstet und geschminkt, rückte die gelbe Hose zurecht, warf Jacke und Tasche auf einen Stuhl und lächelte ihn an. »Wenn man einmal aufgestanden ist, ist es gar nicht mehr so schlimm. Man hat mir gesagt, daß ich schwer wach zu kriegen bin.«

»Du bist aus dem Bett gesprungen, sobald ich das erste Mal deinen Namen geflüstert habe.«

»Jetzt bist du im Bad dran. Ich räume ein wenig auf. Wo starrst du hin?«

Er sah offenbar eigenartig drein. Als er sie betrachtete, war ihm eingefallen, was ein Teamkamerad einmal über Mikey Mantle gesagt hatte. »Je mehr er auszieht, desto größer sieht er aus.«

Angezogen wirkte Bonny Lee verändert. Sie sah größer und dünner aus. Er hatte noch deutlich die üppigen Brüste und Hüften vor Augen und entsann sich der köstlichen weiblichen Formen, um die sich seine Hände und Arme geschlossen hatten. Vor ihm aber stand eine gepflegte, elegant gekleidete, hübsche Fremde. Wie war das möglich?

Ihr Lächeln verschwand, und die braunen Augen wurden groß. »Ach Gott, du hast mich ja noch nie angezogen gesehen!« Sie wurde rot, und ihr gebräuntes Gesicht schimmerte feucht. »Am liebsten würde ich im Boden versinken, Schatz.«

»Schon gut. Wir wissen ja, wie es passiert ist.«

»Das schon, aber ich stelle mir nur vor, wie es für jemand anderen klingen mag. Wie würdest du es erklären?«

»Wir brauchen nichts zu erklären.«

»Ich soll jetzt gehen, weil jemand kommt, ja?«

»Nein.«

»Wer ist dieser Freund von Bernie, der auch dein Freund ist?«

»Eine Schauspielerin.«

»Na prima!«

»Äh ... Bernie ist in sie verliebt — glaube ich zumindest.«

»Bernie ist in alles verliebt, was Röcke trägt. Geh duschen!«

Das graue Hemd war in den Schultern zu eng und die blaue Hose war zu kurz, sein Kinn war wund von der einzigen Rasierklinge, die er gefunden hatte, aber als er aus dem Bad kam, duftete es nach Kaffee. Sie hatte das Bett gemacht. Mit kampflustig vorgeschobenem Kinn, die Fäuste in die Hüften gestützt und die braunen Augen schmal zusammengekniffen, kam sie auf ihn zu. Hinter ihr lag die farbenfrohe Kellneruniform auf dem Fußende des Betts.

»Du trägst Bernies Sachen, Kirk. Warst du vielleicht Kellner im Elise? Was, zum Teufel, ist hier los?«

»Ich kann es dir jetzt nicht erklären, Bonny Lee ...«

»Das wirst du aber, Mister, sonst erlebst du was, daß dir Hören und Sehen vergeht!«

Nach zwei hilflosen Versuchen brachte er es endlich heraus:

»Ich heiße in Wirklichkeit Kirby Winter.«

Sie legte den Kopf schief. »Du sagst es so, als sollte ich den Namen kennen.«

»Das habe ich gedacht.«

»Kirby Winter? Vielleicht habe ich schon von dir gehört. Du sprichst schön, klingst gebildet. Bist du ein Schauspieler oder so etwas Ähnliches?«

»Ich bin — aus den Nachrichten bekannt. Seit gestern.«

»Ich gebe nicht besonders acht, wenn ...« Sie brach unvermittelt ab, griff sich an die Kehle und starrte ihn erschrocken und ungläubig an. »*Du* bist das, Schätzchen? Siebenundzwanzig Millionen Mäuse! Du bist derjenige, der das viele Geld gestohlen und versteckt hat!«

»Ich habe es nicht gestohlen. Und ich habe es nicht versteckt.«

Sie schüttelte erstaunt den Kopf. »Du bist ein Verwandter von diesem Kroops?«

»Krepps. Onkel Omar.«

Sie machte einen Schritt zurück, ließ sich matt auf das Bett fallen und starrte ihn an. »Du hast mit einer Frau, die wie eine alte Lehrerin aussieht, gemeinsame Sache gemacht. Die ganze Welt sucht dich, während du gemütlich mit Bonny Lee Beaumont im Bett liegst.«

»Ich habe keinen Cent genommen.«

Sie betrachtete ihn eine Weile. »Kirk, ich meine vielmehr Kirby, ich weiß, daß du es nicht genommen hast. Ich kenne die groben Typen und ich kenne die schlauen, und manchmal, alle heiligen Zeiten, treffe ich auf einen reizenden Typen wie dich; von denen gibt es viel zu wenige. Du hast es nicht genommen, warum also stellst du dich nicht und erzählst ihnen, wie sich alles abgespielt hat?«

»Das kann ich nicht. Es gibt viele Gründe dafür, und ich habe nicht genügend Zeit, um es dir zu erzählen. Aber ich kann mich nicht stellen. Ich hoffe nur, daß du mir hilfst, obwohl du jetzt weißt, wer ich bin.«

»Obwohl ich es weiß? Ärgere mich nicht, Schätzchen. In dem schönen, großen Bett da hast du mir gezeigt, wer du bist, und ich werde tun, was du willst. Aber wie wär's jetzt mit Kaffee und Zigaretten?« Damit stand sie auf.

Sie tranken den Kaffee auf dem Frühstücksbalkon.

Sonnenschein glitzerte auf der Bucht. »Du hast ein kleines Auto?«

»Steht unten. Ein kleiner, alter, gelber Sunbeam.«

»Kennst du den Biscayne Bootshafen?«

»Klar. Ich habe einmal einen Jungen gekannt, der sein Boot dort hatte.«

»Ich möchte, daß du mich hinfährst, Bonny Lee.«

»Und dann?«

»Setz mich nur dort ab.«

»Das ist alles? Das ist keine große Gefälligkeit, Kirby.«

»Eine Menge Leute kennen mein Gesicht, und eine Menge Leute suchen mich. Es könnte zu einem Wirbel kommen.«

»Willst du mit einem Boot abhauen?«

»Ich ... ich vermute es.«

»Ich kann das Verdeck des Autos nicht zumachen, weil es keines mehr hat. Du mußt dich zusammenkauern. Vielleicht finde ich etwas.« Sie ging hinein, und er hörte, wie sie Schubladen öffnete und schloß. Musik erklang. Dann kam sie mit einem breitkrempigen Hut und einer dunklen Sonnenbrille zurück. »Es kommen jetzt gleich Nachrichten. Probier das einmal.«

Der Hut war etwas zu klein, aber er konnte ihn trotzdem tief ins Gesicht ziehen.

Sie nickte. »Du siehst aus wie alle. Häng dir eine Kamera um den Hals, und du bist in ganz Florida praktisch unsichtbar. Brauchst dich nicht einmal zusammenzukauern.«

»Willst du mich nicht fragen, ob ich dich da in etwas hineinziehe?«

»Mich hineinziehen? Das heißt, daß ich mit drinstekke? Wenn ich wen liebe, Kirby, dann bin ich froh, wenn er mich um etwas bittet.«

Er nahm Hut und Sonnenbrille ab und starrte sie an. »Lieben?«

»Hast du mir im Bett nicht zugehört, Schatz?«

»Doch, aber ich habe es nur für ein ... eine Redewendung gehalten.«

»War es auch, zum Teufel, und ich sage es wieder. Hast du etwas dagegen?«

»Nein. Ich meine nur — nun, du nimmst es einfach hin, daß ich mich in einem Boot davonmache und weißt nicht einmal, ob wir uns je wiedersehen, und es ... es macht dir anscheinend nicht besonders viel aus. Ich habe geglaubt ...«

»Ich glaube, du bist obergescheit, oder wie man das nennt.«

Sie wischte den Lippenstift mit der Papierserviette ab, kam lächelnd um den Tisch herum, beugte sich über ihn, legte eine Hand auf seinen Nacken und küßte ihn hingebungsvoll. Er tastete nach ihr, drehte sie um und setzte sie auf seinen Schoß. Es dauerte nicht lang, und sie rangen zitternd und erregt nach Luft. Sie schob seine Hände von sich, setzte sich kerzengerade auf und legte ihm die Hände auf die Schultern. Sie legte den Kopf zur Seite und lächelte ihn mit verschleierten Augen an.

»Ich liebe dich, Kirby, und Liebe ist etwas Schönes. Du hast ja gesehen, wie schnell wir in Fahrt kommen. Das ist das Schöne daran, Schatz. Es macht einen glücklich, mit jemandem ins Bett zu gehen und es macht Spaß. Man genießt das Schöne und schlägt sich nicht mit dem Häßlichen herum. Die meisten Menschen haben offenbar vergessen, daß nur das zählt, und daß es ursprünglich nicht anders gedacht war. Sie verpfuschen alles. Sie weinen und jammern, klammern sich aneinander, werden eifersüchtig, selbstsüchtig und gehässig. Wir lieben einander, weil wir einander Glück und Heiterkeit schenken, und wenn es sich wieder ergibt, ist es gut, wenn nicht, dann bleibt es bei dem, was wir hatten. Keine Schwüre und Versprechungen oder sonst so ein Kram, verstanden? Die Leute machen das, weil sie die komische Idee haben, daß es sich gehört. Und ehe sie sich versehen, ist der Spaß verschwunden, erstickt von kleinkarierten Vorstellungen, als wäre es der Kaufvertrag für ein Grundstück. Ich lebe frei und einfach, Kirby. Wenn ich mich im Spiegel anschaue, sehe ich darin eine Freundin, die ich mag. Wenn ich sie eines Tages nicht mehr mag, dann werde ich mich ändern. Das ist also die Frau, die dich liebt, und das bedeutet dieses Wort für sie. Ich habe Freunde, die für mich sterben würden und ich für sie. Ich will damit nur sagen, daß du an ein Pfundsmädchen geraten bist.«

»Der Meinung bin ich auch.«

»Wenn ein Mann mich benutzt, dann kriegt er einen Tritt, daß er zwei Oktaven höher singt. Ich bin nicht prüde, aber ich bin kein Selbstbedienungsladen für jeden Bastard, der auf einen schnellen Fick aus ist, verstanden.«

»Bin ich nicht.«

»Laß es dir für die Zukunft gesagt sein. He! Die Nachrichten fangen an!«

Sie gingen hinein und setzten sich auf die Couch. Nach den Landesnachrichten kamen Lokalnachrichten, und der erste Beitrag befaßte sich mit Kirby.

»Regionale und überregionale Behörden suchen gemeinsam nach dem geheimnisvollen Kirby Winter und seiner Komplizin Wilma Farnham. Gestern abend erwirkte Arturo Vara, Zimmerkellner in einem Hotel in Miami Beach, einen Haftbefehl gegen Winter wegen eines tätlichen Angriffs. Die Polizei hat den Vorfall wie folgt rekonstruiert. Da Winter gestern von Reportern vor seinem Hotelzimmer belagerten wurde, brach er in das angrenzende Zimmer ein und bestellte von dort das Zimmerservice. Als Vara eintrat, schlug ihn Winter nieder, zog seine Uniform an, bahnte sich mitten durch die Reporter einen Weg zum Aufzug und entkam. Er wurde noch nicht gefaßt.«

Bonny Lee drehte sich um und sah Kirby mit fragend hochgezogenen Brauen an. Er nickte schuldbewußt.

»Der ältere Bruder von Wilma Farnham, Dr. Roger

Farnham, Außerordentlicher Professor an der Eastern Florida University, teilte mit, daß Miss Farnham gestern unmittelbar nach einem kurzen, unergiebigen Interview mit der Presse ihr Apartment, das sie allein bewohnte, verließ. Sie nahm nur wenige persönliche Dinge mit und wurde seither nicht gesehen. Die Polizei fand heraus, daß Miss Farnham und Winter einander heimlich in einem Hotel in Miami trafen, wenn Winter aus dem Ausland kommend in Florida war.

Nun stellt sich die Frage, was mit den siebenundzwanzig Millionen Dollar geschehen ist, die auf Befehl von Omar Krepps, dem vergangene Woche plötzlich verstorbenen internationalen Finanzier, von Krepps Enterprises an O.K. Devices transferiert wurden. Man nimmt an, daß Winter und Farnham die riesige Unterschlagung einschließlich der Vernichtung der Akten und Aufzeichnungen über einen langen Zeitraum planten. Die Polizei vermutet, daß sie auch ihre Flucht außer Landes vorbereitet hatten und sie vergangene Nacht in die Tat umsetzten.

Außer der Anzeige wegen tätlichen Angriffs wurde von Krepps Enterprises gegen Winter und Farnham Anzeige wegen Veruntreuung erstattet. Vergangene Nacht um Mitternacht setzten K.E. für jede Information, die zur Ergreifung eines oder beider Flüchtigen führt, eine Belohnung von zehntausend Dollar aus. Außerdem erheben sie Privatklage gegen Winter und Farnham. Auch die Steuer- und Einwanderungsbehörden sind an einer Vorladung von Winter und Farnham interessiert.

Winter ist 1,82 m groß, wiegt 85 kg, hat blonde Haare und dunkelblaue Augen. Er ist zweiundreißig Jahre alt, hat auf der linken Wange eine halbmondförmige Narbe und ist glattrasiert. Winter hat gute Umgangsformen, ist äußerst intelligent und charmant.«

Bonny Lee schaltete das Radio ab und betrachtete ihn kopfschüttelnd. »Du bist jetzt ein berühmter Mann.« Sie berührte seine Wange. »Woher stammt die Narbe?«

»Als ich sechs war, hat mich ein kleines Mädchen mit einem Stein getroffen.« Er faßte nach ihrer Hand und berührte die Narbe, die er entdeckt hatte. »Und was ist mit dieser hier?«

»Ein Junge mit vorstehenden Zähnen hat mich gekniffen, und ich versetzte ihm einen Backhand Schlag; ich war damals etwa elf.«

»Brauchst du zehntausend Dollar?«

»Ich bete zu Gott, daß ich sie nie so dringend brauche, Schatz. Gibt es ein Delikt, das sie dir nicht vorwerfen?«

»Bewaffneter Raubüberfall.«

»Du kannst es ja versuchen, vielleicht hast du Glück. Ich bringe dich besser auf dein Schiff, Schatz, bevor dich jemand hier aufspürt.«

»Oder ich solche Angst bekomme, daß ich mich nicht mehr aus der Tür traue.«

Er setzte Hut und Sonnenbrille auf und kontrollierte seine Taschen. Dann holte er die goldene Uhr vom Regal neben dem Telephon. Danke für alles, Onkel Omar, dachte er.

»Wie weit ist es bis zum Bootshafen?«

»Etwa zehn Minuten.«

Bevor sie hinausgingen, küßte er sie. Sie hielten einander sekundenlang fest. Betsy blickte zu ihm auf. »War's schön?«

»Schöner als ich sagen kann.«

»Du bringst mich noch zum Heulen, Kirby. Gehen wir!«

Der Sunbeam Sportwagen war etwa drei Jahre alt, schäbig und verdreckt und begann bereits zu rosten. Aber der Motor röhrte sofort auf, und sie riß das Auto wie ein Spielzeug an einer Schnur um eine Ecke. Er faßte gerade noch rechtzeitig nach seinem Hut. Es war fast neun Uhr. Ihre braunen Hände lagen auf dem Lenkrad, sie reckte das Kinn hoch, hatte die Augen zu Schlitzen zusammengekniffen und eine Zigarette im Mundwinkel hängen. Sie schaltete hinauf und schaltete herunter und wechselte im dichten Morgenverkehr behend die Spuren. Zuerst war es beängstigend, aber er erkannte bald, wie gut sie fuhr und fühlte sich in dem lärmenden, kleinen gelben Auto vollkommen sicher.

Sie fuhr durch das Hafenviertel, bog nach Norden ab und fuhr noch drei Häuserblocks weiter; als sie herunterschaltete, sah er das große Hinweisschild zum Bootshafen und die vielen Motorboote an den breiten Anlegeplätzen. Plötzlich gab sie Gas und fuhr daran vorbei. Er sah die Polizeiautos am Straßenrand und die uniformierten Männer am Dock. Sie bog um die nächste Ecke, bremste und manövrierte das kleine Auto in eine Parklücke.

»Diese Tür ist zu, da ist nichts zu wollen«, sagte sie.

»Was, zum Teufel, soll ich denn jetzt tun?«

»Bleib hier sitzen und Bonny Lee wird sich umsehen. Wie heißt das Schiff?«

»Glorianna.«

Sie fand eine Zeitung unter dem Sitz und gab sie ihm. »Versteck dich dahinter, Schatz. Bin gleich wieder da.«

Sie blieb fünfzehn unerträglich lange Minuten fort. Dann zwängte sie sich ins Auto und fuhr davon. Sie fuhr nach Westen, fand ein Einkaufszentrum und parkte zwischen den anderen Autos.

»Es hat ein wenig gedauert, bis ich mir einen süßen Bullen ausgesucht und ihn soweit gebracht habe, daß er zu mir gekommen ist und mir gezeigt hat, wie wichtig er ist. Die *Glorianna* hat vor zwanzig Minuten abgelegt, und die Bullen sind zehn Minuten zu spät gekommen. Soweit ich mitbekommen habe, ist folgendes passiert: Sie haben herausgefunden, daß ein Großteil deiner Sachen aus irgendeinem schäbigen Hotel abgeholt wurde. Nach einer Weile sind sie draufgekommen, daß alles zum Bootshafen und an Bord der *Glorianna* geschafft wurde. Daher nehmen sie an, daß du auch an Bord bist und damit in der Falle sitzt. Die Küstenwache ist schon alarmiert und wird das Schiff jeden Moment anhalten.

Es ist ein richtig großer Fisch, hat mir der Mann am Kai versichert. Sie sind der Meinung, daß siebenundzwanzig Millionen an Bord geschafft wurden. Sie stehen herum und halten es vor Aufregung kaum aus. Ich wüßte für mein Leben gern, was sie auf das Schiff gebracht haben, Schatz.«

»Persönlicher Kram, alles in allem vielleicht im Wert von zweihundert Kröten. Sogar Schlittschuhe sind dabei.«

Sie sah ihn erstaunt an. »Du lieber Himmel! Schlittschuhe!«

»Ich weiß nicht, wohin ich jetzt soll, Bonny Lee.«

»Ich würde die Geschichte gern von Anfang an hören. Wollen wir zu Bernies Wohnung zurückfahren?«

»Lieber nicht.«

»Im Augenblick wollen wir uns nur irgendwo unterhalten. An einem öffentlichen Strand werden sie uns am allerwenigsten suchen. In Ordnung?«

»In Ordnung, Bonny Lee.«

Das kleine Auto machte einen solchen Lärm, daß jede weitere Unterhaltung unmöglich war. Sie fuhr zum Strand und dann nach Norden. Gegen zehn Uhr saßen sie auf einer Betonbank in einem kleinen offenen Pavillon; vor ihnen lag der breite Strand, und dahinter kräuselten sich die rollenden, blauen Wogen des Atlantik. Es war ein Dienstag im April, aber es waren Hunderte von Leuten am Strand. Er fühlte sich allmählich niedergeschlagen und hilflos.

»Erzähl mir alles, Schatz, dann werde ich dir meine Meinung dazu sagen.«

Er erzählte. Er leierte eine eintönige Litanei von Fakten herunter, ohne etwas zu beschönigen. Dabei ging ihm auch noch der letzte Funken Mut verloren. Er begann bei der Testamentseröffnung nach der Beerdigung und hörte bei Josephs morgendlichem Anruf auf.

Er starrte sie ausdruckslos an. »Meinst du, daß ich versuchen soll, alles aufzuklären?«

»Wer würde dir glauben? Sie werden dich für einen Fixer halten.«

»Glaubst du mir?«

»Ich liebe dich, vergiß das nicht. Ich glaube dir, aber es ist bei Gott nicht leicht. Es wäre leichter, dich nicht zu lieben, als das ganze Zeug zu glauben. Charla. Was ist das überhaupt für ein Name? Nach diesen drei Frauenzimmern muß es ja eine ausgesprochene Abwechslung für dich gewesen sein, als ich in dein Bett geschlüpft bin.«

»Was soll ich machen?«

»Hast du schon einmal einen Kuchen bekommen, in dem eine Säge versteckt war?«

»Ich habe befürchtet, daß du etwas in der Richtung sagen würdest?«

»Wenn beide Frauen auf dem Schiff waren, dann hat sie die Küstenwache mittlerweile bestimmt schon. Charla und Joseph sitzen vielleicht genau so tief in der Tinte wie du.«

»Das bezweifle ich.«

Er nahm Onkel Omars goldene Uhr aus der Tasche und spielte gedankenlos damit herum. Er zog sie auf, verglich die Zeit mit seiner Armbanduhr und stellte sie richtig. Die Taschenuhr hatte einen Stundenzeiger, einen Minutenzeiger und einen flinken Sekundenzeiger. Daneben gab es noch einen vierten Zeiger. Er war aus Silber, während die anderen Zeiger aus Gold waren, und stand reglos auf zwölf Uhr. Wozu er wohl gut war? Er drückte noch einmal auf die Aufziehwelle und bemerkte plötzlich, daß sich der silberne Zeiger zurückdrehte, wenn er die Schraube gleichzeitig drückte und drehte.

Im gleichen Augenblick wurde die Welt um ihn still und sein Blick trübte sich. Sein erster Gedanke war, daß er einen Herzinfarkt hatte. Die Stille um ihn war so vollkommen, daß er das Blut in den Ohren rauschen hörte. Ein tiefes, unkontrollierbares Entsetzen hinderte ihn daran, eine Erklärung für den unheimlichen Zustand zu finden. Auf bekannte Gefahren reagiert der Mensch instinktiv mit Angst, die von der Vernunft gesteuert wird. Das Unbekannte hingegen wirft ihn zurück in sein Höhlendasein; säbelzähniges Entsetzen überfällt ihn, ein Schwall von Adrenalin überflutet den Organismus, die Funktion des Schließmuskels wird unzuverlässig, die Muskeln ziehen sich zusammen, bereit zur rettenden Flucht, und mit eingezogenem Kopf stürzt er wimmernd davon.

Kirby sprang auf, schnappte zitternd nach Luft und riß die Sonnenbrille herunter. Beim Aufspringen fühlte er einen seltsamen Widerstand, als müßte er sich gegen starken Wind stemmen, den er weder spürte noch hörte. Die ganze Welt war bewegungslos. Ohne die Sonnenbrille war seine Umgebung in ein blasses, unangenehmes Rot getaucht. Er hatte einmal durch das Prisma einer einäugigen Spiegelreflexkamera mit vorgesetztem Rotfilter geblickt; das war so ähnlich gewesen. Aber die Kamera hatte ihm die Welt in Bewegung gezeigt. Jetzt befand er sich in einer rosa Wüste, einem wüsten Garten oder in einem Gemälde von Dali, das die Schrecken einer zeitlosen Bewegungslosigkeit veranschaulicht.

Eine Welle kräuselte sich über die ganze Länge des Strandes, brach aber nicht. Die Möwen aus rosa Stein hingen an unsichtbaren Drähten. Er drehte sich nach dem Mädchen um. Ihr Gesicht hatte eine unangenehme Farbe, und ihre Lippen sahen schwarz aus. Sie war in der Zeitlosigkeit gefangen, hatte die Hand zu einer Geste halb erhoben, den Mund leicht geöffnet und berührte mit der Zunge den Rand eines Schneidezahns. In der gnadenlosen Starre sah sie aus wie ein Leichnam in einem Sarg.

Er preßte die Augenlider zusammen, öffnete sie wieder. Nichts hatte sich verändert. Er blickte auf die goldene Uhr. Der goldene Sekundenzeiger rührte sich nicht. Er sah auf seine Armbanduhr. Auch sie war stehengeblieben. Er sah noch einmal genau auf die goldene Uhr, konzentrierte sich auf den silbernen Zeiger und bemerkte schließlich, daß er sich ganz langsam bewegte und auf die Zwölf zukroch. Er hielt die Uhr ans Ohr und glaubte einen zarten, anhaltenden Ton zu hören. Er hatte den silbernen Zeiger auf Zehn zurückgestellt. Jetzt stand er auf sieben Minuten vor zwölf. Es war anzunehmen, daß er sich seit drei Minuten in der roten Welt der Stille befand.

Er probierte zwei Schritte. Wieder spürte er den seltsamen Widerstand, der sich seinem Körper entgegenstellte. Jeder Schuh schien plötzlich zehn Kilo zu wiegen. Er hatte Mühe, sie zu heben, sie durch die Luft vorwärts zu bewegen und wieder auf den Boden zu setzen. Sie waren seltsam schwer und besaßen ein eigenartiges Beharrungsvermögen, als ginge er durch Klebstoff. Der Druck gegen seinen Körper wurde offenbar durch eine ähnliche Trägheit seiner Kleider verursacht. Er bückte sich nach einem weggeworfenen Papierbecher. Der Becher war schwer wie Blei. Gewicht und Widerstand machten sich nur beim Aufheben bemerkbar; hielt er in der Bewegung inne, schien der Becher schwerelos zu sein. Die Signale, die normalerweise von den Muskeln zum Gehirn strömten, waren verzerrt. Vorsichtig ließ er den Becher los. Er blieb genau dort in der Luft hängen, wo Kirby ihn losgelassen hatte. Er streckte die Hand aus und versetzte ihm einen Stoß. Er konnte den Becher durch die Luft schieben, aber sobald er keinen Druck mehr ausübte, hörte die Bewegung auf. In dieser roten Welt hatte ein sich bewegender Körper nicht die Tendenz, die Bewegung beizubehalten. Kirby griff nach dem Becher und drückte ihn zusammen. Es gelang ihm zwar, aber er hatte das Gefühl, daß er einen Becher aus dicker Bleifolie und nicht aus dünnem Papier zerknüllte.

Er sah wieder auf die Uhr. Drei Minuten vor zwölf. Sein Blick wanderte hinunter zu den Hunderten von bewegungslosen Menschen am Strand und dann hinauf zur Straße, auf der der Verkehrsstrom erstarrt war.

Hoch über der Stadt stand ein Jet am Himmel. Ein paar Meter vor Kirby hielt ein Junge mitten im Laufen inne und balancierte auf einem nackten Fußballen.

Kirby drückte vorsichtig auf die Aufziehwelle der Uhr. Er wollte den silbernen Zeiger wieder auf zwölf stellen und hoffte, daß die Welt dann die alte sein würde. Weitere drei Minuten in der roten Stille ertrug er nicht mehr.

Als er die Aufziehwelle drückte, schnellte der silberne Zeiger wie der Zeiger einer Stoppuhr zurück auf zwölf. Schlagartig setzte der Lärm der Welt ein, und im selben Moment war das rote Licht verschwunden. Die Welle überschlug sich, der Becher fiel zu Boden, der Junge lief, die fliegenden Dinge flogen.

»Du könntest doch ...«, begann Bonny Lee und hielt inne. Sie starrte ihn an, starrte auf die Bank und wieder auf ihn. Sie schluckte. »Du bist verdammt schnell, Schatz! Du bist viel besser in Form, als ich dachte.«

Er sah sie an und lachte. Er lachte, bis ihm die Tränen über die Wangen liefen und er bemerkte, daß sein Lachen hysterisch klang. Zuerst lachte sie mit, hörte dann aber auf und sah ihn besorgt an.

»Kirby! Kirby! Verdammt noch mal!«

»Ich bin großartig in Form«, sagte er und rang nach Atem. »Ich war noch nie in besserer Form!«

»Verlierst du jetzt den Verstand?«

Er versetzte sich mit Hilfe der goldenen Uhr wieder in die rote Welt. Er brauchte Zeit zum Nachdenken, Zeit, um sein hilfloses Gelächter unter Kontrolle zu bringen. Das war leicht. Das Lachen klang hohl und gespenstisch in der Stille. Bonny Lee war wieder erstarrt und blickte ihm diesmal direkt in die Augen.

Ihn schauderte, und er beutelte sich wie ein nasser Hund. Er sah auf die Uhr. Er hatte den silbernen Zeiger auf ein Viertel vor zwölf gestellt. Fünfzehn Minuten, wenn er die ganze Zeit wollte. Oder er drückte auf die Aufziehwelle und ließ die Welt ins Leben zurückkehren.

Nein. Diese verzerrte Realität brachte ihn an den Rand des Wahnsinns. Die Welt war gleichgeblieben. Sie ging weiter. Er war nur aus ihr hinausgetreten. Alles war stehengeblieben, außer den Lichtschwingungen. Das trübe rote Licht bedeutete vielleicht, daß sich das Licht an sich in bezug auf ihn verlangsamt hatte. Noch logischer war, daß er seine objektive Beziehung zur Zeit verändert hatte, so daß vielleicht eine Stunde in der roten Zeit nur ein Bruchteil einer Sekunde der wirklichen Zeit war. Man konnte natürlich darüber spekulieren, welches nun die ›wirkliche‹ Zeit war; doch das war ein philosophischer Weg, der zum gleichen Ziel führte — Wahnsinn.

Von diesen Überlegungen ausgehend überdachte er nochmals das Phänomen des Papierbechers. Das Gewicht, das er gespürt hatte, wäre in diesem Fall das Produkt aus der natürlichen Trägheit multipliziert mit der außerordentlichen Geschwindigkeit, der ›wirklichen‹ Geschwindigkeit der Welt, mit der er den Becher hochgehoben hatte. Als er ihn losließ, war der Becher zu der Geschwindigkeit der wirklichen Welt zurückgekehrt, die sich in der roten Welt als Bewegungslosigkeit äußerte. Als er den Becher zerdrückte, hatte er die unsichtbare Aufwärtsbewegung angehalten. Der Becher hatte unmerklich zu fallen begonnen, und als die Welt wieder in ihren Normalzustand zurückkehrte, hatte Kirby aus dem Augenwinkel den letzten Teil des Falles wahrgenommen.

Plötzlich wußte er, warum Onkel Omar ein so geschickter Amateurzauberer gewesen war. Und er wußte auch, was in Reno geschehen war. Er sah im Geist, wie der dickliche, nervöse kleine Highschool-Lehrer in seinen schäbigen Kleidern und mit dem verkrampften Lächeln die Würfel beobachtete, die auf dem grünen Tisch ausrollten. In dem Augenblick, da sie anhielten, versetzte er sich in die rote Welt, ging um den Tisch herum, langte durch die Stille hindurch nach einem Würfel, drehte ihn auf die Gewinnzahl, kehrte an seinen Platz zurück und katapultierte sich sofort wieder zurück in die ›wirkliche‹ Welt.

Er konnte sich auch vorstellen, woher der Rest des Geldes gekommen war und warum Onkel Omar so viel verschenkt hatte. Kirby begriff, daß er sein Erbteil erhalten hatte. Er sah alles wie durch ein Kaleidoskop, drehte es ziellos, betrachtete die willkürlich fallenden Teilchen, und dann drehte er es zufällig so, daß sich die bunten Elemente zu einem realistischen Bild formten. Er bewunderte Omar Krepps' Beherrschung, Vorsicht und die sein Leben lang praktizierte Schlauheit.

Er streckte die Hand aus und berührte mit den Fingerspitzen die Wange des Mädchens. Sie fühlte sich weder warm noch kühl an, sondern schien keine wahrnehmbare Temperatur zu haben. Die Wange fühlte sich fest und gar nicht menschlich an, als wäre sie aus irgendeinem dichten, leicht elastischen Kunststoff gemacht. Er berührte die hellen Locken, die sich wie Eisendraht anfühlten. Er bog sie um, und sie blieben so.

Beinahe hätte er wieder fälschlich angenommen, daß sich die Welt verändert hatte, und war froh darüber, daß Onkel Omar ihn gezwungen hatte, Vorlesungen in Logik zu besuchen. Bonny Lee befand sich in ›wirklicher‹ Zeit. Für sie bewegte er sich einfach zu schnell und hinterließ auf ihrer Netzhaut kein Bild. Wenn er ihre Wangen und Haare berührte, geschah es so kurz, daß sie es nicht spürte.

Urplötzlich begriff er eine der Grundregeln, die Onkel Omar sein ganzes Leben lang befolgt hatte: Man mußte an genau demselben Ort in die wirkliche Welt zurückkehren, an dem man sie verlassen hatte. Andernfalls konnte man Leute in den Wahnsinn treiben. Trotz seiner Vorsicht hatte Omar Krepps überall als äußerst seltsam und exzentrisch gegolten. Vielleicht war er manchmal unvorsichtig gewesen. Jetzt wußte Kirby, wieso Charla und Joseph eine fast abergläubische Bewunderung für ihn hegten. Die goldene Uhr verschaffte

Onkel Omar bei den internationalen Finanzintrigen den unüberbietbaren Vorteil des Einäugigen inmitten einer Welt von Blinden.

Das verlieh ihm also seine Überlegenheit. Darauf hatten sie es abgesehen, konnten es aber nicht genau definieren. Es fröstelte ihn bei dem Gedanken, daß Charla in den Besitz der Uhr gelangen könnte.

Noch zehn Minuten. Diesmal wollte er die Zeit ablaufen lassen, um zu sehen, ob das Ergebnis das gleiche war, sobald der silberne Zeiger bei zwölf ankam. Er wollte gehen, aber die Trägheit der Schuhe machte die Bewegung langsam und mühevoll. Er zog die Schuhe aus. Als er einen losließ, blieb er in der Luft stehen. Er wollte ihn in den Sand stoßen, aber schließlich konnte der Schuh genausogut bleiben, wo er war. Das Gehen fiel ihm leichter, aber er mußte gegen die Trägheit seiner Kleider ankämpfen. Wäre er nackt, so könnte er mühelos gehen. Seine Füße versanken nicht so tief im Sand wie sonst und hinterließen scharf abgegrenzte, flache Abdrücke. Er suchte nach einer Erklärung und fand sie: Der feine Sand hatte begonnen, wieder in die Abdrücke zu rieseln, aber in der roten Welt war die Bewegung zu langsam, um sichtbar zu werden. Er ging an den gespenstischen roten Statuen vorüber zum Wasser. Er stieg ins Wasser. Es bot ihm Widerstand, dennoch versank sein Fuß. Er hatte das Gefühl, in feste Gelatine zu steigen. Als er den Fuß herauszog, blieb der zentimetertiefe Eindruck zurück. Wassertropfen hingen in der Luft, rosa Kugeln im roten Licht dieser Welt. Ein Tropfen schwebte in Gesichtshöhe vor ihm, und ohne nachzudenken beugte er sich vor und nahm ihn in den Mund. Er war wie ein fester kleiner Klumpen Gelatine. Kirby kaute und schluckte ihn. Ein salziger Geschmack blieb im Mund zurück.

Fünf Minuten.

Er ging durch die Menschenmenge zurück, hielt inne und betrachtete die Gesichter der Menschen. Ein kleines

Mädchen fütterte gerade die Möwen. Die Brotkrume, die sie ihnen zugeworfen hatte, hing unmittelbar vor ihren Fingerspitzen in der Luft. Die Möwen rührten sich nicht. Einen Meter hinter dem Kopf des Mädchens hing ein Gegenstand reglos in der Luft. Es war eine kleine Sandschaufel. Er sah sich um und entdeckte drei Meter hinter dem Mädchen einen dicken, einige Jahre älteren Jungen mit wutverzerrtem Gesicht. In seiner Starre glich er einem Baseballstar, der soeben den großen Wurf getan hatte.

Kirby schob die Blechschaufel mit der Hand ein Stück beiseite. Der dicke Junge trug eine Badehose und ein ausgebeultes T-Shirt. Kirby streckte die Hand aus, umfaßte eine der Möwen und zog sie vorsichtig herunter. Mit der Möwe in der Hand ging er zu dem dicken Jungen und zog ihm das T-Shirt vom nackten Bauch weg. Das T-Shirt ließ sich wie Maschendraht biegen. Kirby schob die Möwe unter das T-Shirt und bog das Leibchen am unteren Ende nach innen.

Zwei Minuten.

Er beeilte sich zum Pavillon, zog die Schuhe an und nahm die gleiche Position ein wie vorher; er hatte immer noch Zeit zur Verfügung. Einem spielerischen Einfall folgend nahm er eine Zigarette und steckte sie vorsichtig zwischen Bonny Lees geöffnete Lippen. Der silberne Zeiger bewegte sich näher und näher …

Der Morgen war so hell, als hätte jemand das Licht eingeschaltet.

Sie sprang überrascht auf und nahm die Zigarette aus dem Mund. »Was, zum Teufel, ist das!«

»Ein Trick, den mir mein Onkel beigebracht hat«, antwortete er. Er drehte sich um und besah sich den Strand. Möwen tauchten. Eine bunte Schaufel war harmlos in den Sand getrudelt. Ein dicker Junge gebärdete sich wie verrückt, sprang herum und brüllte, bis eine Möwe laut schreiend davonschoß und ein paar weiße Federn zu Boden schwebten. Die Fußabdrücke im Sand hatten ihre Vollkommenheit eingebüßt und der Abdruck im Wasser war verschwunden.

Bonny Lee wirkte gespannt. »Tricks können lustig sein, aber der hat mir überhaupt nicht gefallen, Kirby. Mir wird ganz kalt und komisch dabei.«

Er setzte sich neben sie auf die Betonbank. »Entschuldige.«

»Im Ernst, Kirby, zuerst bist du in Weltuntergangsstimmung, dann lachst du wie ein Irrer und jetzt fängst du mit einem unheimlichen Zaubertrick an. Ich habe geglaubt, daß ich weiß, woran ich mit dir bin, aber jetzt ...«

»Es ist plötzlich etwas Wichtiges geschehen, Bonny Lee.«

»Ich verstehe kein Wort.«

»Ich möchte eine Art Experiment machen. Schau auf die Bank, genau auf die Stelle zwischen uns. Schau ganz genau hin. Dann sag mir, was geschieht und was du dabei empfindest.«

»Du machst mich fürchterlich nervös, Schatz.«

»Bitte, Bonny Lee.«

Er versetzte sich wieder in die rote Welt; diesmal bewegte er den silbernen Zeiger weiter zurück als zuvor. Er drehte ihn ganz herum, bis er wieder bei zwölf stand und sich nicht weiterbewegen ließ. Das war demnach die Grenze der roten Welt, eine Stunde subjektiver Zeit. Er legte die Uhr hin und ließ sie langsam und vorsichtig los. Nichts geschah. Es war also nicht notwendig, Kontakt zu halten, während er sich in der roten Zeit befand. Er entdeckte eine zerbrochene Muschel, hob sie auf und legte sie auf die Bank, so daß Bonny Lee sie sehen mußte. Er nahm die Uhr in die Hand und preßte den Daumen auf die Aufziehwelle. Der silberne Zeiger schnellte einmal herum auf zwölf, und Kirby befand sich wieder in einer Welt voll Licht und Bewegung.

Sie erschrak. Ihr Gesicht war unter der Sonnenbräune grau geworden. Sie schloß die Augen, schluckte, streckte die Hand aus und berührte die zerbrochene Muschel. Sie schob sie weiter weg und erschauderte. Als sie dann sprach, schwangen Tränen in ihrer Stimme mit. »Du mußt mit diesen Tricks aufhören, Kirby, bitte.«

»Was ist geschehen?«

»Du hast es doch gesehen, zum Kuckuck! Du hast es selbst getan! Plötzlich liegt diese zerbrochene Muschel da. Sie ist nicht hier gewachsen oder heruntergefallen — sie war einfach *da.*«

»Wie hast du dich gefühlt?«

»Entsetzlich!«

»Ich meine, was hast du gespürt?«

»Was soll ich denn gespürt haben? Ich schau auf die Bank, wie du gesagt hast, und dann ...« Sie brach ab und funkelte ihn zornig an. »Jetzt weiß ich's, du unheimlicher Bastard! Du hypnotisierst mich! Man tut so etwas nicht, wenn der andere nicht einverstanden ist. Und ich bin nicht einverstanden. Schluß damit, verstanden?«

»Ich hypnotisiere dich nicht, und jetzt sei nicht mehr eingeschnappt. Ich möchte etwas anderes versuchen. Wenn es funktioniert, wird es dir vielleicht anfangs Angst einjagen, aber ...«

»Schluß damit, Kirby!«

»Hast du nicht gesagt, daß du mir helfen willst?«

»Das schon, aber ...«

»Und du liebst mich?«

»Stimmt, aber ...«

»Dann laß mich noch etwas versuchen. Es wird dir nichts dabei geschehen, das schwöre ich dir. Und wenn es funktioniert, dann werde ich es dir erklären.«

Sie sah ihn mürrisch und zweifelnd an. Schließlich nickte sie. Er rückte ganz nahe an sie heran, legte den Arm um sie und hielt die Uhr in beiden Händen vor ihr. »Leg deine Hände über meine.«

Sie tat wie geheißen. »Was hat diese alte goldene Zwiebeluhr da ...«

Die Welt war rot und sie war erstarrt. Vielleicht konnte man niemanden in die rote Welt mitnehmen, konnte niemander aus der ›wirklichen‹ Zeit herausnehmen. Er ließ den silbernen Zeiger zurückschnellen.

»... mit zu tun?« fragte sie.

»Diesmal berührst du die Uhr!«

»Entschließ dich!« grollte sie. Wieder war sie eine Statue im roten Dämmerlicht.

Er kehrte in die Wirklichkeit zurück. »Diesmal legst du die Finger so hin, den Daumen auf die Aufziehwelle, und wenn ich auf die Welle drücke, drückst du auch und drehst ein wenig und ...«

Er saß allein auf der Bank, das Mädchen, das er in den Armen gehalten hatte, war verschwunden. Auch die Uhr war verschwunden.

Er meinte die Wärme ihres geschmeidigen Körpers noch neben sich zu spüren. Sie war ins Nichts verschwunden, und dieser Schock war noch fürchterlicher und jagte ihm mehr Angst ein als sein erster Ausflug in die rote, schweigende Welt.

Zu zweit konnte man also nicht gehen.

Kirby saß wie betäubt da. Er begriff, was er ihr angetan hatte. Sie besaß weder die Reife noch das nötige Wissen, um das stille Entsetzen der anderen Welt zu verkraften. Er starrte in die Ferne und sah sie nicht. Sie war zwar pfiffig, aber ihr einfacher Verstand würde an dem Erlebnis zerbrechen. Ein fürchterlicher Gedanke kam ihm. Womöglich gab sie der Uhr die Schuld und schleuderte sie ins Meer. Die Uhr würde stehenbleiben, und Bonny Lee wäre für immer in der roten Zeit gefangen. Niemand konnte sie dort sehen oder hören, und der Rest ihres Lebens würde womöglich in einer halben Stunde wirklicher Zeit ablaufen.

Schuldbewußtsein übermannte ihn, weil er blödsinnigerweise und Bonny Lee Beaumont, ohne es zu wollen, etwas Ungeheuerliches angetan hatte.

Kapitel 9

Erst als Kirby aufstand, entdeckte er hinter der Bank einen kleinen Stoß von Kleidungsstücken — eine limonenfarbene Hose, weiße Sandalen, eine weiße Bluse mit einer aufgedruckten gelben Figur, ein gelbes Jäckchen, eine weiße Tasche. Er hob alles auf und legte die Sachen auf die Bank. Nur der blaugrüne Büstenhalter und das dazu passende Höschen fehlten.

Drei Meter hinter ihm erklang ihre Stimme. »Hallo! Hallo Schatz! Das ist verdammt lustig!«

Er wirbelte herum. Sie stand hinter ihm, braun, schön, atemlos und vor Aufregung glühend. Die Sonne glitzerte auf der goldenen Uhr in ihrer Hand. Sie legte die Finger auf die Aufziehwelle. »Gib sie mir!« rief er, aber noch ehe er das letzte Wort herausgebracht hatte, war sie wieder verschwunden.

Er hörte dünne Schreie, die wie das Kreischen der Möwen klangen. Sein Blick wanderte über den Strand nach Norden, wo die Menge am dichtesten war. Es sah aus, als hätten die Leute alle gleichzeitig durchgedreht.

Er blinzelte gegen das grelle Licht und glaubte in einiger Entfernung Bonny Lee zu entdecken. Sie tauchte auf und war gleich darauf wieder verschwunden; aber er war sich nicht einmal sicher.

Was ihre Reaktion auf die rote Welt betraf, hatte er sich offenbar jämmerlich verschätzt. Bonny Lee dachte ausschließlich praktisch. Sie kümmerte sich nicht einen Deut um Theorie. Ihr ging es nur darum, daß es funktionierte, und er hatte ihr gezeigt, wie sie es zum Funktionieren brachte. Sie hatte ihm — soweit er das mit seiner begrenzten Erfahrung sagen konnte — ausreichend und mit viel Geschick bewiesen, daß sie eine erwachsene Frau war. Sie hatte sich auch eine zu ihr passende Lebensphilosophie zurechtgelegt. Dennoch war sie nur ›beinahe zwanzig‹. In der Frau steckte noch das Kind, und dieses Kind hatte nie viel Gelegenheit für die Spiele der Kindheit gehabt. Dazu war sie ein sorgloser, respektloser, komischer und erfinderischer Wildfang; sie strotzte vor Gesundheit, war kräftig, flink und unermüdlich.

Er blickte angestrengt in die Ferne, wo die Menge schreiend hin- und herrannte. Was hatte er, ohne es zu wollen, an diesem schönen Dienstag vormittag auf die Menge losgelassen? Einen kleinen Tiger, der in seiner Verspieltheit trotzdem furchterregend war? Er dachte daran, wie er dem fetten Jungen die Möwe unter das T-Shirt gesteckt und wieviel Spaß ihm der Schabernack gemacht hatte. Er war über sich selbst erstaunt gewesen. Bei Bonny Lee würde es beträchtlich mehr brauchen, bevor sie über sich verblüfft war.

Er überlegte, ob er den Strand entlang wandern sollte, um zu sehen, was los war. Aber Bonny Lee würde ihn vermutlich hier bei der Bank suchen.

Zwei Gestalten kamen über den Strand gelaufen. Sie rannten zielstrebig, aber nicht unbedingt schnell. Er beobachtete sie, als sie bei ihm vorbeikamen. Zuerst lief die eine voraus, dann ging die andere an die Spitze. Sie liefen offenbar auf den Parkplatz zu. Es waren zwei junge Frauen, ziemlich üppig gebaut und nackt wie Gott sie geschaffen hatte.

Ein ältlicher Tourist, der gerade vorbeiging, blieb unvermittelt neben der Bank stehen und starrte den laufenden Frauen nach. Er trug ein buntes Hemd, einen Strohhut, Bermuda Shorts und blaue Turnschuhe. Er sah ihnen zu, wie sie schwungvoll in den Parkplatz einbogen und verschwanden. Dann drehte er sich zu Kirby um und sah ihn fragend an.

»Noch vor einer Minute war ich stolz auf meinen Adlerblick, mein Sohn.«

»Entschuldigen Sie. Sir?«

»Würden Sie mir bitte sagen, was da soeben vorbeilief?«

»Äh ... zwei junge Frauen.«

Der Mann kam näher. »Was haben sie Ihrer Meinung angehabt?«

»Offensichtlich nichts.«

Der alte Mann blinzelte ihn an. »Wenn ich so jung wäre wie Sie, mein Sohn, dann würde ich wie ein Hirsch hinterher rennen. Scheint Sie gar nicht zu interessieren. Sind Sie krank?«

»Ich ... ah ... habe an etwas anderes gedacht.«

»Ich bin vorgestern aus Michigan gekommen. Vielleicht sehe ich das Ganze falsch, und so etwas ist hier gar nichts Ungewöhnliches.«

»Nun ja, ich würde es nicht gerade ...«

»Das kann doch nicht wahr sein! Da kommt noch eine!«

Sie war eine kleine Rothaarige mit Sonnenbrand. In der einen Hand trug sie ein Transistorradio, in der anderen eine Thermosflasche. Sie war am Ende ihrer Kräfte und schwankte bei jedem Schritt hin und her.

Nachdem sie ebenfalls außer Sicht war, seufzte der alte Mann tief. »Eines muß ich Ihnen lassen, junger Mann, Sie haben sich den richtigen Platz ausgesucht. Glauben Sie, daß es eine neue Mode ist?«

»Ich weiß es nicht.«

»Hoffentlich schlägt sie ein.« Er beschattete die Augen und spähte über den Strand.

Plötzlich war Bonny Lee zum Greifen nahe, und auf Kirbys Schoß türmte sich ein Berg Papiergeld. Es flatterte auf die Bank und in den Sand. Sie lachte und war verschwunden.

Der alte Mann fuhr herum. »Sie kichern ja, junger Mann ... aber ... aber Sie verschütten da etwas!«

»Ach das hier?«

»Das ist doch Geld, oder?«

»Ja«, antwortete Kirby begeistert und schnappte nach den Scheinen, die davonzufliegen begannen. »Das ist zweifellos Geld.«

»Ich glaube, ich war zu viel in der Sonne«, sagte der alte Mann. »Es ist besser, wenn ich so rasch wie möglich verschwinde.« Damit stapfte er davon.

Auch andere Leute waren nähergekommen und starrten neugierig auf das Geld, das Kirby rasch einsammelte. Mit Ein-Dollar-Noten hatte sie sich gar nicht abgegeben, und es waren nur wenige Fünfer darunter. Nachdem er die Banknoten gefaltet hatte, war der Packen so dick, daß ihn Kirby nur mit Mühe in die Tasche der geborgten Hose stopfen konnte. Er hob Bonny Lees Kleider auf und ging am Strand nach Norden. Sie würde ihn immer finden; solange sie sich in der roten Welt befand, war er für sie bewegungslos. Er bemerkte jetzt, daß es auf der Zufahrtsstraße hinter ihm zu einem riesigen Stau gekommen war. In der Ferne heulten Polizeisirenen. Er traf auf einen Mann, der langsam und nachdenklich im Kreis ging und sich dabei mit der geballten Faust auf die Stirn schlug.

Eine neue Pfeife steckte plötzlich in Kirbys Mund, und unter dem Arm hatte er einen Strauß Rosen geklemmt. Am kleinen Finger seiner linken Hand steckte ein goldener Ring mit einem großen gelben Diamanten, und Bonny Lee ging in ihrer hübschen Unterwäsche vergnügt lachend neben ihm. Er wollte sie verzweifelt festhalten, aber sie wich ihm aus, fingerte an der Uhr herum und hatte sich aus seiner Welt hinausgeschnippt. Wo sie eben noch gegangen war, entdeckte er undeutliche Fußabdrücke, die nach Norden führten. Wenn die Abdrücke nicht scharf, sondern verwischt waren, dann mußte sie bereits anderswo wieder aufgetaucht sein. Er überlegte: Seine Welt war für sie statisch, doch mit seiner Zeit gemessen, mußte sie in dem Augenblick, in dem sie vor ihm verschwand, woanders wieder auftauchen.

Später erfuhr er, daß sie während der fünfzehn Minuten, die sie herumschwirrte, soweit sie sich erinnern konnte etwa vier subjektive Stunden in der roten Welt verbracht hatte. Vier Stunden hatte es gedauert, bis sie von den Spielen genug hatte und ihr keine neuen mehr einfielen.

Später erfuhr er noch in allen Einzelheiten von den verblüffenden Ereignissen, die über die Pechvögel unter den vielen Menschen an diesem Stück der Atlantikküste hereinbrachen.

Bonny Lee erzählte es ihm: »Da waren diese Weiber, die gerade nur soviel anhaben, wie das Gesetz es vorschreibt. Sie stolzieren herum und machen die Männer geil. Es wäre viel ehrlicher, wenn sie die Ware auspakken und darauf warten, wie die Kerle reagieren. Das war, bevor ich das Ding so richtig im Griff hatte und herausfand, wie man es mit einer Hand macht. Man muß nur mit dem Daumen draufdrücken und ein klein wenig drehen. Wenn ich leicht an Badeanzüge, Tops und so weiter rankomme, mache ich mich also an die Arbeit, und zwar dort, wo am meisten los ist. Eine halbe Stunde lang habe ich wie ein Pferd gearbeitet. Ich ziehe ihnen das Zeug herunter, trage alles ans Wasser, stoße es hinein und schiebe es hinaus. Wenn alles rot ist, kann man ja nicht werfen. Es bleibt einfach hängen.«

»Ich weiß.«

»Ich schwör dir, neun von zehn haben in den Badeanzügen um vieles besser ausgesehen. Eine Menge Männer haben einen argen Schock gekriegt. Ich habe dort drüben vielleicht vierzig ganz ausgezogen und weiteren zwanzig das Oberteil weggenommen. Aber wenn ich jemandem einen Streich spiele, dann will ich auch sehen, wie er ankommt, sonst ist es ja nicht lustig. Ich habe ja auch nicht viel angehabt und hielt es für besser, wenn ich mich verstecke. Aber dann denke ich mir, daß ich im

Vergleich zu diesen sechzig Frauenzimmern noch richtig gut gekleidet bin. Ich stelle mich also wohin, wo mich niemand direkt anschaut, und drücke auf das Ding.«

»Wie hast du das herausgefunden?«

»Wenn jemand so gescheit ist, daß er ein so raffiniertes Ding bauen kann, dann baut er es so, daß man es benützen kann und nicht warten muß, bis die Zeit abgelaufen ist. Ich habe herumprobiert, habe gedreht und gedrückt und bin draufgekommen, wie es funktioniert.«

»Ach so.«

»Du hättest das sehen sollen, Kirby! Von den sechzig haben es vielleicht drei oder vier gelassen aufgenommen. Die anderen sind in die Luft gegangen, haben gekreischt, daß einem das Trommelfell platzte, und nach Handtüchern gesucht, aber die hab ich auch verschwinden lassen. Dann wollten sie sich verstecken, einen Baum oder so. Aber ein Strand ist verdammt leer. Den Männern ist der Mund offen geblieben, und die Augen sind ihnen fast herausgefallen. Die Weiber sind schreiend herumgerannt, und die, die schwimmen konnten, stürmten wie verrückt ins Wasser; so machen es die Lemminge, hat mir einmal jemand erzählt. Vielleicht sieben Männer oder so haben schnell reagiert und waren hinter ihnen her. Und die, die nicht schwimmen konnten, sind in alle Richtungen davongelaufen; die Gewitzten dorthin, wo ich keine Handtücher eingesammelt hatte. Sie haben sie von den anderen Leuten gestohlen. Ich habe gelacht, bis ich Schluckauf bekam. Zwei Männer sind dann auf mich zugekommen, da bin ich lieber in die rote Welt verschwunden. Bevor ich mich aus dem Staub machte, habe ich jedem von ihnen einen Sandeimer über den Kopf gestülpt.«

»Und wie war das mit dem Geld?«

»Geld?«

»Das Geld, das du mir in den Schoß geworfen hast.«

»Ach das! Das ist aus den Geschäften dort drüben. Immer wenn ich bei einer Kasse vorbeikam, habe ich welches herausgenommen. Aber es ist mühsam, das Zeug herumzutragen. Du mußt es entweder ziehen oder schieben. In einem Kaufhaus habe ich etwas ganz Tolles erlebt. Ein alte Frau war am oberen Ende einer Rolltreppe gestolpert. Mit weit vorgestreckten Händen hängt sie schräg in der Luft; ihr Gesicht ist ganz verzerrt. Bei dieser Gelegenheit habe ich herausgefunden, daß man auch Menschen bewegen kann. Ich stelle mich also hinter sie, fasse sie um die Mitte und stemme mich gegen sie. Zuerst habe ich gedacht, ich schaffe es nicht. Aber wenn man lang genug zieht, dann geht's. Ich ziehe sie also zurück und richte sie auf. Aber sie war zwanzig Zentimeter über dem Boden. Da stellte ich mich eben vor sie, schiebe sie zwei Meter weiter und ziehe sie auf den Boden herunter. Dann pflücke ich ihre Pakete, die über der Rolltreppe schweben, aus der Luft und lege sie ihr in die Arme. Es hat ziemlich komisch ausgesehen, wie sie sie gehalten hat, aber ich wollte ihre Arme nicht beugen, aus Angst, sie könnten brechen. Ich hole mir von den Ständern ein Kleid, ziehe es an und stelle mich wieder neben die Alte; dann habe ich die Welt wieder eingeschaltet. Die Frau fährt zusammen und läßt alle Pakete fallen. Sie hat ein furchtbar dummes Gesicht gemacht. Sie starrt auf die Rolltreppe, hebt die Pakete auf, starrt wieder auf die Rolltreppe und läßt die Pakete wieder fallen. Dann hat sie sie wieder aufgehoben, den Kopf geschüttelt und ist zum Fahrstuhl gegangen. Kurz danach bin ich auf noch etwas Lustiges draufgekommen.«

»Und zwar?«

»In der Sportabteilung — ich habe immer noch das Kleid vom Ständer angehabt — war ein kleiner Junge, der einem Verkäufer einen Basketball zugeworfen hat. Der Ball war gerade in der Luft, und der Verkäufer streckt die Hände aus und grinst. Der Ball war mir im Weg, ich schiebe ihn also im Vorbeigehen dem Verkäufer zu. Eine Sekunde später läuft die Zeit ab. Wenn ich in einem Geschäft bin, vergesse ich immer die Zeit. Ich höre einen dumpfen Aufprall und ein schreckliches würgendes Geräusch; dann fällt etwas um. Ich drehe mich um, und da wälzt sich der Verkäufer auf dem Boden, hält sich den Bauch und stößt diese schrecklichen Laute aus. Der kleine Junge und seine Mutter starren auf ihn hinunter.

›Du hast ihn zu scharf geworfen, Liebling‹, sagt sie zu dem kleinen Jungen. Sie helfen dem Verkäufer auf; er war ganz grün im Gesicht. Die Frau entschuldigt sich, weil ihr kleiner Junge so scharf geworfen hat. Der Verkäufer meint, daß sie sich eine großartige Gelegenheit entgehen ließe. Sie soll doch ihren kleinen Blödmann zum Frühjahrstraining bringen, und im Oktober würde er bereits bei der Meisterschaft mitspielen und viel Geld verdienen. Die Frau motzt herum, der Junge weint, der Verkäufer schreit, ich habe es einfach abgeschaltet. Ich ziehe das blöde Kleid aus, sehe zu, daß ich die Tasche loswerde, die ich für das Geld mitgenommen hatte, und bin zurückgekommen. Danach war ich, glaube ich, beim Softball-Spiel.«

»Softball-Spiel?«

»Nein. Zuerst habe ich die Autoschlüssel genommen. Mein Gott, war das lustig! Ich steige in die Autos ein und weiß, daß sie wie der Teufel losfahren, sobald ich das Ding drücke. Zuerst wollte ich hineingreifen und die Schlüssel nehmen. Aber ich wollte nicht, daß jemand stirbt, deshalb habe ich die Schlüssel der Autos genommen, die vor der roten Ampel hielten. Dann kletterte ich in den Fond einer großen Cabriolimousine und drehte die Welt wieder an. Vorher habe ich noch die Schlüssel in den Abfalleimer an der Ecke geschoben. Die Blödmänner hupen wie verrückt, aber keiner kann fahren. Der Fahrer in meinem Auto dreht sich um und sieht mich. Ich lächle ihn freundlich an, aber er schließt die Augen und wird ganz blaß. Bevor er die Augen wieder aufmacht, schalte ich alles wieder aus und hole mir die

Schlüssel aus den Autos, die in der anderen Richtung stehen, weil mittlerweile die Ampel umgeschaltet hat. Alle haben es immer so eilig. Es tut ihnen gut, wenn sie sich ein bißchen Zeit nehmen müssen.«

»Sie waren bestimmt überglücklich.«

»Dann kam das Softball-Spiel, ein Stück weiter unten am Strand. Ein großer doofer Muskelprotz wollte vor seinem Mädchen angeben, platzt in ein Softballspiel von Kindern und schlägt den Ball ewig weit weg. Ich suche mir also in einiger Entfernung ein Mädchen und borge mir ihre entzückenden kleinen Shorts und ihr Trägerleibchen aus. Dann habe ich so lange geübt, bis ich alles anhalten konnte, sobald der Ball vor dem Heimmal ist; dann schiebe ich ihn zwanzig Zentimeter hinauf oder hinunter, und der kleine Junge, der den Werfer macht, schafft den allerbesten Wurf, den du dir vorstellen kannst, einfach eine perfekte Bahn. Der große Kerl verrenkt sich fast den Rücken beim Ausholen, sein Mädchen lacht ihn aus, und er wird so wütend, daß er die Keule nach dem kleinen Werfer schleudert. Aber ich habe sie rechtzeitig aufgehalten und sie zu ihm zurückgestoßen. Wahrscheinlich war es ein bißchen zu schwungvoll, denn wenn er sich nicht gebückt hätte, so hätte sie ihm glatt den Kopf abgeschlagen. Er hat gezittert wie ein alter Mann, und sein Mädchen hat ihn weggeführt.«

»Du warst fleißig.«

»Ich habe geglaubt, daß es schon mitten am Nachmittag sein muß, aber die Zeit von hier gibt in der roten Welt viel, viel mehr aus. Ich habe mir Essen verschafft, und weil ich schon immer ein Picknick machen wollte, habe ich es an einem ruhigen Plätzchen rasch gegessen. Später bin ich auf einen brutalen Kerl gestoßen, der seiner kleinen Frau eine klebte. Dem habe ich es vielleicht gegeben!« Sie lächelte bei der Erinnerung. »Parkarbeiter haben in der Nähe die Toilette gestrichen und zu guter letzt war der brutale Typ splitternackt, grün gestrichen, hatte den Mund voll Sand und schluchzte wie ein großes, fettes Baby.«

»Du lieber Himmel!«

»Eine bissige, großmäulige Ehefrau hat ihrem Mann die Hölle heiß gemacht, weil er angeblich Mädchen anstarrte. Er liegt auf einer Wolldecke neben ihr und schaut ganz verzweifelt aus. Ich habe dafür gesorgt, daß sie eine Weile beschäftigt ist. Ich schleppe einen Haufen hübscher Mädchen an und lege sie kreuz und quer über ihn, bis er ganz zugedeckt ist. Ich schalte die Welt wieder ein und die Wolldecke sieht wie ein Eimer voller Würmer aus, bis sich das Chaos entwirrt und die Mädchen in alle Richtungen davonrennen. Die Frau hat vielleicht ein Gezeter angestimmt! Aber ich glaube, er hat kein Wort gehört; er saß einfach nur da und hat gelächelt. Dann ist er aufgestanden und immer noch lächelnd davongegangen. In meinem ganzen Leben habe ich nicht so viel Spaß gehabt.«

Aber das kam alles erst später. Als sie ihm die Pfeife, den Ring und die Rosen schenkte, war er nicht sicher, ob er sie je wiedersehen würde. Das hatte wahrscheinlich nicht zu Onkel Omars Plan für ihn gehört — falls der alte Mann tatsächlich die Dinge nach einem Schema arrangiert hatte; das mußte Kirby erst herausfinden. Er steckte den Ring in die Tasche, warf die Pfeife ins Gebüsch und die Rosen in einen Abfallkorb. Der Verkehrsstau wurde immer größer, und das andauernde Hupen war gräßlich. Eine Menge Frauen schwammen im Wasser und schrien den Leuten am Strand Anweisungen zu. Erstaunlich viele Polizisten waren plötzlich aufgetaucht. Sie pfiffen, schrien einander an und vergrößerten nur noch die allgemeine Verwirrung.

Als ein großer junger Polizist vorbeilief, wandte sich Kirby ein wenig zu schnell ab. Der Uniformierte blieb abrupt stehen, kam auf Kirby zu und sah ihn scharf an. »Sonnenbrille abnehmen, Freundchen«, befahl er.

»Aber ich ...«

Plötzlich war eine häßliche Revolvermündung auf Kirbys Brust gerichtet. »Ausweis bitte, aber schön langsam, ja! Ich zucke, wenn ich nervös bin. Meine ganze Hand zuckt fürchterlich, der Finger am Abzug genauso wie die anderen Finger.«

Sehr, sehr vorsichtig legte Kirby seine Brieftasche in die Hand des Polizisten. Der schlug sie auf, warf einen kurzen Blick darauf, grinste und wippte auf den Zehen auf und ab.

»Zehntausend Mäuse! Wahrlich ein hübsches Sümmchen! Und damit du es weißt, Corporal Tannenbaumer hat dich festgenommen. Du wirst es allen erzählen, ja? Versprich es mir, sonst schlag ich dir die Zähne ein! Wie heiße ich?«

»Corporal Tannenbaumer.«

»Und jetzt beide Hände in den Nacken. So ist's recht. — Harry! He, Harry! Komm her und sieh dir an, was ich gefunden habe!«

Harry war ebenfalls schlank und braungebrannt, und sein Adlerblick wurde nur durch eine gewisse Geistlosigkeit beeinträchtigt, genau wie bei Tannenbaumer.

Harry sah sich den Ausweis in der Brieftasche an und sagte. »Das darf nicht wahr sein, Tanny! Du kannst in den Kanal fallen und wirst mit einem goldenen Gebiß herauskommen! Soll ich den Sergeant holen?«

»Nein, Harry. Für einen Riesen vergißt du den Sergeant. Für einen Riesen bringen wir ihn selbst auf das Revier, und der Sergeant soll sich um den anderen Kram kümmern.«

»Zwei Riesen, Tanny.«

»Anderthalb, basta.«

»Wir müssen weit mit ihm gehen, Tanny.«

»Dann fessle ihn mit den Handschellen an mich.«

»Warum nicht an mich?«

»Weil du mich für zehn Riesen zusammenschlagen und mit dem Gesicht im Dreck liegen lassen würdest,

Harry. Mach mir also nichts vor. Was ist überhaupt dort drüben am Strand los?«

»Laut einer Meldung rennen angeblich jede Menge nackter Weiber herum, Tanny, und es rennen tatsächlich viele nackte Weiber herum. Nach einer zweiten Meldung haben vierzig Autofahrer mitten im Verkehr ihre Autoschlüssel verloren; die Abschleppwagen arbeiten schon. Außerdem versuchen sie immer noch, einen Kerl zu fangen, der ganz grün angestrichenen ist. Aber wie es aussieht, hat eine überschlaue Bande den ganzen Wirbel inszeniert, damit sie in Ruhe die Geschäfte auf der anderen Straßenseite ausräumen kann. Zum Teufel damit, Tanny! Unser Tagespensum steht vor uns.«

»Mein Tagespensum. Du bekommst anderthalb, sobald ich meine habe. Her mit den Handschellen, Harry.«

Tannenbaumer stellte sich neben Kirby und hielt das linke Handgelenk hin. Kirby tat, wie ihm geheißen und streckte die rechte Hand vor. Harry nahm die Handschellen heraus und entdeckte Bonny Lees Kleider im Sand. »Was ist das für ein Zeug?«

»Mädchenkleider, um Himmels willen! Was ist damit? Vielleicht wollte er sich verkleiden. Du wirst so lange warten, bis sich der Sergeant einmischt. Der nimmt sich die zehn und schenkt uns zwei Zigarren und einen freien Tag. Beeil dich!«

Harry wollte die Handschellen an den beiden Handgelenken zuschnappen, aber plötzlich steckten seine eigenen Hände in den Handschellen. Tannenbaumer starrte ihn an. »Zum Teufel, Harry! Du dreckiger Dieb, du schindest Zeit!«

»Warum nehmen Sie ihn fest?« wollte Bonny Lee wissen.

Harry und Tannenbaumer drehten sich um und starrten sie an. Tannenbaumer entgegnete: »Laut Anweisung darf in Dade County an einem öffentlichen Strand keine Unterwäsche getragen werden. Ziehen Sie sich etwas an, Kindchen, oder wir nehmen Sie auch gleich mit.«

»Nimm mir die Handschellen ab, Tanny« bat Harry kläglich. »Der Schlüssel ist in meiner Hemdtasche.«

»Wenn du abhaust, während ich hier beschäftigt bin, Winter, dann zerpuste ich dir dein Knie.«

Tannenbaumer öffnete eine Handschelle, und im nächsten Moment war sie an seinem Handgelenk. »Meine Hand muß irgendwie ausgerutscht sein«, entschuldigte er sich. »Wo ist der Schlüssel?«

»Du hast den Schlüssel, Tanny.«

»Ich habe ihn gehabt.«

»Er muß in den Sand gefallen sein.«

»Ich glaube der Sergeant kommt, Harry. Sie müssen die Unterwäsche ausziehen, Kindchen!«

»Ich belästige niemanden«, beharrte Bonny Lee.

»Wenn ich nicht so beschäftigt wäre, Tanny, dann würde sie *mich* belästigen, was meinst du?«

»Halt den Mund! Wir werden ihn jetzt an mein anderes Handgelenk fesseln und gehen so.«

»Wird das nicht komisch aussehen, Tanny?«

»Wir können es nicht ändern.«

»Wie werden wir Auto fahren, Tanny?«

»Wir werden alle vorn sitzen. Streck die Hand aus, Winter. Habe ich dir meinen Revolver gegeben, Harry?«

»Nein, hast du nicht, Tanny. Hast du gesehen, Mädchen, daß er mir den Revolver gegeben hat?«

»Laß sie aus dem Spiel. Gib mir deine Waffe, Harry.«

»Zum Teufel, sie müssen beide in den Sand gefallen sein. Diese Verhaftung ist uns nicht besonders gut gelungen, Tanny.«

»Wenn sie in den Sand gefallen sind, wo sind sie dann?«

»Wir sind herumgegangen, Tanny. Vielleicht haben wir sie dabei in den Sand getreten.«

Als sie sich beide umdrehten und hinter sich im Sand suchten, schob sich Bonny Lee rasch neben Kirby, legte ihm Uhr und Kette in die Hand flüsterte rasch. »Trag mich fort, Schatz. Ich kann dich nicht tragen.«

Tannenbaumer drehte sich um und brüllte. »Verschwinden Sie von dem ...« Plötzlich war er eine rote Statue im gespenstischen Licht einer sterbenden Sonne. Kirby sah auf die Uhr. Der Silberzeiger war um zwanzig Minuten zurückgeschnellt. Kirby wurde das Gefühl nicht los, daß er sich beeilen mußte, und es dauerte eine Weile, bis er genügend Logik aufbrachte und begriff, daß er sich in der Zeitlosigkeit befand und soviel Zeit hatte, wie er wollte. Er steckte die Uhr in die Tasche und vergewisserte sich, daß er sie nicht verlieren konnte. Dann legte er die Arme um Bonny Lees Taille. Sie war schwer wie eine mit einer Gummischicht überzogene Steinstatue. Langsam und mit großer Anstrengung hob er sie einen halben Meter hoch und ließ sie los. Dann ging er um sie herum und stemmte beide Hände gegen die runden, starren Formen unter dem blaugrünen Höschen. Seine Füße gruben sich in den Sand, und er schob sie ein paar Meter weiter. Er war froh, daß es ihm überhaupt gelang, sie von hier wegzubringen, aber es war eine frustrierende, harte Arbeit.

Er ließ sie vorerst, wo sie war, und überdachte die Lage. Aus einer instinktiven Vorsicht heraus wollte er die beiden Polizisten nicht ins Leere starren lassen. Vielleicht konnte er zukünftige Probleme und Fragen vermeiden, wenn er ihnen die Möglichkeit gab, einander gegenseitig davon zu überzeugen, daß sie sich in der Person geirrt hatten. Bei einem roten Erfrischungsstand wählte er unter den roten Statuen zuerst ein Mädchen aus. Sie war etwa so groß wie Bonny Lee, blond und wäre sehr hübsch gewesen, hätte sie nicht ein so fliehendes Kinn gehabt. Je geringer das Trägheitsmoment, desto leichter würde er sie bewegen können. Sie hatte einen Wickelrock an, und er zog ihn ihr aus; es war, als wickelte er Wellblech von einem Pfosten ab. Das trägerlose Oberteil war etwas komplizierter. Ihre Zähne waren zu einem strahlenden Lächeln entblößt. Sie trug ein schwarzes Spitzenhöschen und einen weißen Spitzenbüstenhalter. Als er schließlich die fünfzig Meter mit ihr bewältigt hatte, war er nach mehreren Versuchen auf die leichteste Methode gekommen: Er legte sie waagrecht in die Luft, klemmte sich ihre Füße in die Achselhöhlen und zog sie. Er stellte sie dorthin, wo Bonny Lee gestanden hatte, und ihr strahlendes Lächeln würde Harry und Tannenbaumer sicher Freude machen. Als er um einen Mann ging, ließ er seine Schuhe zurück. Wenn er zog, hatte er das Gefühl, daß gleichzeitig jemand anderer in die Gegenrichtung zog. Sobald er aufhörte zu ziehen, hörte der Körper auf, sich zu bewegen. Kirby war vollkommen außer Atem, als er mit dem Fremden, der mit ihm nur die Größe gemein hatte, bei den Polizisten ankam, und seine Beine zitterten vor Anstrengung. Er kippte den Mann hoch und stellte ihn richtig hin.

Müde ging er zu Bonny Lee und legte sie waagrecht, damit er sie weitertransportieren konnte. Während einer kleinen Pause beschäftigte er sich mit den Details: Er holte seine Brieftasche aus Tannenbaumers Hemdtasche, schob eine von seinen Karten in die Brieftasche des Fremden und steckte diese in Tannenbaumers Tasche. Dann hob er Bonny Lees Kleider auf und klemmte sie ihr unter den Arm. Die Tasche, ihre Schuhe und seine Schuhe schob er sich unter das Hemd, schnappte ihre Füße, klemmte sie unter den rechten Arm, lehnte sich weit vor und zog sie zum zweihundert Meter entfernten Parkplatz. Er rastete mehrmals. Schließlich wollte er sich die Sache etwas leichter machen. Er zog ihre Füße auseinander, winkelte die Beine vorsichtig an den Knien ab und setzte sie sich auf die Schultern. So stapfte er weiter und hielt dabei mit den Händen ihre hölzernen Knöchel fest.

Plötzlich wurde die Welt hell. Bonny Lee knallte ihm mit ziemlicher Wucht das Hinterteil auf die Schultern, so daß er mit dem Kopf voraus in den Sand fiel und sie einen Purzelbaum über ihn schlug. Sie schrie vor

Schmerz und Angst auf, und ihre Kleider flogen durch die Luft. Er setzte sich auf, spuckte den Sand aus und blickte sich um. Das Mädchen mit dem fliehenden Kinn schrie, die mit Handschellen aneinander gefesselten Polizisten jagten gemeinsam dem Ersatzmann nach.

»Warum kannst du nicht achtgeben!« fuhr ihn Bonny Lee scharf an.

»Hast du dir wehgetan?«

»Es war nicht gerade angenehm, du Idiot! Was, zum Teufel ...?«

Er versetzte sie schleunigst in rotes Schweigen. Er stand auf und sah, daß er sich eine halbe Stunde gewährt hatte. Er brachte Bonny Lee in Transportposition und schaffte sie zum Parkplatz. Dort entdeckte er einen kleinen Geräteschuppen, den eine Mauer von der Straße abschirmte. Zum Strand hin waren sie durch das Gebäude geschützt. Er richtete ihre Beine gerade und lehnte sie gegen die Wand. Ärger und Unmut von vorhin waren auf ihrem Gesicht festgefroren. Er versuchte, ihr den Sand aus den Haaren zu bürsten, aber die Körnchen blieben über ihrem Kopf in der Luft hängen. Er sah sich in alle Richtungen um, ob sie auch wirklich sicher waren, dann drückte er auf die Aufziehwelle.

»... hast du vor?« fragte sie, während sie das Gleichgewicht wiedergewann. Sie sah sich um. »Oh!«

»Die Zeit war plötzlich um.«

»Du hättest achtgeben müssen, Kirby. Du könntest jemandem weh tun. Wenn du etwas bewegst und dann die Welt einschaltest, ist der Teufel los. Ein Kerl, der mich bei Rio's einmal angemacht hat, ist dort drüben aus dem Wasser gekommen. Ich habe ihn hochgehoben und einfach weggeschoben, damit er einen Denkzettel bekommt. Als ich dann auf das Ding drücke, saust er wie aus der Kanone geschossen los. Er überschlägt sich mit fürchterlichem Gebrüll und landet schließlich zwanzig Meter weiter weg im Wasser.«

»Hast du dir wehgetan?«

Sie berührte Schulter und Hüfte. »Ich bin ordentlich aufgeschürft, mein Schatz. Was machen wir jetzt?«

»Zieh dich zunächst einmal an.«

»Gut. Du lieber Himmel, ich bin ganz schön fertig. Wo sind die Polizisten?«

»Die sind hinter dem falschen Kerl her.«

»Hast du Ihnen jemand anderen hingestellt?«

»Und ein anderes Mädchen.«

»Eine Menge Arbeit, was?«

»Stimmt. Wir sollten nicht unvorsichtig werden, Bonny Lee. Wenn zu viele unerklärliche Dinge passieren, wird am Ende jemand auf die Idee kommen, daß ...«

Sie knöpfte die Bluse zu und schüttelte den restlichen Sand aus den Haaren. »Du kennst die Menschen nicht, Kirby. Wenn sie für etwas keine Erklärung haben, dann erfinden sie eine, die ihnen gefällt. Wenn einer plötzlich wie ein Vogel fliegen kann, dann wird er bestimmt erklären, daß das vom gesunden Leben und der guten Luft kommt.« Sie öffnete die Tasche und trug Lippenstift auf. »Gib mir bitte die goldene Uhr für einen Augenblick, Schatz.«

»Leider nein. Wir steigen ins Auto und verschwinden von hier.«

»Fängst du jetzt an herumzukommandieren?«

Sie stiegen in den kleinen Sunbeam. Die Ausfahrt des Parkplatzes führte nicht auf die verstopfte Straße hinaus. Noch bevor sie den Parkplatz verlassen hatten, blieb sie mit laufendem Motor stehen und sah ihn mit gerunzelter Stirn an.

»Was ist los, Bonny Lee?«

»Mir ist etwas eingefallen. Laß die Hände von der Uhr, während wir fahren. Das Auto würde augenblicklich stehenbleiben, du aber nicht. Dann könnte ich dich von der Windschutzscheibe und dem Armaturenbrett kratzen.«

»Äh — vielen Dank. Wie hast du überhaupt das ganze Durcheinander zustandegebracht?«

»Das erzähle ich dir später.«
»Wohin fahren wir?«
»Wir brauchen einen sicheren Platz. Ich breche meine wichtigste Grundregel. Kein Mann sollte je meine Wohnung betreten. Das wissen alle. Du kommst ungesehen hinein, ja?«
»Wie?«
»Manchmal bist du wirklich begriffsstutzig, Schatz.«
»Ach, natürlich! Entschuldige.«
»Wie spät ist es?«
»Zwanzig nach elf.«
»Vormittag?«
»Vormittag, Bonny Lee.«

Sie bewohnte ein Apartment über einer Garage im alten Teil der Stadt, hinter einem stattlichen alten Haus im spanisch-arabischen Stil. Man hatte es in viele kleine Apartments aufgeteilt, und es lebten beinahe ausschließlich alte Damen mit niedrigen Einkommen dort. »Ich komme und gehe zu allen Tages- und Nachtzeiten; dazu kommt noch meine Arbeit! Ich sorge für jede Menge Gesprächsstoff! So belästigen mich wenigstens hier keine Männer. Ich komme mit den Frauen gut aus, zumindest mit den meisten. Sie bringen mir Kuchen und alles Mögliche.«

Sie erklärte ihm, wie er hineinkam und ließ ihn einen Häuserblock vorher aussteigen. Er wartete zehn Minuten und schlenderte inzwischen auf einem schattigen, überwachsenen Gehsteig durch die schmale, ruhige Straße. An einen Zaun gelehnt vergewisserte er sich, daß er unbeobachtet war und versetzte sich in die rote Welt. Wenn er die Schuhe an den Händen statt an den Füßen trug, konnte er sich leichter bewegen. Er ging zu dem Haus, das sie ihm gezeigt hatte. Auf einem Rasenstück auf der anderen Straßenseite hatte ein Rasensprenger sein bewegungsloses Muster aus schimmernden rosa Tröpfchen in die Luft gezeichnet. Ein kleiner

Hund starrte mit aufgestellten Ohren gespannt in eine Baumkrone.

Kirby ging die Auffahrt entlang. Im Hof saßen drei alte Damen im Schatten eines Sonnenschirms an einem Metalltisch. Ihre Münder standen offen, die Stricknadeln rührten sich nicht. Er trat durch die offene Garagentür und ging rechts die Treppe hoch, wie sie es ihm erklärt hatte. Die Tür mit dem Fliegengitter am oberen Treppenende war schwer wie eine Tresortür. Drinnen wirkte das rote Licht noch bedrückender, aber bei normalem Licht war es bestimmt eine freundliche kleine Wohnung, mit hellen Vorhängen, Korbmöbeln, bunten Teppichen und Kissen. An einer Wand hingen gerahmte Werbefotos von ihr, und er betrachtete sie anerkennend durch den blutroten Nebelschleier.

Sie saß in dem kleinen Schlafzimmer auf dem Hocker vor dem Schminktisch und hatte die rechte Schulter entblößt und war im Begriff, etwas auf die Hautabschürfung zu schmieren. Ein schmales Bett, dekorative Eisenstäbe vor dem Fenster, ein tiefer Fensterplatz, ein Stuhl aus Bambusrohr, eine Vase mit verwelkten Blumen. Er stand hinter ihr und wollte in ihre Welt zurückkehren, da zögerte er. Es blieben ihm noch fünfzehn Minuten. Zu viel war in zu kurzer Zeit geschehen. Sie hatte den Kopf zur Seite gedreht, damit sie ihre Schulter sah. Er küßte sie auf den Hals. Sie fühlte sich steif und wächsern an, wie poliertes Holz. Er setzte sich auf das Bett, und im ersten Augenblick erschrak er, weil es so hart war. In der roten Welt war alles steif und gab einem Druck nur langsam nach.

Sie saß aufrecht vor ihm. Ihr Rücken war geschwungen, sie hatte schöne Schultern und eine schmale Taille. Die limonenfarbene Hose betonte ihre vollendeten Rundungen. Sie erinnerte ihn an etwas, und gleich darauf wußte er auch, was es war. Vor ein oder zwei Jahren hatte er im Fernsehen ein Stück gesehen, eine phantastische Geschichte über eine Schaufensterpuppe in einem Kaufhaus; sie wurde von einer blonden Schauspielerin — Ann Francis? — gespielt. Die Puppe war eine Zeitlang lebendig gewesen, bis man sie gezwungen hatte, in das Kaufhaus zurückzugehen. In der letzten Szene war sie wieder steif und unbeweglich und führte in einer versteinerten Bewegung ein Sommerkleid vor.

Bonny Lee sah genauso unwirklich, genauso wenig lebendig aus. Aber eine kleine Bewegung seines Daumens würde sie zu strahlendem Leben erwecken. Er hatte noch nicht Zeit gehabt, über sie nachzudenken. Jetzt nahm er sich diese Zeit, die doch keine Zeit war, weil die Welt diese Zeit nicht nutzte. Er empfand eine große, zärtliche Dankbarkeit für sie. Sie hatte tausend Ängste, Befürchtungen und Rätsel energisch beiseite geschoben und ihm fröhlich zu seiner verspäteten Reife verholfen. Er hätte dieses Geschenk aus seinem neu gewonnenen Selbstvertrauen und einer gewissen Arroganz heraus leicht abwerten und billige Worte dafür finden können — oberflächlich, unwissend, unmoralisch, so wie ein überheblicher junger Mann glaubt, über das Mädchen denken zu müssen, das er gerade auf seine unbeholfene Art verführt.

Bonny Lee hatte ihm die Augen geöffnet, und er sah sich und die Welt in einem anderen Licht. Er hatte geglaubt, unzulänglich wie kein anderer zu sein; jetzt fragte er sich, wie viele Kirby Winters es gab, die zur richtigen Zeit mit den Augen zwinkerten, auf Stichwort lachten und wunderbar flirteten, aber entsetzt flüchteten, sobald sich die Frau gewillt zeigte, ja zu sagen.

Er erinnerte sich daran, wie der Regen auf das Blechdach des alten Hudson getrommelt hatte, dachte an das derbe Tappen und Stammeln von Hazel Broochuk, und wie wochenlanges Pläneschmieden und Drängen in der unglaublichen Plumpheit dieser wenigen Minuten zu einem schauderhaften Ende kamen. Es wäre genauso aufregend und fast ebenso angenehm gewesen, wenn er in eine Heupresse gefallen wäre. Er erinnerte sich an ihr schmales Pustelgesicht im schwachen Licht, wie verächtlich sie dreingesehen hatte, als sie sich wieder in den Rock zwängte, und er erinnerte sich an die schrecklichen Worte, die sich ihm für immer eingeprägt und tiefe Narben hinterlassen hatten. »Mit dir ist nichts los. Ich habe nichts davon gehabt. Nur weil man einen Hammer hat, ist man noch lang kein Zimmermann. Laß mich also in der Stadt aussteigen, ich sage dir, wo.«

Niemand konnte den Bruchpiloten je wieder dazu überreden, noch einmal ein Flugzeug zu besteigen. Er hatte den Mut verloren und verbrachte dreizehn Jahre auf dem Boden — bis Bonny Lee die Erinnerungen ausradierte, die Narben vorsichtig ablöste und ihm zeigte, daß das Bett keine einsame Bühne war, sondern ein gemeinsames Picknick, bei dem nur der Instinkt zählte.

Er hatte noch fünf Minuten. Er wog die Uhr in der Hand. Als einziger Gegenstand in der roten Welt besaß sie nicht dieses seltsam starre Beharrungsvermögen. Er empfand eine überwältigende Ehrfurcht vor den Möglichkeiten und Versuchungen, die durch den Besitz der Uhr entstanden. In seiner Hand lag absolute Macht und absolute Korruption; Freiheit, die so vollkommen war, daß sie sich ins Gegenteil verkehrte, weil man der Hexenkunst, die Zeit auszuschalten, erlag. In seiner Hand lag die Fähigkeit, unsichtbar zu werden, Voyeurismus, Unbesiegbarkeit, Reichtum, einfach alles, wovon er in der Jugend geträumt hatte, in einzelne subjektive Stunden aufgeteilt. Es war die totale Befreiung.

Diese Möglichkeiten versetzten ihn in sorglose, schwindelerregende Hochstimmung, doch gleichzeitig mißtraute er sich. Der Besitz einer solchen Erfindung brachte schwerwiegende Verpflichtungen mit sich, und ein verantwortungsbewußter Einsatz sollte von ethischen Grundsätzen bestimmt sein. Ein wesentlicher Teil der Verantwortung bestand darin, die Macht und den Zweck der Erfindung vor der Welt zu verbergen.

Wenn man sich vorstellte, daß es davon fünfzig oder

fünfhundert gäbe! Chaos, Anarchie, Verwirrung und Angst wären die Folge. Die Menschheit hätte eine neue Spezies bekommen, eine Zeit des Superman würde anbrechen, in der Privatsphäre und privates Eigentum bedeutungslos wären.

Kirby empfand ehrfürchtigen Respekt vor Omar Krepps. Zwanzig Jahre lang war er allen um Längen voraus gewesen, aber er hatte es für sich behalten. Hätte er die Möglichkeiten, die ihm seine Erfindung bot, offen ausgespielt, dann hätten vielleicht andere ebenfalls in diese Richtung geforscht. Onkel Omar war vermutlich zu dem Schluß gekommen, daß diese Erfindung die Welt in ein Schlachtfeld verwandeln würde, wenn sie an die Öffentlichkeit drang. Kirby begann die Gedankengänge hinter Omars Aktionen zu begreifen. Er hatte die Wogen um seine Spielgewinne geglättet, indem er wiederkam und vorsätzlich einen Betrag verlor, der fast ebenso hoch war, wie der ursprünglich gewonnene. Er war Hobby-Zauberer geworden, damit er eine eventuelle Panne leichter vertuschen konnte. Er war persönlicher Publicity aus dem Weg gegangen und hatte sich hinter seinem großen Reichtum versteckt. Diesen Reichtum hatte er rasch erworben — aber die Öffentlichkeit hat ein schlechtes Gedächtnis, und jeder glaubte, daß Omar Krepps' Vorfahren schon seit Menschengedenken reich gewesen waren.

Das Zimmer war voll Lärm, Licht und Bewegung. Kirby drehte den silbernen Zeiger gleich wieder zurück und schaltete die Realität aus. Bonny Lees Hand war höher auf ihre Schulter geglitten; sie hatte den Kopf ein wenig gedreht. Das Bett unter ihm war für einen Augenblick weich geworden, bevor es sich wieder in eine harte, jetzt aber körpergerechtere Liegefläche verwandelte.

Wie war Onkel Omar zu seinem Geld gekommen? Reichtum ist die abstrakte Bezeichnung einer Vielzahl von Aktivitäten: Austausch von Papieren, Unterzeichnen und Ablegen von Schriftstücken, um sie zur richtigen Zeit und am richtigen Ort wieder zur Hand zu haben. Hatte man einmal verstanden, wie der Aktienmarkt funktioniert, dann war es sicher nicht allzu schwierig, die Aktien zu manipulieren. Er konnte sich vorstellen, wie Onkel Omar geschäftig durch eine rote Stunde trabte und die richtigen Aufträge in die richtigen Ablagen schob. Die rote Zeit verhalf ihm zur gleichen Erkenntnis wie nachträgliche Einsicht. Hatte er die Papiere einmal erworben, konnten sie durch Krepps Enterprises leicht verwaltet werden; sobald einmal genügend Geld vorhanden war, vermehrte es sich von allein.

Aber wenn Omar Krepps gewußt hatte, zu welcher Bedrohung seine Erfindung werden konnte, warum hatte er sie nicht mit ins Grab genommen?

Vermutlich war es Geltungsbedürfnis. Jemand mußte es erfahren. Onkel Omar hatte Kirby offenbar schon vor langer Zeit dazu auserkoren, seine phantastische Macht einmal von ihm zu erben und hatte ihn für fähig gehalten, sie richtig zu nützen. Er hatte dafür gesorgt, daß Kirby sich eine akademische Bildung aneignete, die eine umsichtige Nutzung der Erfindung wahrscheinlicher machte. Kirby verstand jetzt immer besser, warum sein Onkel darauf bestanden hatte, daß er bestimmte Vorlesungen belegte, die ihm damals so praxisfremd vorgekommen waren. Soziologie, Psychologie, Philosophie, antike Geschichte, vergleichende Religionswissenschaften, Ethik und Logik, Anthropologie, Archäologie, Sprachen, Semantik, Ästhetik. Dann sorgte er dafür, daß Kirby sein Urteilsvermögen elf Jahre lang unter Bedingungen schärfte, die kein Konkurrenzdenken erforderten; Verschwiegenheit, Zurückhaltung, Unverbindlichkeit und die Vermeidung fester Bindungen wurden zu Lebensgewohnheiten.

Es war die ideale Grundlage für den nächsten Eigentümer einer derart absoluten Macht. Omar Krepps hatte dadurch das Risiko, daß die Erfindung für gewalttätige, willkürliche, leichtfertig oder habsüchtige Zwecke eingesetzt wurde, minimiert. Der neue Besitzer wurde zur Verantwortlichkeit erzogen, die Erfindung zum Besten der Menschheit zu verwenden.

Wenn es so war, warum hatte ihm Onkel Omar die Situation nicht schon vor langer Zeit erklärt? Vielleicht war er der Meinung gewesen, daß es Kirby an Kraft und Entschlossenheit fehlte, vielleicht hatte er die Geduld mit Kirby verloren; er hatte sogar Mr. Wintermore gegenüber erwähnt, daß sein Neffe ein Einfaltspinsel sei. Nach dem warnenden Herzanfall hatte sich Onkel Omar anscheinend auf den Tod vorbereitet. Er hatte diese eigenartige, willkürliche Situation geschaffen. Zuerst die Uhr und — ein Jahr danach — der Brief. Der Brief bezog sich bestimmt auf die Uhr. Was wäre gewesen, wenn er sie in eine Lade gelegt und dort vergessen hätte? Oder wenn er in einem fahrenden Auto oder Zug oder im Flugzeug mit dem silbernen Zeiger herumspielt hätte? Warum hatte Onkel Omar Kirby und Wilma Farnham darauf aufmerksam gemacht, daß sie sich unmittelbar nach seinem Tod in großen Schwierigkeiten befinden würden? Onkel Omar hatte bestimmt vorausgesehen, was geschehen würde.

Es schien sich um einen Test zu handeln, aber Kirby fehlte noch der Durchblick.

Zum ersten Mal untersuchte er die Uhr sorgfältig. Die verschnörkelten Initialen OLK auf der Rückseite waren abgenutzt. Neben der Aufziehwelle befand sich ein Schnappverschluß, mit dem man die Rückseite öffnen konnte. Er zögerte, drückte dann doch den Daumennagel auf den Verschluß und der Deckel sprang auf. Drinnen befand sich ein zweites Gehäuse aus glattem, grauem Metall, das nicht zu öffnen war. Auf der Innenseite des goldenen Deckels war noch etwas eingraviert, ebenso verschnörkelt wie die Initialen, aber noch deutlicher lesbar. Mühsam übersetzte er die lateinischen Worte. »Die Zeit wartet auf einen Mann.« Es klang typisch nach Omar Krepps' leicht zynischem Humor. Kirby schloß das Gehäuse und dachte zum ersten Mal über die Energiequelle nach. Die Verzerrung von Raum, Zeit und Kraft kam wahrscheinlich durch einen enormen Energieaufwand zustande. Die altmodisch bauchige Uhr war anscheinend fest verschlossen. Die Verzerrung der Zeit konnte bestimmt nicht durch mechanische Mittel allein erreicht werden. Er hielt die Uhr ans Ohr, und wieder glaubte er, einen gedämpften, melodischen Ton zu hören, hoch und klar, wie Wind, der in der Ferne in Hochspannungsdrähten singt. Ob sich die Energie einmal erschöpfte? Funktionierte sie vielleicht nur für eine gewisse Zeitspanne oder nicht beliebig oft? Der Brief würde ihm wahrscheinlich darüber Aufschluß geben.

Was wäre gewesen, wenn Wintermore mit dem zusätzlichen Zeiger herumgespielt hätte?

Er war wütend auf seinen Onkel. Es war unbegreiflich, daß Omar so vieles dem Zufall überlassen hatte.

Was kam als nächstes? Wenn er die Uhr richtig und vorsichtig einsetzte und alles sorgfältig plante, könnte er das Problem der diversen kriminal- und zivilrechtlichen Vergehen bereinigen. Aber er mußte es unauffällig anstellen, denn das öffentliche Interesse durfte nicht geschürt, sondern mußte beruhigt werden. Onkel Omar hatte gewußt, daß Berühmtheit ihm das Leben unmöglich machen würde. Verrückte, Ungeheuer, Wahnsinnige, Gauner, Fanatiker und Reporter hätten ihn bis an das Ende der Welt verfolgt.

Der Start war schlecht gewesen. Er hatte zugelassen, daß die Uhr in Bonny Lees Hände geriet; damit hatte er unbeabsichtigt gegen das mit dem Besitz der Uhr verbundene Vertrauen und die Verantwortung verstoßen. Der Uhr mußte man den gleichen Ernst und Respekt entgegenbringen wie einer Kobaltbombe und sie mit der gleichen Vorsicht behandeln. Viermal hatte er versucht, Onkel Omars Kontrolle zu entkommen und ein normales, durchschnittliches Leben mit bescheidenen

Zielen und Freuden zu führen. Diese Chance war jetzt vorüber, es sei denn, er lehnte die Verantwortung ab, zerschlug die Uhr oder warf sie ins Meer. Diese Entscheidung war möglich, aber er konnte sie erst treffen, nachdem er sich von seinen Sorgen befreit und seine Anonymität wiedergewonnen hatte.

Wieder blieben ihm noch fünf Minuten. Sein Blick fiel auf Bonny Lee, und ihn überkam ein leidenschaftliches Verlangen nach ihr. Kirby fühlte sich wie elektrisiert, aber gleichzeitig erfüllte ihn gelassene Ruhe und ermutigende Zuversicht. Vergangenes Jahr in Rom hatte er eine Frau namens Andy ebenso heftig begehrt, aber dieses Verlangen hatte ihn nicht glücklich gemacht. Und weil er sich so erbärmlich gefühlt hatte, bekam sexuelles Begehren einen falschen Stellenwert für ihn; er nahm es zu wichtig. Jetzt hatte er etwas Neues entdeckt. Frustration führte dazu, daß Sex überbewertet wurde, daß er die Bühne beherrschte und alle Stichworte lieferte. Durch diese Fehlbewertung waren alle anderen Aspekte seines Lebens verkümmert. Das befreiende Erlebnis hatte Sex auf den rechten Platz gerückt. Seine Bedeutung war geschrumpft und die Stichworte kamen von allen Richtungen — das Spiel ging weiter, wurde aber nicht mehr von Sex dominiert, es blieb dramatisch, blieb aber mit der Realität verbunden und entbehrte auch nicht komödiantischer Züge.

Ich war wie ein Mann ohne Beine, der zusah, wie die ganze Welt ging und lief und kletterte, dachte er. Meine Beinlosigkeit wirkte sich auf meine Reaktionen aus. Ich habe so getan, als hätte ich Beine, damit es keiner bemerkt. Jetzt habe ich Beine, und das Gehen macht mir Freude, aber die Beine sind zu einem selbstverständlichen Teil des Lebens geworden; manchmal denkt man an sie, manchmal nicht. Ich akzeptiere die Tatsache, daß ich Beine habe.

Er trat zu Bonny Lee, beugte sich hinunter, legte seine Lippen auf ihren harten Mund und erweckte die Welt zum Leben. Schlagartig waren ihre Lippen warm und weich. Bonny zuckte erschrocken zusammen und stieß einen leisen entsetzten Schrei aus. Ihre braunen Augen wurden schmal.

»Das ist hinterlistig«, flüsterte sie. »Du tauchst plötzlich aus dem Nichts auf, du Gauner! An so etwas kann man sich nicht gewöhnen, Schatz.«

Sie wischte die Finger in einem Papiertaschentuch ab, ging ins Nebenzimmer, schloß die schwere Holztür und verriegelte sie. Dann schmiegte sie sich in seine Arme, küßte ihn zart auf das Kinn und gähnte herzhaft. »Ich bin vollkommen erledigt, Kirby.« Damit schlurfte sie zum Bett, ließ sich darauf fallen, gähnte noch einmal herzhaft und rieb sich die Augen. »Geh ja nicht zum Fenster, sonst sieht dich womöglich noch eine von den Klatschbasen.«

»Ich muß über eine Menge Probleme nachdenken, Bonny Lee.«

Sie schleuderte die Sandalen weg und streckte sich auf dem Bett aus. »Ich kann jetzt nicht denken; zuerst muß ich schlafen. Bist du nicht auch völlig erledigt?«

»Doch, doch.« Er setzte sich zu ihr auf die Bettkante, beugte sich über sie und küßte sie lang und hingebungsvoll.

Sie kicherte. »Du bist aber nicht so kaputt wie ich.«

»Bonny Lee?«

»Nein, Schatz! Es wäre Talentverschwendung. Bitte laß mich schlafen, dann sehen wir weiter. Du solltest auch schlafen. Warum legst du dich nicht auf die Couch, das wäre sehr beruhigend?«

»Ich sollte nicht meine Zeit mit Schlafen verschwenden, wenn ich soviel ...«

Sie hieß ihn mit einer Handbewegung still sein, biß sich auf die Lippe und sagte: »Gib mir die Uhr, Schatz!«

»Ich glaube wirklich nicht, daß du ...«

»Ich möchte etwas ausprobieren, du Blödmann! Ich werde nichts anstellen, dazu bin ich viel zu müde. Du mußt mir vertrauen, sonst kommen wir zwei nicht sehr weit. Gib sie mir!«

Er zögerte und gab sie ihr schließlich. Sie griff nach der Aufziehwelle. Einen Augenblick später lag sie in vollkommen veränderter Stellung auf dem Bett; die Bewegung war zu schnell erfolgt, als daß sie sichtbar gewesen wäre. Die Uhr lag wenige Zentimeter von ihrer schlaffen Hand entfernt auf dem Bett, ihre Augen waren geschlossen, sie atmete langsam durch den leicht geöffneten Mund. Er sprach sie an, aber sie antwortete nicht. Er schüttelte sie, und sie wimmerte. Als er sie wieder schüttelte, griff sie nach der Uhr. Im nächsten Moment lag sie wieder anders da und war vollkommen nackt. Zuerst war sie angezogen. Im nächsten Augenblick hingen ihre Kleider neben dem Bett in der Luft und fielen zu Boden. Er weckte sie wieder. Sie murmelte und brummte etwas, nahm die Uhr, und schon hatte sie wieder die Stellung gewechselt. Er berührte sie an der Schulter und sie wachte mühelos auf. Ihre Augen waren vom Schlaf leicht geschwollen. Sie gähnte und streckte sich ausgiebig. Mitsamt den Weckversuchen hatte alles nicht mehr als zwei Minuten gedauert.

Sie lächelte ihn an und sagte mit leiser, heiserer Stimme. »Drei Stunden. Köstlich! Jetzt du.« Sie rutschte zur Wand. »Leg dich bequem hin, Schatz, das blöde Bett und das Kissen werden hart wie Stein, und das Gewand wird schwer wie Beton; zieh dich lieber gleich aus.«

Er streckte sich aus und versetzte sich in die rote Welt. Er drehte den Zeiger einmal ganz herum, eine volle Stunde. Wie aus glattem, dunkelrotem Holz geschnitzt saß sie vor ihm, stützte sich auf einen Ellbogen und lächelte ihn an. Er lag in der harten Mulde, die sich durch sein Gewicht im Bett gebildet hatte, und versuchte zu schlafen, aber die Kleider waren drückend schwer. Er stand auf und wollte sie ausziehen, aber sie waren widerspenstig wie dicke Bleifolie. Er schnippte sich in die Welt zurück und zog sich schnell aus, kehrte ihr aber den Rücken zu, denn er war rot geworden; sein Schamgefühl kam mit der für ihn neuen, intimen Vertraulichkeit noch nicht zurecht. Hastig und unbeholfen legte er sich wieder hin, schnippte sich in die rote Welt und versank bald in Schlaf. Plötzlich wachte er auf. Ihr Kopf lag nur wenige Zentimeter entfernt neben ihm auf dem Kissen, und sie sah ihn an.

»Gönn dir noch eine Stunde, Schatz, oder zwei«, flüsterte sie. »Ich kann warten.«

Er kehrte in die rote Welt zurück und schlief wieder ein. Als er aufwachte, lächelte sie ihn an wie zuvor. »Funktioniert das nicht prächtig?« flüsterte sie.

Er gähnte und bewunderte im stillen ihren Instinkt für die Nützlichkeit der Erfindung. Er wäre nie auf diese Idee gekommen — oder zumindest noch lange nicht.

»Das Seltsame an Onkel Omar war, daß er manchmal keinen Schlaf zu brauchen schien. Wir haben uns öfters darüber gewundert.«

»Der alte Mann war nicht auf den Kopf gefallen. Es sind nur zwei Minuten vergangen, seit ich zum letzten Mal aufgewacht bin. Möchtest du weiterschlafen?«

»N-nicht jetzt.«

»Das habe ich mir gedacht«, flüsterte sie. »Heute breche ich aber wirklich mit allen meinen Grundsätzen.« Sie rückte näher und legte ein warmes, seidenglattes Bein über seines. Sie war so nahe, daß er nur ein großes, braunes, glänzendes Auge sah und ihren heißen, stoßweisen Atem spürte. »Es ist so schön, dich zu lieben«, seufzte sie. »Du kommst mir irgendwie unsicher und ängstlich vor. Und süß. Alles, was du tust, wird *wichtig,* Kirby, das ist es. Mir wird ganz anders dabei, wie bei Marshmallows und warmer Suppe. Das Herz klopft mir bis zum Hals, und ich möchte weinen. Diesmal machen wir es ganz langsam, sanft und verträumt. Wir wollen uns so nahekommen, wie wir noch niemandem waren. Rede dabei mit mir, sag mir etwas Liebes, und ich sage es dir zurück, Wort für Wort.«

Kapitel 10

Kirby Winter und Bonny Lee Beaumont liebten sich, machten in der roten Welt ein Schläfchen, duschten gemeinsam, waren verspielt und ausgelassen und trieben alberne Späße um die Seife und das gemeinsam benutzte Handtuch wie in einer zotigen Komödie. Kirby kam sich wie ein anderer Mensch vor, so fremd war ihm seine Verspieltheit. Er hatte Feste immer gemieden und sie selbstgerecht verurteilt, weil er sie für schlecht und verdorben hielt. Aber plötzlich hatte man ihn hereingebeten, er war umgeben von Leidenschaft und Musik — und war gefesselt, aber nicht von Verderbtheit, Dekadenz und Schlechtigkeit, sondern von einer unschuldigen Ferienstimmung, in der man heiter und unverblümt ganz natürlichen Freuden nachging.

Vom ästhetischen Standpunkt aus gesehen war Bonny Lee dank ihres Körperbaus und ihrer sonnengebräunten Haut ein höchst angenehmer Anblick, ganz gleich, ob sie ruhte oder sich bewegte. Es war ein Vergnügen, sie anzusehen, sie zu berühren und ihr zuzuhören. Er schätzte sie nicht nur als Person, sondern auch als Objekt von ästhetischem Wert, das ihm gefiel. Folglich konnte er diesen Schluß auch umkehren und annehmen, daß er für sie ebenfalls nicht nur als Individuum existierte, sondern auch als Objekt, das ihr gefiel. Dadurch gewann er eine Objektivität, die seine bisherige Einstellung zu seinem Körper veränderte. Er wollte ihn nicht länger verbergen, weil er ihn für lächerlich und grotesk hielt, sondern war stolz auf ihn, weil er ihr gefiel.

Er freute sich über seine Größe und war dankbar für

seinen muskulösen Körperbau, der ihm wohl vererbt worden war, den er aber im Zuge so mancher Läuterungsprozesse durch gezieltes Training getrimmt hatte. Nur der weiche Wulst um die Mitte störte ihn, besonders nachdem Bonny Lees seifige Hand ihn in der Dusche spöttisch und schmerzhaft gekniffen hatte. Er war entschlossen, genauso straff zu werden wie sie; es würde ihr gefallen. Anfangs peinigte ihn der physiologische Mechanismus, der seine Begierde augenfällig machte, weil er dadurch zum Ziel frecher Witze wurde. Später fügte er sich ins Unvermeidliche und entwickelte schließlich eine derartige Selbstzufriedenheit, daß es schon albern war.

Während ihrer geflüsterten, seifigen Spiele erkannte er trotz seiner jahrelangen unbeabsichtigten Enthaltsamkeit, daß sie etwas Kostbares war, genau die richtige Frau, ihn in kürzester Zeit wieder in die menschliche Rasse einzugliedern. Hätte sie es mit einem Trick versucht, wäre sie befangen gewesen, hätte sie eine falsche Bescheidenheit an den Tag gelegt oder bewußte Bedenken geäußert, dann wäre er in die irrationale Scham und Unbeholfenheit des überzeugten Puritaners zurückgefallen, in dessen Augen etwas so Wunderbares unweigerlich schlecht sein mußte. So aber hatte sie sich als überschwengliches, exhibitionistisches, einfallsreiches Geschöpf erwiesen, das wie ein Fohlen herumsprang, und hatte damit ihre Beziehung gerettet.

Das Liebesspiel lief nach einem Ritual ab. Der alberne Übermut wechselte mit vielversprechenden Andeutungen, schließlich ging einer zum Angriff über und wurde abgewiesen, entweder spielerisch, mit gespielter Ernsthaftigkeit oder mit hinterhältigen Repressalien. Manchmal wurden die Avancen zärtlich erwidert, aber noch ehe das Spiel außer Kontrolle geriet, wurde es rasch wieder abgebrochen.

Sie saß auf dem Rand der blauen Badewanne, und er rubbelte mit einem großen, braunen Handtuch ihre

Haare trocken, bis sie sich zu feuchten, kleinen Löckchen kringelten. Plötzlich war das Spiel zu Ende. Es gab nichts zu erklären, er trug sie einfach zum Bett und nahm sie nach der aufgebauten Anspannung schnell, kraftvoll stürmisch, und voll Freude. Auf dem Höhepunkt angelangt, stieß sie Laute aus, die wie ein Lachen klangen und umklammerte ihn mit überraschender Kraft, so daß er sich nicht mehr rühren konnte.

Ungläubig staunend hörten sie die Zwei-Uhr-Nachrichten. Nach den ersten fünfzehn Minuten folgte ein fünfzehnminütiger Sonderbericht über Kirby Winter und seine Abenteuer.

Bei den abschließenden Werbeeinschaltungen drehte sie das kleine Transistorradio ab und stellte es auf den Nachttisch neben dem Bett.

»Noch verrückter als die Nachrichten ist die Tatsache, daß es die Zwei-Uhr-Nachrichten waren. Mein Kopf ist aus den Fugen geraten. Nach diesen vielen Nickerchen sollte es schon fast morgen sein. Keine Nickerchen mehr, Kirby, du weißt ja, was dann geschieht. Wir sind vollkommen ausgeruht und wollen es wieder miteinander treiben, dann machen wir wieder ein Nickerchen und — wenn wir so weitermachen, wird man dich auf einer Bahre hinaustragen oder du schwebst zum Fenster hinaus.«

»Ich verstehe nicht, wie Betsy Alden ...«

Sie setzte sich auf und blickte ihn finster an. »Hat dein Onkel Omar eigentlich viel älter ausgesehen, als er war?«

»Wie meinst du das?«

»Ein Tag muß vierundzwanzig Stunden haben, Schatz. Den heutigen habe ich um ungefähr elf Stunden verlängert, weißt du das? Das ist um die Hälfte mehr. Wenn ich das zehn Jahre lang mache, bin ich plötzlich fünfundreißig statt dreißig. Hat er alt ausgesehen?«

»Ich glaube ja. Er hat älter ausgesehen, als er war.«

Sie hob eines ihrer langen, braungebrannten Beine und winkelte es an. »Das Herumschleppen der Leute unten am Strand hat mich ganz schön hergenommen. Das ist normal, aber jetzt habe ich einen Muskelkater, wie man ihn für gewöhnlich erst am Tag *nach* einer Anstrengung bekommt.«

»Hast du die Nachrichten nicht gehört?«

»Was soll die blöde Frage? Natürlich habe ich sie gehört. Sie werden immer verrückter.«

»Sie haben mich eindeutig identifiziert, danach habe ich zwei Polizisten überwältigt, ihnen die Waffen abgenommen und Handschellen angelegt und bin schließlich in der Menge verschwunden. Jetzt bin ich bewaffnet, und man hält mich für gefährlich.«

Sie lachte. »Der Drache Eliot wird dich verfolgen. Aber was können diese Polizisten schon sagen? Außerdem bin ich am Verhungern. Ich habe Steaks; wie möchtest du deines?«

»Halb durch.«

»Du willst es halb durch, aber du bekommst es blutig, Schatz. Schließlich sollst du dich um mich kümmern, kapiert?«

Ihm fiel das Geld ein, das Durcheinander am Strand, die Pfeife, der Ring und die Rosen, und er fragte sie, was sie getan hatte. Sie legte die Steaks in die Pfanne und begann zu erzählen, drehte die Steaks um und erzählte weiter. Schließlich brachte sie auf einem Tablett die Steaks und zwei Gläser Milch, dazu einen Berg Weißbrot und Butter. Während des Essens erzählte sie ihm den Rest.

Er holte den Packen Geld und den Ring aus der geborgten Hose. Sie sah ihm schweigend zu, wie er das Geld zählte. Er starrte sie an: »Sechstausendsechshundertzwanzig Dollar, Bonny Lee!«

Sie zuckte die Achseln. »Ach was, ich habe nicht das Gefühl gehabt, daß ich stehle, aber wahrscheinlich war es doch nichts anderes. Alles war so unwirklich. Hast du gehört, was sie im Radio gesagt haben? Zwanzigtausend! Sie sagen immer mehr wegen der Versicherung.«

»Was ist mit dem Ring?«

»Ach der. Bei den Umkleidekabinen war ein fetter Kerl mit seinen zwei Kumpeln. Sie haben einen Mann gegen die Wand gedrängt, und der wollte unbedingt weg. Drei gegen einen, das hat mir nicht gefallen. Ich friere sie also fest, wickle dem einen den Gürtel um die Knöchel, dem anderen die Krawatte, und dem kleinsten gebe ich einen kräftigen Stoß und kippe ihn ein paar Zentimeter. Dann ziehe ich dem Fetten den Ring vom kleinen Finger und verstecke mich fünfzehn Meter weiter hinter einem Busch. Der Kleine purzelt Hals über Kopf nach vorn in ein Kakteengestrüpp, der Dicke fällt nach hinten und der andere auf die Seite. Der Kleine, der an der Wand gestanden hat, rennt wie ein Reh davon.« Sie nahm den Ring und kratzte damit am leeren Milchglas. »Ein echter Diamant«, stellte sie fest. »Ein riesiger Scheißkerl, was?«

Sie warf ihm einen raschen Blick zu und sah gerade noch, wie er das Gesicht verzog.

»Ich rede wohl nicht sehr schön, was?«

Ihre Beobachtungsgabe überraschte ihn. »Es stört mich nicht, Bonny Lee.«

Sie warf den Ring auf das Tablett. »Vielleicht doch, Schatz. Vielleicht stört es mich auch. Aber wahrscheinlich kann keiner von uns etwas dagegen tun. Ich bin zuerst eine Frau geworden, bevor ich daran denken konnte, eine Dame zu werden. Alles in allem bin ich vier Jahre zur Schule gegangen. Wenn du eine feine Dame für eine Teegesellschaft willst, mußt du dir eine suchen, verstanden! Vielleicht findest du eine beim Elternverein. Mit der kannst dich dann über Kunst und Kultur und was weiß ich noch unterhalten. Du kannst auch versuchen, mir ihr zu duschen und sie ins Bett zu kriegen. Du wirst schon sehen, wie die Dinge laufen. Du mußt womöglich deine Unterschrift auf den Ehevertrag setzen und eine Einkommensteuererklärung vorweisen, bevor sie die Beine für dich breit macht.«

»Bonny Lee!«

»Schau mich nicht so verdammt mitleidig an, du Scheißkerl. Ich komme gut allein zurecht und brauche weder dich noch sonst wen.« Sie warf sich auf das Bett und begann zu schluchzen wie ein kleiner Junge, der bestraft wird. Er streichelte sie beruhigend und schloß sie sanft in die Arme.

Schließlich stand sie auf, ging ins Bad, wusch sich das Gesicht und kam verschämt grinsend wieder heraus. Von Zeit zu Zeit schniefte sie noch. »Alles nichts als Lüge«, meinte sie. »Du weißt es ohnehin. Ich kriege ein komisches Gefühl, weil du so gebildet bist. Ich möchte ja weiterkommen, aber was für Chancen habe ich? Ich arbeite an sechs Abenden die Woche, und genau dann ist Abendschule. Also selbst wenn sie mich nehmen würden ... Tut mir leid, Schatz, ich dreh nur selten wirklich durch. Das kommt daher, weil heute so ein vermasselter Tag war. Ich bin nur die Tochter eines kleinen Farmers in Carolina. Ich bin gewöhnlich, ungebildet und lebenslustig.«

»Du tust dir unrecht. Du bist klug und hast eine schnelle Auffassungsgabe.«

»Wie eine Füchsin. Vergessen wir das Ganze.«

»Du bist genauso alt wie die jungen Leute auf einem College.«

»Verglichen mit denen bin ich hundertzehn.«

Er hob den Packen Geld auf und ließ ihn neben ihr fallen.

»Du hast es genommen. Wenn du meinst, was du sagst, dann verwende es. So lang es reicht, dann geh wieder arbeiten.«

Sie dachte eine Weile nach, dann sah sie ihn von der Seite an. »Hast du die Nachrichten gehört? Alles der Reihe nach, Kirby.«

Die Nachrichten waren äußerst bedrückend gewesen. Die *Glorianna* war bei Dinner Key abgefangen worden, war in den dortigen Hafen eingelaufen und hatte angelegt, während die Polizei mit den Ermittlungen begann. Auf der Yacht befand sich eine dreiköpfige Mannschaft, der spanische Staatsangehörige Joseph Locordolos, ein Grundstücksspekulant und Hotelplaner, seine Schwester, Mrs. Charla O'Rourke, eine Griechin, die zum internationalen Jet-Set gehörte, und Miss Betsy Alden, die Nichte von Mrs. O'Rourke, eine naturalisierte Amerikanerin und Schauspielerin von Beruf, die in New York und Hollywood kleine Fernsehrollen gespielt hatte. Die Yacht war in Panama registriert. Mr. Locordolos war sehr aufgebracht darüber, daß man ihn gezwungen hatte anzuhalten. Die Papiere waren in Ordnung. Er gab an, daß sie eine mehrstündige Testfahrt unternommen hätten, um festzustellen, ob das neu installierte Radar ordnungsgemäß funktionierte. Er und seine Schwester erklärten übereinstimmend, daß sie während ihres Aufenthalts im Hotel Elise, an dem Mr. Locordolos beteiligt ist, die Bekanntschaft von Mr. Kirby Winter, dem Neffen von Omar Krepps gemacht zu haben. Sie hatten auch Mr. Krepps flüchtig gekannt. Mr. Winter wirkte sehr bedrückt, und da das Schiff groß genug war, hatten sie ihm vorgeschlagen, mit ihnen nach Nassau zu fahren; von dort konnte er dann zurückfliegen. Mr. Winter wollte es sich überlegen. Sie hatten angenommen, daß er nicht mitkommen würde, doch dann trafen der Koffer und die Kiste auf dem Schiff ein. Es war ihnen nicht gelungen, mit Mr. Winter Verbindung aufzunehmen und ihn wegen des Gepäcks zu fragen, aber sie vermuteten, daß er nun doch mit ihnen nach Nassau fahren wollte; vielleicht dachte er an einen längeren Aufenthalt als ursprünglich geplant war. Mr. Locordolos gab zu, daß es richtiger gewesen wäre, die Polizei zu kontaktieren, als sie von der riesigen Unterschlagung hörten. Statt dessen hatte er den Inhalt der beiden Gepäckstücke untersucht, aber nichts von Bedeutung darin entdeckt. Er würde natürlich Mr. Winter keineswegs gestatten, sie zu begleiten. Er hatte nur darauf gewartet, daß Mr. Winter auftauchte, dann hätte er die Gepäckstücke im Bootshafen von Biscayne von Bord bringen lassen. Damit wäre für ihn die Angelegenheit erledigt gewesen. Die Polizei besaß zwar einen Durchsuchungsbefehl, Mr. Locordolos war jedoch der Meinung, daß er auf einem im Ausland registrierten Schiff keine Gültigkeit besaß, erklärte sich jedoch bereit, die rechtlichen Überlegungen zu vergessen, und bat ausdrücklich, das Schiff zu durchsuchen. Die Polizei beschlagnahmte die Sachen, die Mr. Winter auf das Schiff hatte bringen lassen, fand aber sonst nichts, was Bezug auf den Fall Winter gehabt hätte. Zuvor hatten sie bereits die Koffer beschlagnahmt, die sie in Winters vorübergehender Bleibe im Hotel Elise gefunden hatten.

Während sie das Schiff durchsuchten, hatten sie Gelegenheit, Miss Alden zu befragen. Sie lag in einer Kabine im Bett. Mr. Locordolos und Mrs. O'Rourke hatten erklärt, daß sie überarbeitet sei und an den Folgen eines leichten Nervenzusammenbruchs litte; sie sollte sich auf der Kreuzfahrt erholen. Miss Alden hatte mit schwacher Stimme alle Erklärungen bestätigt, die man der Polizei gegeben hatte.

Da Mr. Winter um elf Uhr vormittag in Miami eindeutig identifiziert wurde, überwachte man alle Ausfallstraßen der Stadt. Es waren so viele Fotos und Beschreibungen von ihm im Umlauf, daß er sich nicht mehr lang auf freiem Fuß befinden würde. Es war durchaus möglich, daß Wilma Farnham die Stadt bereits verlassen hatte, um sich, wie verabredet, mit ihrem Mitverschwörer zu treffen. Winter würde nach seiner Festnahme wahrscheinlich auch den Aufenthalt von Wilma Farnham preisgeben, und waren erst einmal beide in Haft, hielt man es für möglich, den versteckten Millionen auf die Spur zu kommen.

In einer anderen öffentlichen Erklärung hatte Grumby die mit dieser komplizierten Angelegenheit betrauten Behörden darauf aufmerksam gemacht, daß Kirby Winter nach seiner Festnahme sehr wahrscheinlich versuchen würde, gegen andere falsche Beschuldigungen auszusprechen und das Bild dadurch noch mehr zu verwirren. Er behauptete, daß Mr. Krepps trotz wiederholter Bitten nie aufgedeckt hatte, was mit den siebenundzwanzig Millionen geschehen war, die von Krepps Enterprises an O.K. Devices transferiert worden waren. Er beschwor, daß sie keinen Penny davon zu Gesicht bekommen hätten und keine Ahnung hätten, was daraus geworden war. Sie hätten angenommen, daß Krepps in seinem Testament darüber verfügt hatte, und es zum Hauptteil des Nachlasses gehörte, der zur Schaffung der Krepps-Stiftung dienen sollte. Der Bezirksdirektor der Finanzbehörde stellte in seiner Erklärung fest, daß die siebenundzwanzig Millionen ordnungsgemäß versteuert worden waren, bevor sie in den mysteriösen Operationen von O.K. Devices verschwanden. Da es keine anderen Aufzeichnungen gibt, können die siebenundzwanzig Millionen jetzt als Teil der Hinterlassenschaft betrachtet und als solche besteuert werden. Wenn in der Zwischenzeit weitere Werte daraus erwachsen waren, dann wäre dafür zweifellos Kapitalertragssteuer fällig und zu bezahlen, falls man des Vermögens der O.K. Devices habhaft wurde und es liquidieren konnte. In Anbetracht der ungewöhnlichen Aspekte dieser Angelegenheit war er jedoch bereit zu warten und herauszufinden, was geschehen war. Wenn die Geschäftsleitung von K.E. tatsächlich unschuldig war, wie es derzeit den Anschein hatte, dann ließen sich vielleicht Wege finden, um zu vermeiden, daß sie für die Verbrechen eines anderen finanziell bestraft wurden.

Mr. D. LeRoy Wintermore, von Wintermore, Stabile, Schamway und Mertz, hatte ebenfalls eine Erklärung abgegeben. Im Hinblick auf die unübersichtliche Situation wollte er jedoch von der Möglichkeit Gebrauch machen, die Bewertung der Hinterlassenschaft um ein Jahr vom Todestag an zu verschieben. Er hoffte, daß bis dahin verschiedenes geklärt sein würde. Die Errichtung der Stiftung würde sich zwar dadurch verzögern, aber die Steuerberechnung würde für alle Betroffenen einfacher werden. Abschließend stellte er fest, daß Kirby Winter seiner Meinung nach weder klug noch entschlossen genug sei, eine Unterschlagung von Vermögenswerten in diesem Umfang durchzuführen. Er stellte die Frage in den Raum, ob nicht vielleicht Wilma Farnham die Sache geplant und durchgezogen hatte.

Inzwischen wurde Winter wegen tätlichem Angriff, Widerstand gegen die Staatsgewalt, Diebstahl von Polizeiwaffen und Tragen verborgener Waffen ohne Waffenschein gesucht. Dazu kamen noch die Vorladungen unter Strafandrohung und die Anklage wegen Veruntreuung, Steuerhinterziehung, Verschwörung und Betrug.

Für die vormittägliche Aufregung am Strand hatte sich eine passende Erklärung gefunden. Offensichtlich war eine Bande randalierender Teenager auf dem öffentlichen Strand Amok gelaufen, hatte den Frauen die Badeanzüge vom Leib gerissen, aus geparkten Autos Schlüssel gestohlen, war durch die Geschäfte gestürmt und hatte Geld gestohlen und Unschuldigen lächerliche, grausame Streiche gespielt. Die Polizei nahm an, daß sie unter dem Einfluß einer Droge standen, die sie zu tollkühnen Tieren machte. Vielleicht waren es Studenten des Sommersemesters am College von Jacksonville, Daytona oder Lauderdale; vielleicht befanden sie sich auch auf dem Rückweg von den Bahamas in ihre Schulen.

»Ich bin eine große Bande randalierender Teenager«, frohlockte Bonny Lee fröhlich.

»Sie haben die Beschreibung eines Bandenmitglieds, du hast es gehört. Mehrere Leute haben sie gesehen: eine Blondine mit kurzen Haaren, braungebrannt, in hellblauer Unterwäsche.«

»Aquamarinblau.«

»Diesselbe, die auch Tanny und Harry gesehen haben, bedenke das.«

»Ich weiß.«

»Ich habe sie gegen eine mit schwarzem Höschen und weißem BH ausgetauscht.«

»Tolle Biene?«

»Die beste, die ich in der Eile finden konnte.«

»Blond?«

»Natürlich.«

»Hübsch?«

»Keine Frage.«

»Willst du mich ärgern, du Fiesling?«

»Bis auf ihr Profil. Eine gerade Linie von der Vorderkante ihrer oberen Schneidezähne bis zum Halsansatz.«

»Klingt schon besser. Hat dir das Ausziehen Spaß gemacht?«

»Ich war zu nervös, um darauf zu achten.«

»Das ist gut, Schatz. Find ich richtig süß von dir.«

»Ich mache mir Sorgen um Wilma.«

»Wen? Ach die, die wie eine Gouvernante aussieht. Nach dem, was dieser Joseph am Telephon gesagt hat, haben sie sie auf das Schiff gebracht. War sie irgendwo an Bord versteckt?«

»Das glaube ich nicht. Charla hat mir etwas von einer fünfköpfigen Mannschaft erzählt. In den Nachrichten sprachen sie von drei. Vermutlich haben sie zwei ausgeschickt, um Wilma zu suchen, und die sind nicht rechtzeitig zurückgekommen. Joseph hat in den Nachrichten gehört, daß die Polizei nach meinen Sachen sucht, die sie aus dem Hotel entwendet haben. Er wurde nervös und machte sich aus dem Staub. Vielleicht sind sie mit Wilma gerade noch rechtzeitig zum Dock gekommen, um zu sehen, wie das Schiff davontuckert.«

»Oder sie haben die Polizei gesehen, so wie wir.«

»Was würden sie dann gemacht haben?«

Sie zuckte die Achseln. »Das ist leicht. Bevor Betsy Joseph von Wilmas Aufenthaltsort erzählt hat, war Wilma dort sicher gewesen. Auf der Straße können sie sich mit ihr nicht zeigen, und eine Schiffsmannschaft wohnt auf einem Schiff. Höchstwahrscheinlich bringen sie sie dorthin zurück, von wo sie sie geholt haben und warten, bis sich Joseph bei ihnen meldet. Was hältst du davon?«

»Klingt logisch. Aber es könnte lange dauern. Wenn sie ihm nicht alles geglaubt haben, was er gesagt hat, dann werden sie ihn beobachten.«

»Es gibt dort kein Telephon. Wo ist es?«

»210 Sunset Way, Hallandale.«

»Wir könnten hinschauen.«

»Aber der große Strohhut und die Sonnenbrille waren nicht besonders erfolgreich, Bonny Lee. Der Bulle ließ sich nicht täuschen.«

»Weil du erschrocken bist, weißt du noch? Wenn du ihn gefragt hättest, was los ist, wäre ihm nichts aufgefallen, glaub mir. Dir wird nichts geschehen, Schatz. Kopf hoch, und laß dir nichts gefallen. Ich zieh mir etwas an.«

Es war eine ruhige Straße mit kleinen, häßlichen Stuckhäusern auf großen Grundstücken, wie sie im Vorkriegs-Florida üblich waren. Die üppig wuchernden tropischen Pflanzen milderten die Häßlichkeit ein wenig. Das Haus von Professor Wellerly war in verblaßtem Rosa gestrichen; es lag noch versteckter als die anderen. Es war ein heißer, verschlafener Nachmittag. Ein paar Häuser weiter dröhnte ein Motorrasenmäher. Vögel zwitscherten und plünderten die Beeren in den hohen Büschen entlang der Auffahrt zu Wellerlys Haus.

Ein Wäschereiauto überholte sie. Bonny Lee wurde langsamer, und als der Lastwagen außer Sicht war, bog sie in die von Unkraut überwucherte Auffahrt aus Muschelkalk ein, die zu einem unbewohnten Haus führte.

Sie wandte sich ihm zu. Sie trug jetzt eine schwarz weiß karierte Bluse und einen flotten, weißen Rock. »Ich will keine Nervensäge sein, Schatz, aber komm lieber gleich wieder heraus, damit ich weiß, daß alles in Ordnung ist.«

Er nickte und stellte die Uhr auf alle Fälle auf eine volle Stunde. Merkwürdigerweise gewöhnte man sich an das rote Licht leichter als an die Stille. Die plötzliche Stille war so vollkommen wie in einem schallisolierten Tresorraum. Er schlug sich auf den Schenkel, nur um sich zu vergewissern, daß er nicht taub war. Er zog die Schuhe aus und ging drei Häuser zu Wellerlys Haus zurück. Die Fensterläden waren geschlossen. Auf der Rückseite des Hauses erschreckte ihn eine Spottdrossel, die bewegungslos vor seiner Nase hing. Er ging um sie herum und erblickte die hintere Stoßstange eines dort geparkten Autos. Bonny Lee hatte offenbar richtig geraten. Er besah sich das Auto. Es war eine eher neue, billige dunkle Limousine, vermutlich ein Mietauto. Auf dem Vordersitz lag eine dunkelblaue Baseballmütze.

Er ging um das Haus herum; es war abgeschlossen. Er versuchte auf verschiedene Art, hineinzugelangen, aber die bleierne Trägheit der Dinge in der roten Welt hinderte ihn daran. Ihm fiel ein, was Bonny Lee vom eigenartigen Verhalten der Dinge erzählt hatte, und er hob ein paar pflaumengroße, glatte Steine aus einem Pflanzentopf auf und hatte dabei das Gefühl, daß er sie durch zähflüssigen Kleber zog. Neun Steine wurden ganz exakt in der Luft placiert: fünf vor der Hintertür, vier vor einem Fenster an der Rückseite des Hauses. Er versetzte jedem Stein einen kräftigen Stoß in die gewünschte Richtung und zielte dabei auf Riegel, Türangeln, Fensterrahmen und Schlösser. Sobald der Druck nachließ, rührten sich die Steine nicht mehr. Sein Versprechen fiel ihm ein, und er lief zum Auto zurück. Auf ihrem Gesicht lag der gleiche besorgte Ausdruck wie in dem Augenblick, in dem er sie verlassen hatte.

Er klickte sich in die normale Zeit zurück und hörte, wie es in der Ferne polterte und krachte; Holz splitterte und Glas zersprang.

»Was in aller Welt hast du ...«

»Bin gleich wieder da«, sagte er und schaltete sie zusammen mit der restlichen Welt wieder aus.

Er eilte zurück, versteckte sich hinter dem Auto und schaltete die Welt ein. Dann überlegte er es sich anders und schaltete sie sofort wieder aus. Die zerschmetterte Tür hing schief in den Angeln. Das Fenster war ganz verschwunden. Er betrat die Küche. Die Steine hatten Tür und Fenster zerschlagen, waren quer durch die Küche geflogen und in den Geschirrschränken gelandet. Bei dem Gedanken, was geschehen wäre, wenn Wilma dort gestanden hätte, wurde ihm übel. Er hatte wieder etwas gelernt.

Sie waren im Wohnzimmer. Zwei stämmige junge Männer hatten Karten gespielt. Im Zimmer brannte Licht. Es mußte heiß sein, denn sie glänzten vor Schweiß. Der Große mit den hellen Haaren hatte das Hemd ausgezogen und ein Handtuch um den Nacken gelegt. Auf den Unter- und Oberarmen waren verblaßte, verschlungene Tätowierungen zu erkennen. Der andere war kleiner und breiter; seine Haut war von der See dunkel gegerbt. Beide hatten lange Koteletten und derbe Gesichtszüge, und auf ihren undurchdringlichen Gesichtern lag ein Gemisch von Schlauheit, tierischer Wildheit und einem Hang zur Brutalität.

Der dunkle hielt eine Karte in der Hand. Beide sahen erschrocken zur Küche. Wilma Farnham stand neben dem kleinen steinernen Kamin bei den Bücherregalen, die die ganze Wand bedeckten. Ihre braunen Haare hingen in unordentlichen Strähnen herunter und ließen ihr Gesicht noch kleiner erscheinen. Ihre Brille war verbogen, die Bluse halb aus dem Rock gerutscht. Der Mund klaffte schlaff offen vor Überraschung, und auch sie starrte an Kirby vorbei zur Küche. Der Drink in ihrer Hand war übergeschwappt, da sie das Gleichgewicht verloren hatte, und ein Schuß davon war auf halbem Weg zum Fußboden erstarrt.

Er machte sich ans Werk. Die Arbeit war schwierig, aber sie machte ihm Spaß. Innerhalb von fünfzehn subjektiven Minuten hatte er den Tätowierten und den Dunklen hübsch arrangiert. Er konnte sie leichter manipulieren, wenn sie sich in horizontaler Lage einen Meter über dem gemusterten Teppich befanden, aber es hatte ihn seine ganze Kraft gekostet, sie zu beugen, zu strekken und in die gewünschte Lage zu hieven. Er hatte ihre Handgelenke und Knöchel mit dicker Schnur umwikkelt, die sich in der roten Welt wie Kupferdraht biegen ließ. Dann hatte er ihnen Tücher in den Mund gestopft und diese festgebunden. Schließlich hatte er sie in Bettlaken gehüllt, wie in eine Folie, und sie von oben bis unten mit einer Wäscheleine gebunden. Die Wäscheleine mußte er biegen wie Kupferrohr. Wenn er das Seil in einiger Entfernung von ihnen packte, erzielte er eine Hebelwirkung und die Arbeit wurde etwas leichter.

Dann lief er zum Auto zurück. Bonny Lee sah ihn erschrocken an, als er wieder auftauchte.

»Was hat so lang gedauert?«

»Entschuldige. Ich muß schnell wieder zurück, aber du kannst jetzt kommen. Benutz die Hintertür. Fahr das Auto verkehrt in die Auffahrt, mit dem Kühler zur Straße.«

»Okay.«

Er drehte die Aufziehwelle und kehrte durch die tote Stille zum Haus zurück. Wilma hatte die wenigen Sekunden dazu benutzt, sich den zwei Mumien zu nähern und hatte dabei wieder etwas verschüttet. Kirby bedauerte, daß er nicht gesehen hatte, wie sie Seite an Seite zu Boden fielen. Unvorsichtig und gedankenlos wäre er beinahe unmittelbar vor Wilma aufgetaucht. Gerade noch rechtzeitig stellte er sich zur Tür seitlich hinter ihr. Er versetzte sich in die normale Zeit und rief: »Wilma!«

Die in der Luft schwebende Flüssigkeit fiel auf ihren bloßen Rist. Sie fuhr herum, machte einen unsicheren Schritt und starrte ihn an. Dann rückte sie die Brille zurecht: »Na sowas, Sir Lanschlot, so-wahr isch läbe!«

»Sind Sie betrunken?«

Sie taumelte ihm grinsend entgegen. »Zurr Hölle, ssüßer Käfer. Hab m-mich m-mein ganses Leben seselbstlos aufgeoffert, und w-was habe ich davonn? Die Polissei sucht mich. Unn d-diese Bessy fragt m-mich Sachen, von denen ich k-keine Ahnung habe. Der olle Omar ist abgekratzt, ich habe k-keinen Job, mein Br-Bruder hat dav-von schon Gastr ... ah ... Magenschmersen. Und Sie, Sie dummer K-Kerl S-Sie, da mache ich Ihnen einen An-Antrag, das erste Mal in meinem lausigen Leben, daß ich d-den M-mmumm aufbringe. Und wa-was machen Sie?« Ihre Nase war nur wenige Zentimeter von seinem Kinn entfernt und sie schielte zu ihm herauf. Er hörte den Sunbeam in der Auffahrt. »W-was machen Sie? R-rennt davon! Und dann ...« Sie machte ein paar Schritte zurück. »Und dann sitze ich armes, unschuldiges Mädchen hier und bin den swei Matrosen ausgeliefert. Die haben nichts im Koff als Kartenspielen. *Natürlich* bin ich betrunken, Freunchen, zum ersten Mal betrunken!« Sie rülpste, verlor das Gleichgewicht, fing sich wieder und strahlte ihn an. »Macht mir Spaß!« Dann wandte sie sich den eingewickelten Gestalten zu. Beide zuckten hilflos und stöhnten dumpf. »Waas ist denn plösslich mit René und Raoul geschehen?« fragte sie weinerlich.

Bonny Lee kam herein und starrte Wilma an. Wilma wirbelte herum, fixierte Bonny Lee und schob dabei die Brille die Nase hinauf. »Wer sin denn Sie, Püppchen?« fragte Wilma.

»Wow!« staunte Bonny Lee. »Auf dem Foto haben Sie

wie eine Lehrerin ausgeschaut. Bitte vielmals um Entschuldigung!«

Wilma starrte Bonny Lee immer noch an. Schließlich riß sie sich mit beträchtlicher Anstrengung zusammen und bemühte, sich deutlich zu sprechen: »Aigentlich bin ich ein äher intellektueller Typ, meine Liebe.«

Bonny Lee seufzte. »Du willst vermutlich mit ihr reden, Schatz, ja?«

»Wenn möglich.«

»Wer steckt in den Paketen?«

»René und Raoul, zwei Matrosen.«

»Sehen gut verpackt aus. Könntest du Kaffee kochen, Kirby?« Bonny Lee schob ihren Rock zurecht und ging entschlossen auf Wilma zu. Es war, als hätte sie die Ärmel hochgerollt und sich in die Hände gespuckt. Sie führte Wilma, die wimmernd dagegen protestierte und vor Entrüstung stotterte, in eines der Schlafzimmer.

Kirby fand nur löslichem Kaffee einer unbekannten Marke. Aber er war schwarz und roch stark, und auf dem Etikett stand nichts davon, daß er den Schlaf förderte. Vom anderen Ende des kleinen Hauses kamen streitende Stimmen, Schreie und Wasserrauschen. Er sah nach René und Raoul. Sie rührten sich nicht, aber sobald er ihre Fesseln überprüfte, begannen sie wieder herumzuschlagen und zu grunzen. Er konnte es ihnen nicht verübeln. Es mußte sehr unbequem für sie sein. Die Laken waren schweißnaß und klebten an ihnen. Im Haus war es schrecklich schwül.

Er füllte eine große Keramiktasse mit heißem, dampfendem Kaffee und brachte sie ins Schlafzimmer. Die Badezimmertür war angelehnt. Wilmas und Bonny Lees Kleider lagen auf dem Bett. Er stellte die Tasse auf einen Tisch und ging wieder. Bonny Lee schien den Sieg davonzutragen. Er hörte nur das Wasser in der Dusche und ein verzweifeltes Wimmern. Er zog die Knoten fester zusammen und begann dann die Bücherregale zu studieren. Professor Wellerly erwarb offensichtlich Bücher aus allen Wissensgebieten, vorausgesetzt der Titel klang langweilig und der Einband war gediegen. Kirby schob die verstreuten Karten zusammen, mischte und teilte für ein Pokerspiel aus. Die goldene Uhr würde Poker beträchtlich vereinfachen. Er entwickelte verschiedene Methoden und kam zu dem Schluß, daß es am zweckmäßigsten war, das Geschehen in dem Augenblick anzuhalten, in dem der Geber nach dem Abheben nach dem Kartenstoß greift. Man nimmt die Karten, gibt drei oder vier Spielern ein gutes Blatt, den anderen ein so schlechtes, daß sie passen. Selbst nimmt man sich das beste Blatt, aber nur unmerklich besser als das der anderen. Zum Beispiel vier kleine Dreien gegen einen Flush, ein Full House mit Assen und eine hohe Straße. Den so sortierten Kartenstoß legt man unter die ausgestreckte Hand des Gebers, setzt sich hin und wartet.

»Kirby, Schätzchen!« rief Bonny Lee. Er ging hinein. Bonny Lee war wieder angezogen. Wilma saß zusammengekauert auf der Bettkante. Sie trug einen leichten Herrenmorgenmantel, der an ihr wie ein Zelt aussah. Ihre Haare sahen dunkel zusammengeklatscht aus, und sie starrte mit mürrischem Gesicht niedergeschlagen zu Boden.

»Trinken Sie den guten Kaffee, Süße«, befahl Bonny Lee.

»Nein, danke«, erwiderte Wilma deutlich, aber leise. »Ich glaube, mir wird schlecht.«

»Trinken Sie den Kaffee, meine Süße, oder wir ziehen uns wieder aus und ich stecke sie unter das kalte Wasser. Dann nehme ich die große Bürste und schrubbe ihnen das letzte Restchen Haut auch noch ab.«

Wilma beugte sich vor und schlürfte ergeben den Kaffee.

»Sie ist gar nicht so übel, aber sie macht nichts aus sich. Sie hat ein niedliches Gestell.«

»Eine niedliche Figur.«

»Eine niedliche Figur«, verbesserte sie sich.

»Verflixt noch mal, es tut mir leid, Bonny Lee.«

»Mir nicht. Keineswegs. Mach nur weiter so. Aber sie hat wirklich — eine niedliche Figur, irgendwie knabenhaft, aber doch nicht so, daß man sich irren könnte. Aber diese Drahtbrille, die gräßliche Frisur und die Kleider wie von der Heilsarmee — eine Katastrophe!«

»Ich habe nicht die Absicht, billig und auffällig zu wirken«, stellte Wilma fest.

»Wenn Sie pampig sind, steig ich Ihnen auf die Brille, Süße. Sie sind ganz bestimmt nicht auffällig. Alle Männer dieser Welt sitzen in einem riesigen Schaufenster, und Sie stehen draußen im Finstern und traun sich nicht hinein. Hat Ihnen schon einmal einer nachgepfiffen oder Sie gekniffen?«

»Danke, nein!«

»Täte Ihnen gut, Schwester. Da streckt man sich oben und wackelt unten. Ich würde ihnen hellgrüne Kontaktlinsen verpassen und eine hochtoupierte Frisur wie Kleopatra. Sie müßten etwas anziehen, das so eng ist, daß Sie sich nicht einmal setzen können, und dazu zehn Zentimeter hohe Absätze. Ich bringe Ihnen bei, wie man langsam geht, die Schultern zurücknimmt, den Bauch einzieht und das Hinterteil hinausstreckt. Dazu noch lange Ohrringe und ein Moschusparfum! Nicht mein Geschmack, aber bei einer solchen Aufmachung fangen sogar starke Männer an zu winseln.«

»Eine hochtoupierte Frisur?« fragte Wilma schüchtern.

»Nicht ganz hoch, so wie Liz.«

»Liz?«

»Du lieber Himmel«, stöhnte Bonny Lee. »Sprich du mit ihr.«

»Hat Ihnen Betsy meine Nachricht gebracht?«

»Ja, Kirby.«

»Haben Sie mit ihr gesprochen?«

»Fast die ganze Nacht. Sie hat versucht, mich dazu zu bringen, daß ich mich an Dinge über Ihren Onkel erinnere. Sie glaubt, daß etwas Besonderes versteckt wurde. Ich habe nichts. Ich weiß nicht einmal, was es ist. Ihr Onkel war ein höchst ungewöhnlicher Mann. Er war so klug, Kirby, er hat nichts Besonderes gebraucht. Sein Verstand genügte. Ich habe nur getan, was er angeordnet hat. Ganz gleich, was sie mir antun, ich werde niemals, niemals ...«

»Ich verstehe Ihre Loyalität, Wilma. Wäre es möglich, daß Sie aus dieser Loyalität heraus leugnen, daß es etwas gibt, obwohl Sie wissen, daß es vorhanden ist?«

»Nein, Kirby, das schwöre ich Ihnen. Sie hat mir gesagt, wo Sie sind. Warum verstecken Sie sich in der Wohnung einer derart gewöhnlichen Person, Kirby?«

»Da ich den Mann nicht kenne, kann ich kein Urteil abgeben.«

»Haben Sie dort diese kleine Schlampe kennengelernt? Wer ist das Mädchen, Kirby?«

»Bonny Lee ist eine gute Fr ... pardon. Bonny Lee ist ein Mädchen, das ich liebe.«

»Du liebe Zeit«, stöhnte Wilma.

Bonny Lee blinzelte Kirby zu. »Fast hättest du dich gedrückt, mein Freund.«

»Sie haben gelogen, nicht wahr?« fragte Wilma fast unhörbar leise. »Sie haben mir nur erzählt, daß Sie sich vor Frauen fürchteten, damit ich nicht das Gesicht verliere. Sie müssen nachher schrecklich über mich gelacht haben!«

»Es war die Wahrheit. Ich war in Panik, als ich fortlief, Wilma.«

»Jetzt kommen Sie mir — verändert vor. Sie scheinen vor nichts Angst zu haben, vor rein gar nichts.«

»Ich habe vor vielen Dingen Angst.«

»Wenn es um Frauen geht, ist er neuerdings recht frech.« Bonny Lee kicherte, weil Kirby so ärgerlich dreinsah. »Angeblich hat er ein Mädchen an einem öffentlichen Strand ausgezogen. Er hat nicht einmal gewußt, wie sie heißt.«

Wilma war entsetzt. »Kirby! Ist alles in Ordnung?«

»Alles in bester Ordnung«, sagte er verärgert.

»Hat sie sich nicht gewehrt?«

»Das arme Ding konnte sich nicht rühren«, erklärte Bonny Lee.

»*Bitte,* Bonny Lee! Bitte.«

»Schon gut, Schatz. Ich bin wieder brav.«

»Haben Sie die Nachrichten gehört, Wilma?«

»Ich glaube schon, aber an manches kann ich mich nicht mehr genau erinnern. Über die Yacht und Ihre Sachen, die an Bord sind, und daß Sie den Polizisten heute vormittag entwischt sind und dabei ihre Waffen mitgenommen haben. Es paßte — es paßte einfach nicht zu Ihnen.«

»Wann ist Betsy von hier fort?«

»Sehr früh. Sie hat gesagt, sie wollte eine Show abziehen. Nein das war es nicht. Einen Bluff abziehen? Ja, das war es. Der Ausdruck ist mir nicht geläufig.«

»Ihr Bluff hat nicht funktioniert.«

»Ich begreife nicht, was geschehen ist. Etwa drei Stunden später tauchten die Matrosen hier auf. Sie haben geläutet, wie wir es vereinbart hatten und ich nahm an, daß es Roger war oder Sie, oder daß vielleicht Bettie zurückkam. Sie drängten sich herein und waren ziemlich — freundlich, aber auf eine eher unangenehme Art. Als ich schließlich streng mit ihnen redete, lächelte mich René an — er ist der Große, aber zu dem Zeitpunkt wußte ich noch nicht, wie er heißt —, faßte mich am Handgelenk und verdrehte es, bis ich auf dem Boden kniete und mit dem Gesicht den Teppich berührte. Es war höllisch. Mein Arm fühlt sich immer noch komisch an. Mir war klar, daß ich besser widerstandslos mitkam. Ich verstand nicht, wer sie waren und hatte Angst, sie könnten Diebe sein, die Roger etwas angetan hatten. Vielleicht hat er ihnen dann verraten, wo ich mich befand, und sie wollten mich jetzt womöglich dazu zwingen, ihnen das Versteck des Geldes zu verraten. Dieses lächerliche Geld, das längst fort ist. Ich reimte mir zusammen, daß sie mich auf eine Yacht bringen würden, auf der sie arbeiteten, und daß Betsy dort auf mich wartete. Ich mußte mich vorn auf den Boden setzen und den Kopf unter das Armaturenbrett stecken. Es war heiß, schmutzig und unbequem. Plötzlich ging etwas schief. Sie waren böse auf mich und aufeinander und stritten darüber, was sie als nächstes tun sollten. Dann fuhren wir hierher zurück. Soviel ich verstand, war das Schiff ohne sie abgefahren. Sie waren mürrisch und sehr besorgt, bis wir schließlich die Nachrichten über die Yacht hörten. Es hieß, daß Betsy krank sei. Sie wirkte zwar angespannt und nervös, aber ich hatte nicht das Gefühl gehabt, daß sie unmittelbar vor einem Nervenzusammenbruch stand.«

»Sie sind mein Sargnagel, Schwester«, stöhnte Bonny Lee. »Diese Hurensöhne haben sich Betsy geschnappt und sie auf das Schiff gebracht. Sie haben sie so lange gequält, bis sie ihnen verriet, wo Kirby und Sie zu finden sind. Kirby mußte versprechen zu kommen, weil er dann vielleicht Betsy helfen beziehungsweise verhindern konnte, daß mit Ihnen das gleiche geschieht wie mit Betsy. Diese Leute wollen dieses Ding unbedingt haben, obwohl sie nicht wissen, was es ist.«

Wilma starrte Bonny Lee ernst an. »Sie haben ihr wehgetan?«

»Mein liebes Kind, an einem Samstag abend kann man im falschen Teil von New Orleans für lausige sieben Dollar für den Rest seines Lebens zum Krüppel werden. Warum machen Sie also wegen dieser Sache solche Kulleraugen? Kommen Sie vom Mond?«

»Das ist schrecklich!« rief Wilma. »Ihr Onkel wäre einverstanden, Kirby. Wir müssen herausfinden, worauf sie es abgesehen haben und dafür sorgen, daß sie es bekommen, oder wir beweisen, daß es nicht existiert.«

Bonny Lee lachte höhnisch. »Wir wissen, was sie wollen, und sie bekommen es nicht.«

»Was ist es?« wollte Wilma wissen.

»Bonny Lee!« sagte Kirby warnend.

»Keine Grund zur Sorge, Schatz. Selbst wenn ich es ihr sagen wollte — sie ist noch nicht soweit, und ich bezweifle, ob sie je soweit sein wird. Was machen wir jetzt?«

»Wir bringen sie von hier fort.«

»Aber wohin? Natürlich! Meine Wohnung! Diese Adresse kennen die Leute zum Glück noch nicht.«

Wilma starrte Kirby an; ihr ungeschminkter Mund stand offen. »Haben Sie — diese beiden Matrosen überwältigt, Kirby?«

»Vorsicht, Winter«, sagte Bonny Lee, und zu Wilma gewandt: »Trinken bekommt Ihnen nicht, meine Süße.«

Wilma wurde rot. »Es war nur, daß ich — daß mir plötzlich alles vollkommen gleichgültig war. Mein Leben war in Unordnung geraten, und ich ertrug es nicht länger.«

»Sie würden erst recht staunen, wenn Sie wüßten, um wieviel komplizierter das Leben für ein betrunkenes Frauenzimmer werden kann. Verschwinde jetzt, Kirby, ich suche etwas, das ich ihr anziehen kann.«

»Ich habe Kleider hier.«

»Ich weiß, Süße. Und eine Brille. Und Ihr Bild in den Zeitungen.«

Kirby stand auf und verließ das Schlafzimmer. Als er das Wohnzimmer betrat, schien sein Kopf zu explodieren. Er ging zu Boden und hatte dabei das Gefühl, die Ereignisse mit klinischem Interesse aus der Ferne zu beobachten. Es war wie beim Sprengen einer Felswand. Zuerst sieht man den Blitz, dann den Staub und schließlich kommt das Poltern der stürzenden Felsblöcke. Als die samtene Dunkelheit über ihm zusammenschlug, hörte er in der Ferne Frauen schreien.

Kapitel 11

Kirby kam langsam wieder zu sich; er hatte das Gefühl, daß er eine finstere Kellertreppe hochtappte, an deren oberem Ende Licht schimmerte. Als er die Augen öffnete, brannte das Licht wie Säure in seinen Augen, und über dem Ohr spürte er einen pochenden Schmerz.

Jemand faßte ihn am Kinn und schüttelte grob seinen Kopf, und Kirby wunderte sich, daß er nicht abfiel.

Er blinzelte zu Renés übergroßem Gesicht auf. »So sehen gute Knoten aus, Kumpel«, begann René vergnügt.

Kirby saß in einem Armsessel. Er blickte zu Boden. Seine Arme waren oberhalb der Ellbogen mit einem Wäschestrick zusammengezogen und gebunden, so daß er den Rücken krümmen mußte. Die Hände waren nicht gefesselt, aber sie waren gefühllos und in ihrer Bewegungsfreiheit eingeschränkt. Ein zweiter Strick band die Beine knapp oberhalb der Knie. Die beiden Stricke hatten jeweils nur einen einzigen, fachmännischen Knoten.

»Man lernt jeden Tag etwas Neues, Freundchen. Keine Fesseln an Hand- und Fußgelenken! Siehst du diese Knoten? Du kommst weder mit den Fingern noch mit den Zähnen an sie ran und kannst dich nicht herauswinden. Von Knoten verstehst du nichts.«

»Sie haben sich also befreit«, stellte Kirby niedergeschlagen fest.

»Und Raoul. Aber er war auch schon fast so weit. Ich bin zur Tür geschlichen und — peng!«

»Ich weiß — peng!« stöhnte Kirby. Er sah sich im leeren Zimmer um. »Wo sind Miss Beaumont und Miss Farnham?«

»Beaumont? Das war die Blonde, was? Sie wollte nicht bleiben.« René machte aus seinem Ärger kein Hehl. Er hatte einen behelfsmäßigen Verband am Handgelenk und am Hals lange, tiefe Kratzer. »Als wir sie packen wollten, ging sie in die Luft wie eine Bombe. Biß wie der Teufel und kratzte wie ein Tiger, versetzte Raoul einen Tritt und knallte ihm eine aufs Auge. Dann ist sie bei der Tür hinaus, die Sie zertrümmert haben.«

Kirby gab sich größte Mühe, einen logischen Gedanken zu fassen. René saß vollkommen entspannt auf der Couch.

»Haben Sie nicht Angst, daß Miss Beaumont die Polizei holt?«

»Die? Nein. Sie ist dem Boss in die Arme gelaufen, und der hat noch zwei Kerle aus der Gegend dabei gehabt. Ein ordentlicher Hieb auf den Kopf hat sie erledigt.«

Kirby bewegte die Arme, und es gelang ihm, auf die Uhr zu sehen. Es war zwanzig Minuten vor fünf. »Was geschieht jetzt?«

René zuckte die Achseln. »Wir warten. Der Boss überlegt gerade, wie er Sie und Wilma auf die *Glorianna* bringen kann. Vielleicht kriegen sie die offizielle Auslaufgenehmigung und ankern irgendwo; wir fahren dann in einem kleinen Boot hinaus.«

»Ach.«

»Der Boss war richtig glücklich bei Ihrem Anblick, Winter. Sie sind der Jackpot bei der ganzen Sache. Der Boss ist der Meinung, daß von jetzt an alles bestens funktionieren wird. Eine Zeitlang hat es ziemlich chaotisch ausgesehen. Zu viel Publicity. Wenn es ums Geschäft geht, haßt der Boss Publicity. Wenn es stimmt, daß Sie siebenundzwanzig Millionen beiseite geschafft haben, dann war es sicher die ganze Mühe wert.«

»Wohin wollen sie Miss Beaumont bringen?«

»Weiß ich nicht. Ich weiß nicht, ob sich noch immer so viele Leute für das Schiff interessieren. Sie müßten sie woanders hinschaffen. Wenn der Boss zusätzliche Männer angeheuert hat, dann hat er vielleicht auch ein anderes Versteck ausfindig gemacht. Was ist mit den siebenundzwanzig Millionen, Winter?«

»Was soll damit sein?«

»Auf die hat es der Boss abgesehen, stimmt's?«

»Ich habe keine Ahnung.«

»Wenn einer soviel gestohlen hat, dann rupft ihn klarerweise der erste, der ihn erwischt. Soviel Geld bringt einem nur etwas, solang niemand davon weiß.«

»Ich weiß Ihre Expertenmeinung durchaus zu schätzen.«

René stand langsam auf, ging zu Kirby, beugte sich über ihn, griff mit dem schwieligen Daumen und einem Finger nach Kirbys Nase und drehte sie kräftig. Es war erniedrigend und außerordentlich schmerzhaft. Kirby rannen die Tränen über die Wangen.

»Sprechen Sie gefälligst ordentlich mit mir«, ermahnte ihn René. »Wir haben viel Zeit; es liegt an Ihnen, ob sie angenehm oder unangenehm vergeht.«

René setzte sich wieder auf seinen Platz und bearbeitete mit einem Taschenmesser seine harten Nägel. Nach ein paar Minuten fragte Kirby: »Entschuldigen Sie, aber hat Joseph gesagt, wann sie uns von hier abholen?«

»Wer?«

»Mr. Locordolos.«

»Den habe ich nicht gesehen. Es war nur der Boss hier. Mrs. O'Rourke.«

»Ach so.«

René schüttelte traurig den Kopf. »Diese Wilma war recht pampig mit dem Boss. Das war nicht sehr gescheit. Der Boss hat ihr eine Spritze verpaßt. Eine kleine Ampulle, wie aus einem Erste-Hilfe-Koffer. Dreißig Sekunden, und sie hat geschnarcht wie ein Pferd.«

Raoul kam von der Küche herein. Sein linkes Auge

war zugeschwollen. Er hielt eine Dose in seiner großen braunen Faust und löffelte etwas heraus.

»Was hast du jetzt gefunden?« fragte René angewidert.

»Bohnen.«

»Schon wieder Bohnen?«

»Gut.«

Raoul setzte sich und aß die Bohnen auf. Er stellte die Dose beiseite, wischte sich mit dem Unterarm über den Mund und starrte dabei Kirby gleichgültig an. Dann drehte er sich zu René um und redete in einer Sprache auf ihn ein, die Kirby nach einiger Zeit als das in Nordafrika verbreitete Französisch identifizierte, das mit spanischen, italienischen und arabischen Worten gespickt ist. Er konnte dem Gespräch nur in groben Zügen folgen, aber er verstand soviel, daß Raoul wissen wollte, ob René was dagegen habe, wenn er sich im Schlafzimmer die Langeweile mit der schlafenden dürren Biene vertriebe. Er zwinkerte dabei krampfhaft, daß sich sein halbes Gesicht verzog.

Zu Kirbys Entsetzen war René darüber keineswegs aufgebracht. Er wirkte gelangweilt und stellte Raoul eine beiläufige Frage, die Kirby nicht verstand. Raoul antwortete, daß es ohnehin niemand erfahren würde. Was konnte es schaden? Es wäre zumindest ein Zeitvertreib.

Als René die Achseln zuckte und zustimmend nickte, zog sich Kirbys Herz krampfartig zusammen. Die große Uhr — sein goldener Talisman — hatte die Wirklichkeit substanzlos gemacht; die Welt war zu einer Bühne für billige Komödie und raffinierte Effekte geworden, auf der die Tugend stets über das Böse triumphierte. Die Uhr hatte sein Weltbild verschoben; Phantasien konnten zur Wirklichkeit werden. Aber hier würde es keinen noch so unbedeutenden Triumph des Guten über das Böse geben. Für Wilma Farnham konnten hier alle Spiele zu Ende sein, und er war machtlos und konnte die beiden nicht aufhalten. Kirby Winter mußte zusehen, wie die Welt in das alte, qualvolle Schema aus Blut und Schmerz und kleinen, einsamen Katastrophen zurückfiel.

Soviel Kirby verstand, sagte René danach etwas darüber, daß sie warten sollten; wenn sie die ganze Nacht hierbleiben mußten, würden sie sich mit oder ohne Befehle die Biene teilen. Sie sollten aber warten, bis sie aufwachte und sie ihr Gehorsam beigebracht hatten. Sie konnten dann um sie spielen.

Raoul zuckte die Achseln, gähnte und meinte, daß er beim Kartenspiel bereits Geld verloren hatte; sie könnten jetzt vielleicht noch einmal spielen und die Biene als Einsatz nehmen. Für später.

Kirbys Augen hatten endlich aufgehört zu tränen. Seine Nasenspitze fühlte sich groß und rund an.

Die zwei Männer setzten sich an den Couchtisch. René mischte die Karten und starrte dabei Kirby an: »Wie haben Sie uns überrumpelt und gefesselt?«

»Ich wußte mir zu helfen«, antwortete Kirby.

»Verstehe. Haben Sie Gas verwendet oder so etwas Ähnliches?«

»Etwas in der Richtung.«

»Der Boss hat sich auch gewundert. Sie werden ihr alles erzählen müssen. Sie will alles wissen, was ihr nützlich sein könnte.«

»Gib!« sagte Raoul.

In der feuchtschwülen Stille des Zimmers war nur das Aufschlagen der Karten zu hören. Kirby vermutete mit ziemlicher Sicherheit, daß sich die Uhr noch in der rechten Tasche der geborgten Hose befand. Er beugte den zusammengekrümmten Rücken noch ein wenig weiter nach vorn, schob die gefesselten Ellbogen nach unten zu seinem rechten Schenkel und tastete mit dem linken Ellbogen über das Bein. Er spürte den runden Wulst der Uhr und glaubte das leise Geräusch zu hören, mit dem die schwere Kette gegen das Gehäuse rieb.

»Mach ja keinen Unsinn!« René war aufmerksam geworden.

»Ich möchte einen Krampf in der Schulter loswerden«, rechtfertigte sich Kirby unterwürfig.

Raoul sprach in der vulgären Umgangssprache der afrikanischen Hafenstädte. Kirby verstand nicht viel, aber er wußte, worum es ging. Reg dich wegen dem Bürohengst nicht auf. Er ist schwach und hilflos und hat viel zu viel Angst; der wird uns keine Probleme machen.

Kirby wußte, daß die größte Gefahr in seiner Hilflosigkeit lag.

Die goldene Uhr hätte genauso gut einen Kilometer entfernt sein können, so wenig nützte sie ihm. Die Hilflosigkeit schaltete seinen Verstand aus, und er konnte keinen vernünftigen Plan schmieden. Er war davon überzeugt, daß Charla alles erreichen würde, was sie wollte, trotz der polizeilichen Durchsuchung, der Aufregung, des Aufsehens in der Öffentlichkeit und der allgemeinen Faszination durch einen Betrag, der rational nicht mehr erfaßbar war. Er konnte tun, was er wollte, er würde bei der fünfköpfigen Mannschaft und den drei gebrochenen jungen Frauen auf der *Glorianna* landen. Vielleicht hatte Bonny Lee ihre ganze Frechheit verloren und konnte Charla nicht rasch genug von den geheimnisvollen Kräften der geerbten Uhr erzählen. Sie würden sie bald holen und ausprobieren. Danach würden sie vermutlich allen, die damit zu tun hatten, ohne viel Aufhebens die Schädel einschlagen und sie verschnürt und mit Gewichten beschwert am Rand des Golfstroms versenken.

Die erwartete Niederlage war wie eine Krankheit. Er konnte nur mit seinem Stolz gegen sie ankämpfen. Jetzt ist es soweit, dachte er; ich muß die von Onkel Omar in mich gesetzten Erwartungen erfüllen — oder endgültig aufgeben.

Ob Bonny Lees kleines Auto immer noch draußen

stand? Es war anzunehmen, daß sie es zurückgelassen hatten. Es war zu auffallend. Für Charla war Bonny Lee eine unbekannte Größe in der Gleichung. Aber Charla paßte sich allen unbekannte Größen unglaublich schnell und effizient an. Er war doppelt froh, daß er Bonny Lee von dem unglücklichen Durcheinander, in dem er sich befand, erzählt hatte. Sie konnte dadurch Charlas Schachzüge besser voraussehen. Hoffentlich war Bonny Lee so vernünftig, sich vollkommen dumm zu stellen. Wenn nur der leiseste Verdacht aufkam, daß sie etwas wußte, das von Wert sein könnte, würde Charla nicht ruhen, ehe sie herausgefunden hatte, was es war — und sie würde es so unangenehm wie möglich machen.

Wenn Bonny Lees kleines Auto noch draußen stand, steckten wahrscheinlich auch die Schlüssel; Bonny Lee hatte gewußt, daß sie vielleicht rasch verschwinden mußten.

René und Raoul stritten über ein Blatt. Raoul glaubte offenbar, daß René ihn betrogen hatte.

»Noch einmal zu den siebenundzwanzig Millionen«, begann Kirby.

Beide starrten ihn an. »Ja?«

»Es ist sehr langweilig und unbequem, so zu sitzen. Vielleicht gibt es ein Spiel, das man zu dritt spielen kann. Um einen Teil des Geldes.«

»Sie haben kein Geld«, stellte René fest. »Wir haben es genommen und aufgeteilt. Zwölfhundert.« Kirby fiel ein, daß sie den Rest unter Bonny Lees Matratze versteckt hatten.

»Ich könnte Ihnen einen Schuldschein auf das andere Geld geben.«

René blickte ihn verächtlich an. »Und der Boss würde den Schuldschein einlösen, Winter?«

»Sie nicht, aber ich.«

»Sie werden gar nichts machen.«

Jetzt kam der Augenblick der Wahrheit. Der Wäschestrick, der seine Arme fesselte, schnitt ihm ins Fleisch, und die Niederlage schien unausweichlich. Er lächelte die beiden Männer an. »Wundern Sie sich gar nicht, warum ich alles so ruhig hinnehme?«

René war leicht verunsichert. »Sie sind anders als die meisten Typen, die der Boss fertiggemacht hat. Ich habe erwartet, daß Sie mir ein Geschäft anbieten würden. Ich wäre zwar nicht darauf eingestiegen, aber ich möchte doch gern wissen, warum Sie es nicht tun.«

»Gib«, sagte Raoul.

»Halt den Mund! Sie haben keine Chance, Winter. Nach drei Tagen an Bord verkaufen Sie Ihre Schwester, wenn sie es von Ihnen verlangt. Sie kriegt von Ihnen alles, was sie will; dann behält sie Sie noch zum Vergnügen, oder sie läßt Sie fallen. Sie können überhaupt nichts dagegen tun.«

»Gib!« meldete sich Raoul wieder.

»Mrs. O'Rourke kann bestenfalls meine Partnerin werden.«

»Da wird sie vielleicht Augen machen!«

»Das erwarte ich. Ich habe alles auf Konten deponiert, die mit Photos und Daumenabdruck gesichert sind.«

René starrte ihn mißtrauisch an. »Daumenabdruck?«

»Es sind natürlich Nummernkonten, aber man kann nur persönlich darüber verfügen. Sechshundert verschiedene Konten in neun verschiedenen Ländern, alle zu den gleichen Bedingungen.«

René dachte eine Weile nach. »Und wie kommt man an das Geld, wenn Sie sterben?«

»Gar nicht. Wenn auf einem Konten fünf Jahre lang keine Bewegung stattgefunden hat, wird es automatisch geschlossen und der Betrag geht an die von mir bestimmte Person oder Organisation. Als Toter nütze ich also Ihrem Boss nichts, und sie kann nichts aus mir herauspressen, das ihr Zugang zu dem verschafft, was sie haben will.«

»Aber sie weiß das nicht?«

»Noch nicht. Sobald sie es erfährt, muß sie uns freundlich behandeln, mich, Miss Farnham und Miss Beaumont und sogar Miss Alden.«

»Was ist, wenn sie bisher nicht freundlich behandelt worden sind?«

»Dann verringert sich Mrs. O'Rourkes Anteil, als eine Art Strafe für ihre Habgier und ihre schlechten Manieren. Sie sehen also, mein Freund, daß ich gar nicht so schlecht fahren werde — vorausgesetzt, Mrs. O'Rourke ist eine logisch denkende Frau.«

René runzelte die Stirn. »Warum haben Sie dann bis jetzt so ein Theater mit ihr aufgeführt?«

»Warum soll ich mit jemandem teilen? Aber diese Runde hat sie gewonnen, und ich werde sie eben beteiligen. Es ist genug für alle da, würde ich sagen.«

René grinste wie ein Hund, der gähnt. »Die Hälfte von einem Siebenundzwanzigstel würde mir für den Rest meines Lebens reichen.«

»Um so viel würde ich nicht spielen. Aber Sie sehen jetzt wohl ein, daß ich meinen Einsatz bezahlen kann, falls ich verliere.«

»Sie hat gesagt, er soll gefesselt bleiben«, wandte Raoul ein. »Gib!«

»Er kann mitspielen, auch wenn er gefesselt ist.«

»Es gefällt mir nicht«, widersprach Raoul.

René wechselte in den derben Dialekt und erinnerte Raoul daran, daß sie sich wegen Kirby keine grauen Haare wachsen lassen mußten. Sie würden gegen den Fremden nur um Geld spielen und über ihre Gewinne und Verluste getrennt Buch führen. Dann würde sich weisen, wer die Biene zuerst haben sollte. Raoul zuckte zustimmend die Achseln.

René trat zu Kirby und hob ihn samt dem Stuhl hoch; es war eine erschreckende Demonstration von roher Kraft. Er stellte den Stuhl vor den Couchtisch. Mit einem raschen Schnitt seines Seemannsmessers durchtrennte er den Strick um Kirbys Arme. Er band Kirbys linken Arm an die Armlehne des Stuhls, legte eine Schlinge um Kirbys Hals und befestigte sie an der Rükkenlehne. Kirby war froh, daß er nicht mehr in der verkrampften Stellung sitzen mußte, hatte jedoch weniger gewonnen, als er angenommen hatte. Sein rechter Arm war frei, doch es würde ziemlich auffallen und schwierig werden und zu lang dauern, wenn er die rechte Hand in die Hosentasche steckte, um die Uhr zu betätigen. Aber selbst wenn es ihm gelang, wäre er in der roten Welt genauso hilflos. Er wußte mittlerweile genug über den veränderten Zustand der toten Materie in der roten Welt; der Strick würde zu einem steifen Kabel werden.

»Sie brauchen nur eine Hand frei«, erklärte René. Er legte zweihundert Dollar vor Kirby auf den Tisch. »Sie schulden mir zweihundert, Freund.«

»Wollen Sie es schriftlich?«

»Ich sorge dafür, daß Sie sich erinnern.«

»Schriftlich ist es mir lieber. Haben Sie ein Stück Papier? Ich habe eine einen Kugelschreiber.« Er schob die Hand mühsam in die schräge Tasche der geborgten Hose.

»Halt!« schrie René.

Kirbys Finger berührten die Aufziehwelle, er drückte sie nieder und drehte sie gleichzeitig. Die Welt war in dumpfes Rot getaucht. Sie waren in der stehengebliebenen Zeit gefangen und starrten ihn an. Er nahm die goldene Uhr aus der Tasche, legte sie auf den Tisch und versuchte die Knoten, die seinen linken Arm festhielten zu öffnen, aber er wußte, daß es vergeblich war. Er steckte in einer Sackgasse. Selbst wenn er an ein Messer herankam, gelang es ihm höchstwahrscheinlich nicht, den Strick durchzusägen. In dem subjektiven Raum, in dem die Zeit stillstand, waren die Dinge von einer widerspenstigen Zähigkeit. Der silberne Zeiger bewegte sich weiter. Die goldenen Zeiger standen reglos auf ein Viertel vor sechs.

Er mußte sich eine bessere Gelegenheit schaffen, hatte aber keine Ahnung, wie er es bewerkstelligen sollte. Die Uhr mußte für ihn leichter zu greifen sein, aber so, daß er dabei nicht das Mißtrauen der beiden weckte. Plötzlich kam ihm eine brauchbare Idee: Er steckte die Uhr unter seinen Schenkel, und zwar so, daß man die Kette nicht sah und die Aufziehwelle hervorlugte. Dann steckte er die rechte Hand in die Tasche, griff durch den Stoff hindurch nach der Aufzugswelle und drückte sie mit dem Mittelfinger nieder.

»Ich habe mich geirrt, ich habe keinen Kugelschreiber«, sagte er, zog die Hand langsam aus der Tasche und zeigte ihnen, daß sie leer war.

»Wir brauchen es nicht schriftlich. Hände weg von der Tasche!« warnte ihn René.

»Er hat nichts bei sich«, beruhigte ihn Raoul.

»Genau wie der Kerl mit der Rasierklinge im Hutband; der hat dich ganz schön zugerichtet«, erinnerte ihn René.

»Halt den Mund und gib!«

Sie einigten sich auf Stud Poker mit fünf Karten. Kirby hielt sich. Raoul verlor ständig. Er war der ewige Optimist, der darauf setzte, daß die letzte Karte die Rettung sein würde.

»Ihr Freund hat sehr viel Glück«, sagte Kirby zu Raoul.

»Geben!«

Kirby fuhr sich mit der Zunge über die Lippen und fügte hinzu:

»Und er hat sehr flinke Hände.«

Gespannt beugte sich Raoul zu René und sprach im Hafenfranzösisch auf ihn ein, aber so schnell, daß Kirby unmöglich folgen konnte. Kirby ließ die rechte Hand unbemerkt in die Nähe der Uhr sinken. Er hoffte auf eine kleine Veränderung, eine winzige Chance, aber er hatte keine Ahnung, was es sein würde. Raoul hatte seine Schnellfeuertirade beendet und knallte ein Messer auf den Tisch, aber außerhalb Kirbys Reichweite. Kirby hatte nicht gesehen, wie er es herausgenommen oder die Klinge geöffnet hatte.

René beteuerte seine Unschuld, und Kirby versetzte sie in düsteres Schweigen. Er dachte daran, was Bonny Lee über das Verhalten von sich bewegenden Objekten gesagt hatte. Er beugte sich soweit wie möglich vor. Die Schlinge grub sich schmerzhaft in seinen Hals. Er erreichte das Messer nicht, aber als er eine Spielkarte an einer Ecke faßte und den Arm ausstreckte, konnte er das Messer berühren. Er fuhr mit dem Kartenrand über das Messer und schob es millimeterweise zu sich. Von Zeit zu Zeit lehnte er sich zurück, um zu Atem zu kommen. Schließlich konnte er das Messer fassen. Er ließ die Karte los, und sie blieb in der Luft hängen. Jetzt zwängte er die Messerspitze unter den doppelten Strick, mit dem sein linker Arm an die Armlehne des Stuhls gefesselt war. Als es sich in der richtigen Position befand, zog er daran so fest er konnte. Am Strick war nichts zu sehen. Jetzt holte er sich die Uhr und hielt sie so zwischen den Fingern der linken Hand, daß er sie möglichst schnell betätigen konnte. Er drückte. Der silberne Zeiger sprang auf zwölf, und Kirby drehte die Aufziehwelle sofort wieder zurück. Die Wirklichkeit dauerte nur einen Augenblick. Ein lauter Wortfetzen von René war zu hören, und Kirby spürte einen Ruck am linken Arm. Jetzt stand das Messer einen halben Meter über seinem Kopf; das Seil war durchtrennt, und die Enden klafften ein wenig auseinander. Kirby bog sie zurück, befreite den linken Arm, legte die Uhr in den Schoß und vertrieb die Steifheit aus dem linken Arm. Er schob die Schlinge etwas vor, ließ sich in den Stuhl sinken und zog sie über den Kopf; seine geschwollene Nase bekam dabei wieder etwas ab. Er griff nach oben, holte sich das Messer und benutzte beim Strick oberhalb der Knie die gleiche Methode. Bevor er den Daumen auf die Aufziehwelle drückte, sah er sich René und Raoul an. Beide hatten sich zu ihm umgedreht, und ihre derben Gesichter zeigten ein erstes, schwaches Erstaunen.

Diesmal arbeitete er noch schneller; das Messer schwebte jetzt in Augenhöhe. Er bog das Seil zurück, stand auf und ging im Zimmer umher. Das wohlbekannte Trägheitsmoment der Kleider behinderte ihn, und er schlüpfte aus den Schuhen, weil er es leid war, sie herumzuschleppen. Links und rechts vom Kamin standen zwei schwere Tontöpfe. Die Pflanzen waren eingegangen und zu nackten Stengeln vertrocknet. Er hob die Töpfe nach und nach hoch, schätzte die beteiligten Kräfte und placierte sie etwa zwanzig Zentimeter oberhalb der Köpfe der beiden Männer.

Er konnte nicht plötzlich verschwunden sein, nicht wenn es zwei Zeugen gab. Er setzte sich also wieder auf seinen Stuhl, so daß sie ihn sehen konnten, und drückte auf die Aufziehwelle. Die abgelegten Schuhe fielen auf den Boden. Die Karte flatterte auf den Tisch. Das Messer bohrte sich tief in den Zedernbalken an der Decke. Die Töpfe krachten auf die dicken Schädel und zersprangen auf dem Fußboden. René sackte auf der Couch zusammen. Raoul kippte langsam nach vorn und prallte mit der Stirn auf den Couchtisch. Kirby überzeugte sich, daß beide atmeten, machte sich seine neue Erfahrung zunutze und fesselte sie genauso, wie sie ihn gefesselt hatten. Das helle Licht der wirklichen Zeit machte die Arbeit einfacher, weil die Dinge nicht so widerspenstig waren. Damit sie einander nicht befreiten, legte er jedem die raffinierte Schlinge um den Hals. Raouls Halsschlinge befestigte er am Eisengitter vor dem Kamin und Renés an einem kräftigen Haken unterhalb des Fensters an der gegenüberliegenden Wand.

Wilma hatte noch immer den zu großen Morgenmantel an und lag mit dem Gesicht nach unten quer über dem Bett; ihr Kopf hing über die Bettkante. Sie schnarchte laut und regelmäßig. Er rüttelte, klopfte und zwickte sie zehn Minuten lang und versuchte sogar, mit ihr zu gehen, konnte damit aber bestenfalls ihr Schnarchen kurzzeitig unterbrechen. Sie war eine schlaffe, warme Puppe mit baumelnden Gliedmaßen, und am meisten ärgerte ihn, daß sie zu lächeln schien.

Aber er mußte sie aus dem Haus schaffen, ob mit ihrer Hilfe oder ohne diese. Es gab schon mehr Geiseln, als er sich leisten konnte. Wilma bedeutete ihm nicht viel, aber er fühlte sich für sie verantwortlich. Er zog ihr den Morgenmantel aus, und als er sie anzog, bemühte er sich, sie nicht mehr als notwendig anzustarren. Im Vergleich zu Bonny Lee und dem Mädchen am Strand trug Wilma ausgesprochen praktische, undurchsichtige, strapazierfähige Unterwäsche. Ihr Körper entglitt ihm immer wieder; dann sank sie vornüber und begann wieder zu schnarchen.

Er wollte ihre zerrauften braunen Haare bürsten, aber nach ein paar Versuchen fand er schließlich in einer Lade einen hellen Schal, den er ihr um den Kopf band und unter dem Kinn verknotete. Jemand war auf ihre Brille getreten und hatte dabei die Fassung verbogen und die Gläser zermalmt. Das war kein sicherer Ort, aber im Augenblick fiel ihm nichts ein, wo er sich sicher gefühlt hätte. Auf alle Fälle brauchte er Geld.

René bewegte sich, als Kirby sich das Geld aus seinen Taschen holte. Er öffnete die trüben Augen, schüttelte den Kopf und zuckte zusammen.

»Wie, zum Teufel, haben Sie das gemacht?« fragte er leise.

»Ich wußte mir zu helfen.«

René schloß die Augen. »Das wissen Sie anscheinend immer, wenn es darauf ankommt.«

In Raouls Taschen fand Kirby den Rest des Geldes und die Schlüssel für den Leihwagen. Raoul schlief weiter. Kirby tastete nach seinem Puls. Er war kräftig und regelmäßig. Danach schob er mit dem Daumen Renés Augenlider hoch; die Augäpfel waren nach innen gerollt. Ob das medizinisch etwas zu bedeuten hatte?

Kirby legte sich Wilma über die linke Schulter und hielt mit dem Arm ihre Beine fest. Im Wohnzimmer meinte er plötzlich draußen ein Geräusch zu hören. Seine Hand fuhr in die Tasche; die Welt wurde rot, und er konnte eine rasche Erkundung wagen. Kirby kam unter Wilmas zusammengeklapptem Körper hervor und sah sich rund um das Haus um; alles war in Ordnung. Der Sunbeam stand in der Auffahrt. Die Schlüssel steckten. Wellerlys tropische Büsche verbargen ihn vor der Außenwelt. Gerade als Kirby die Wirklichkeit zurückbringen wollte, um das Auto aus dem Weg zu fahren, fiel ihm Wilma ein. Er lief hinein. Es wäre ein ungewöhnlicher, unangenehmer Sturz für ein schlafendes Mädchen gewesen! Er schob die Schulter unter ihre Mitte und kehrte in die reale Welt zurück.

»Mrs. O'Rourke wird das nicht gefallen«, sagte René.

»Ihr seid überrumpelt worden. Was hättet ihr tun sollen?«

»Ihr wird schon etwas einfallen.«

Er legte Wilma im Fond der gemieteten Limousine auf den Boden, fuhr mit dem Sunbeam um die Limousine herum und bekam so den Weg frei. Dann stieg er in den Mietwagen, setzte die Sonnenbrille und die Baseballmütze auf und fuhr los. Er fuhr auf der Route 1 etwa einen Kilometer schnell nach Osten und parkte beim ersten bequem gelegenen Motel.

Ein alter Mann saß in der Rezeption. Er hatte ein Zimmer im Erdgeschoß frei.

»Sie und Ihre Frau, ja?« Er spähte an Kirby vorbei. »Wo ist sie denn?«

»Sie schläft im Fond. Sie ist sehr müde.«

Kirby unterzeichnete die Anmeldung und zahlte bar für die Nacht. Er parkte unmittelbar vor dem Zimmer, schloß die Tür auf und hob Wilma heraus. Als er sie in den Armen hielt und sich umdrehte, stand der alte Mann hinter ihm. »Mein Gott, sie ist wirklich müde, Mister. Sie wird doch nicht krank sein?«

»Sie hat einen sehr tiefen Schlaf.«

»Ich möchte keine Scherereien. Das ist ein ordentliches Haus. Wo ist Ihr Gepäck, Mister?«

»Hinten.«

»Ich möchte nur Ihr Gepäck sehen.«

»Ich möchte sie zuerst hineintragen.«

»Legen Sie sie hin, denn wenn Sie kein Gepäck haben, kommt sie nicht in mein Motel.«

Kirby lehnte Wilma auf den Sitz. Er mußte zugeben, daß sie nicht vertrauenserweckend wirkte. Sie sah aus, als stünde sie unter Drogen. Was stimmte.

Er sperrte den Kofferraum auf, und als er den Deckel mit der linken Hand öffnete, entfloh er aus der normalen Zeit. In unmittelbarer Nähe lud ein Mann sein Gepäck aus dem Auto. Er hatte eine ganze Reihe Koffer auf den Parkplatz gestellt, um einen nach dem anderen hineinzutragen. Kirby holte sich zwei kleinere Gepäckstükke, schob sie zur Limousine und hob sie in den Kofferraum. Dann nahm er dieselbe Stellung ein wie zuvor und öffnete den Kofferraumdeckel ganz.

»Ich lege bei allen Gästen Wert auf Gepäck«, entschuldigte sich der alte Mann.

»Klar«, stimmte Kirby zu, und hob das Mädchen wieder hoch. Diesmal legte sie ihm die Arme um den Hals.

»Schlaaafen«, murmelte sie. »Muß noch schlaaafeen.«

Der alte Mann trug das Gepäck hinein. Kirby ließ Wilma auf das nächststehende Bett fallen, und sie begann sofort wieder zu schnarchen.

»Die schläft wirklich gut«, meinte der alte Mann.

Kaum war er gegangen, verwandelte Kirby die Welt in rote Stille und brachte die beiden kleinen Koffer zurück. Der Mann stand verwirrt vor seinen Gepäckstükken und zeigte mit dem Finger darauf; offenbar zählte er sie gerade. Kirby drückte sie hinter ihm auf den Boden und kehrte in sein Zimmer zurück.

Als er die Aufziehwelle niederdrückte, fiel die Tür zu. Er zog Wilma die Schuhe aus und schrieb eine kurze

Nachricht für sie. »Sie sind hier in Sicherheit. Ich komme zurück, sobald ich kann. Bleiben Sie im Zimmer und telefonieren Sie auf keinen Fall. Legen Sie die Kette vor die Tür. Ich klopfe fünfmal — Pause — und dreimal schnell.«

Er nahm den Zimmerschlüssel mit und vergewisserte sich, daß die Tür versperrt war. Vor einer öffentlichen Telephonzelle auf dem Parkplatz eines Einkaufszentrums blieb er stehen, rief die Polizei an, deren Nummer auf der ersten Seite des Telephonbuchs stand, und meldete, daß es sich so anhöre, als wolle jemand die Hintertür bei den Wellerlys, 210 Sunset Way, eintreten. Aber die Wellerlys waren doch verreist. Bei der ersten Frage legte er auf.

Er fuhr nach Süden Richtung Miami. Es war ein Viertel vor sieben, und er hatte das Gefühl, daß er zuviel Zeit verschwendete. Wenn er Zeit in der wirklichen Welt verbrachte, bekam er Schuldgefühle. Denn sobald die Welt rot war, hielt die Zeit an, und Bonny Lee konnte nichts Böses geschehen, falls sie in Schwierigkeiten steckte. Wenn er zu Fuß ging, dann konnte er die Zeit anhalten, aber er mußte auch an seine Kräfte denken. Die Sonne ging bald unter. Er konnte es sich nicht leisten, daß der Tag zu Ende ging, da er bezweifelte, daß er gut genug sehen würde, wenn die Welt dunkel *und* rot war.

In seiner Eile verschätzte er sich. Die Frau vor ihm gab Gas, als wolle sie noch über eine Kreuzung fahren, bevor die Ampel auf Rot schaltete, überlegte es sich anders und stieg auf die Bremse. Er krachte mit dem Mietwagen in ihren pflaumengrauen Continental. Metall splitterte und Reifen quietschten. Er blieb benommen sitzen, während sie schreiend aus dem Auto stürzte; ihr Gesicht war vor Zorn rot und häßlich. Seine Tür war aufgesprungen, und von rechts näherte sich ein Polizist.

Kirby griff nach der Uhr und machte dem Lärm und dem Getue ein Ende. Er mußte sich zusammenreißen und sich daran erinnern, daß er sich in der roten Welt nicht beeilen mußte. Der Auffahrunfall hatte sich auf der mittleren Fahrspur der dreispurigen Straße nach Süden ereignete. Links und rechts von ihnen hatten Autos angehalten. Er stieg aus und inspizierte die anderen Wagen. Das erste Auto in der linken Spur war ein Coupé. Der Mann hinter dem Steuer war klein, und das kam ihm gelegen. Seine Fingerspitzen lagen auf dem Lenkrad, und er beobachtete den Unfall und die Frau, die mitten im Schreien erstarrt war. Kirby kletterte in das Auto, stemmte den kleinen Mann hoch, zog ihn unter dem Lenkrad hervor und schob ihn aus dem Auto. Er stieg aus, packte den Mann an den Knöcheln und zog ihn zum Mietauto. Mit zunehmender Erfahrung wurde es immer weniger anstrengend. Er setzte den Mann hinter das Lenkrad; seine Fingerspitzen lagen auf dem Steuer, und er sah immer noch über die rechte Schulter nach hinten. Je größer die Verwirrung, desto besser war es für Kirby. Er setzte dem kleinen Mann die Baseballmütze auf und zwängte sich dessen Tweedhut auf den Kopf. Zu guter Letzt nahm er dem Polizisten den Dienstrevolver ab, legte ihn der zornigen Frau so in die Hand, daß sie damit in die Luft zielte, und drückte kräftig auf den Finger am Abzug. Er kletterte hinter das Lenkrad des Cabrios, behielt die kleine Gruppe im Auge und schaltete die Stadt wieder ein. Die Frau feuerte in die Luft, riß die Hand zurück und starrte sie erstaunt an. Als der Schuß losging, begann der Polizist zu laufen und griff zum leeren Pistolenhalfter. Der Kopf des kleinen Mannes fuhr herum, und er blickte ungläubig auf das eingedrückte Auto, den Polizisten und die Frau mit der Pistole. Er sprang aus dem Auto und rannte davon. Die Ampel schaltete auf Grün und Kirby fuhr los. Die Sache würde wahrscheinlich nie ganz aufgeklärt werden.

Sobald er so nahe beim Bootshafen war, daß er ihn zu Fuß erreichen konnte, hielt er am Straßenrand an und hielt nun auch den letzten schrägen Sonnenstrahl an. Er steckte die Schuhe unter das Hemd, nahm die dunkle Brille ab und machte sich auf den Weg zum Bootshafen. Die schweigenden rosa Menschen waren steif und unwirklich und erinnerten ihn an einen versteinerten Obstgarten. In der Eile streifte er manchmal jemanden. Ein Mann zündete sich gerade eine Pfeife an. Die Flamme sah aus, als wäre sie aus rosa Messing. Eine Frau blies Zigarettenrauch aus dem Mund, der unbeweglich wie eine halbdurchsichtige Plastikwolke in der Luft stand.

Er betrat das Gelände des Bootshafens und ging zum Hauptdock. Die kleinen Wellen in der Bucht sahen im roten Schein der untergehenden Sonne wie aus Blei gegossen, geölt und poliert aus.

Die *Glorianna* lag am Ende des T; sie war nicht ganz so groß, wie er erwartet hatte; ungefähr fünfundzwanzig Meter lang. Ein Glatzkopf mit Schnurrbart stand am Bug und sah zur Stadt hinüber; er war gerade dabei, ein schweres Tau aufzurollen. Die *Glorianna* hatte viel Kabinenraum, aber nur wenig Deckfläche und wirkte daher nicht sehr elegant. Doch sie war breit und besaß genügend Freibord, um ein seetüchtiges Schiff zu sein. Er ging über die Gangway an Deck. Es war ein helles, ordentliches Schiff, makellos, luxuriös und bequem. Das Deck war leer. Luken und Türen waren geschlossen; vermutlich war das Schiff klimatisiert. Er wollte sich Zutritt verschaffen, aber in der roten Welt hatte er gegen die ruhenden Dinge nur geringe Chancen. Er war wie eine Maus, die versuchte, einen Kühlschrank zu öffnen.

Er überlegte, auf welchem Weg er am wahrscheinlichsten zu den Kabinen gelangte, tauchte dann kurz aus der roten Welt auf, öffnete die Tür und zog sie halb auf.

Er ließ die Tür hinter sich offen und stieg ein paar steile Stufen hinunter in den schmalen Korridor zwischen den Kabinen auf der Steuerbord- und Backbordseite. Die Kapitänskabine befand sich wahrscheinlich vor ihm am Ende des Korridors. Die Tür stand ein wenig offen. Er stemmte die Schulter dagegen und konnte sie langsam weit genug aufdrücken, um sich hindurchzuzwängen. Charla stand mit dem Profil zu ihm im burgunderfarbenen Nebel; in der linken Hand hielt sie ein Glas, mit der rechten deutete sie auf Joseph. Sie trug ein loses, kurzes Kleid, und die glänzenden Haare fielen ihr auf die Schultern. Joseph lehnte mit verschränkten Armen an der getäfelten Wand neben dem Bett und sah sie skeptisch an. Er trug einen dunklen Anzug, ein weißes Hemd und eine gemusterte Krawatte.

Kirby sah sich Charla von der Nähe an. Wie hatte er vergessen können, wie perfekt ihr Teint und wie bemerkenswert und sinnlich ihr Gesicht war. Es brachte ihn leicht aus der Fassung. Er hatte geglaubt, daß Bonny Lee einen Schutzschild um ihn errichtet hatte und er immun für die ältere Frau war. Aber als er ihr jetzt so nahe war, wurden seine Knie weich und wackelig. Er mußte demonstrieren, daß er frei von ihr war und sie keine Macht mehr über ihn besaß. Daher grinste er sie höhnisch an, streichelte sie und sagte: »Hi, Liebste!« Die Vorstellung war nicht sehr überzeugend. Das höhnische Grinsen paßte nicht zu seinem Mund, die Worte klangen leblos und verklangen in einer dicken Schicht Isolierwolle, und ihre außerordentlichen Brüste fühlten sich wie Plastikkugeln hinter einem Drahtgitter an.

Er wollte sich gerade auf die Suche nach Bonny Lee und Betsy machen, da fiel ihm ein, daß er etwas erfahren konnte, wenn er sie belauschte. Wenn sie sich allein auf dem Boot befanden, hatten sie den Mädchen aller Wahrscheinlichkeit nach noch nichts angetan. Er suchte in der luxuriösen Kabine nach einem passenden Versteck. Auf einem weniger geräumigen Schiff hätte man den Platz unter dem Bett vermutlich als Stauraum verwendet. Aber hier war er leer und groß genug. Mit der Uhr in der Hand konnte er die Vorgänge jederzeit anhalten, sobald Gefahr drohte. Er zwängte sich unter das Bett und bog den Rand der herabhängenden Überdecke wieder herunter.

Kaum hatte er die Aufziehwelle der Uhr gedrückt, erklang ein Staccato Redeschwall in einer unverständlichen Sprache. Das Geräusch verstummte plötzlich. Sie sagte etwas, das wie eine Frage klang, durchquerte die Kabine und knallte die Tür zu. Dann fügte sie etwas in bestimmtem, befehlendem Ton hinzu.

Er antwortete unbewegt lässig und gleichgültig.

»Wenn ich sage, daß wir Englisch sprechen, Joseph, dann sprechen wir Englisch. Warum ging die Tür auf? René ist der einzige, der fließend Englisch spricht, und er ist an Land. Ich bin nur so weit gekommen, weil ich nie jemandem getraut habe.«

»Nicht einmal dir selbst«, sagte Joseph.

»In dieser Angelegenheit können wir nicht vorsichtig genug sein. Mach bitte keine schlechten Witze. Wir waren bei Krepps überaus vorsichtig, und haben mehrmals kläglich versagt. Ich muß das besitzen, was ihm zu solcher Macht verholfen hat, Joseph.«

Das Bett knarrte, als sich Joseph setzte. Kirby preßte die Wange auf den Teppich und blickte genau auf Charlas bloße Füße. Sie kamen näher und blieben vor Joseph stehen. Joseph sprach in ironischem Ton weiter. »Was erwartest du? Eine Maschine zum Gedankenlesen? Einen Mantel, der dich unsichtbar macht?«

»Er hat unsere Gedanken gelesen, Joseph, und unsere Pläne erraten. Er war ein Teufel. Und Winter besitzt es. Aber er ist kein solcher Mann wie der Alte. Jetzt können wir es uns holen, bevor er herausfindet, wie man damit richtig umgeht.«

»Was es auch sein mag. Falls er überhaupt weiß, was es ist.«

»Davon bin ich überzeugt. Ich habe dir erzählt, was er gesagt hat.«

»Könnte sein, daß er nur geblufft hat.«

»Es wird schön sein, wenn wir endlich sicher sein können, so oder so.«

Joseph seufzte hörbar. »Die Angelegenheit bleibt trotzdem äußerst delikat. Mir wäre viel wohler zumute, wenn das verdammte Mädchen nicht so schnell und klug gewesen wäre. Wenn sie zur Polizei geht, wird alles noch komplizierter.«

Charla lachte und setzte sich neben Joseph. Kirby hätte die Hand ausstrecken und ihre bloße Ferse berühren können. »Mädchen wie sie gehen nicht zur Polizei. Sie hat mich daran erinnert, wie ich vor langer Zeit war. Diese Idioten, die du angeheuert hast, waren natürlich keine Experten, aber selbst wenn sie gut gewesen wären, hätte sie trotzdem ...«

»Aber wie hat sie es angestellt?«

»Einer von ihnen hatte eine Wohnung. Er hielt es für sicher, sie dort unterzubringen, bis wir sie hierher schaffen oder sie zumindest so präparieren können, daß sie still und brav ist und ordentlich antwortet, wenn sie gefragt wird. Er hat mir von der Wohnung erzählt. Sie schien mir so weit geeignet zu sein. Es hätte mir eine Warnung sein sollen, wie sie René und Raoul entwischt ist, aber ich machte mir wegen ihrer tiefen Bewußtlosigkeit Sorgen um sie. Ich hielt ihr eine Zigarette an die Hand, und sie rührte sich nicht. Ich überlegte, was zu tun wäre, falls sie ernstlich verletzt war. Das Apartment, das uns zur Verfügung stand, liegt am Strand an einem Kanal. Wir parkten dahinter, wo uns niemand sah. Es würde also keine Fragen geben. Ich wies sie an, das Mädchen vorsichtig aus dem Auto zu heben. Plötzlich gab es eine richtige Explosion, ich fiel ziemlich unsanft hin, einer von deinen Idioten wälzte sich stöhnend auf dem Boden und hielt sich den Bauch, der andere konnte nichts sehen, weil ihm das Blut von der zerkratzten Stirn in die Augen rann. Das Mädchen lief davon. Nach fünfzehn Metern sprang sie über eine niedrige Mauer in den Kanal. Als ich bei der Mauer ankam, war sie schon fast um eine Kurve. Sie schwamm sehr schnell, und ich stand mit ihrer billigen Tasche und einem geprellten Hinterteil da. Nein, Joseph, die geht nicht zur Polizei. Sie weiß, wer Winter ist. Sie hat Geld gerochen, und wenn sie sich beruhigt hat, wird sie einen Weg finden, um an das Geld ranzukommen. Die Polizei würde ihr dabei nicht helfen. Ich weiß nicht, ob Winter sie schon lange kennt, aber in der steckt allerhand, was denkst du? Sie könnte uns mehr nützen als die armselige Betsy. Mit Winter als Köder geht sie uns vielleicht in die Falle. Ich habe ihre Adresse in der Tasche gefunden und deine Idioten hingeschickt, damit sie das Apartment beobachten und sie abfangen, falls sie dort auftaucht.«

»Und sie herbringen?«

»Natürlich nicht! Sie bringen sie zum Apartment am Strand und rufen uns an.«

»Und was ist, wenn sie ins Haus zurückkehrt?«

»René hat seine Anweisungen. Sie werden sie dort festhalten.«

»Dieses Land ist ermüdend, Charla«, stöhnte Joseph. »In jedem einigermaßen gut organisierten Land hätte man die ganze Angelegenheit ein paar Beamten übergeben, deren Preis für derartige Aktionen bekannt ist. Hier posaunen sie heikle Probleme lauthals über den Rundfunk aus und verbreiten sie in ihren ordinären Zeitungen. Jeder Idiot auf der Straße wird somit zu einem potentiellen Problem. Wir sollten nie versuchen, hier Geschäfte zu machen. Anderswo ist es immer besser gelaufen, vor allem in Spanien, wo uns Juan March bei der Organisation behilflich ist.«

»Jammere nicht, Liebling. Wir hatten keine Wahl. Jetzt haben wir Winter und die Farnham in Gewahrsam. Betsy wird keine Gelegenheit mehr haben, uns Schwierigkeiten zu machen, und falls wir das Beaumont-Mädchen nicht erwischen, wird ihr doch keiner glauben. Aber selbst wenn ihr einer glaubt, sind wir bis dahin längst über alle Berge. Wir haben massenhaft Zeit, alles herauszubekommen und uns zu überlegen, wie wir es uns zunutze machen. Glaub mir, alles wird genauso reibungslos verlaufen, wie es ursprünglich geplant war, bevor das Zeter-und-Mordio-Schreien begonnen hat. Kirby Winter war eine Weile recht beschwerlich, aber das ist vorüber.«

»Die Geschichte mit den Packkisten gefällt mir nicht«, murmelte Joseph.

»Wie sollen wir sie sonst an Bord bringen? Daniel wird um elf Uhr mit dem Lastwagen hinausfahren; kurz nach Mitternacht haben wir sie an Bord verstaut, während sie süß schlummern. Wenn die Polizei bei der Durchsuchung den Stauraum im Schiffsrumpf total übersehen hat, warum sollten ihn morgen die Leute vom Zoll entdecken? Wir zeigen ihnen die Packkisten mit den harmlosen Vorräten und beweisen damit, was in der Nacht an Bord geschafft wurde. Mein liebster Joseph, wenn diese beiden Unschuldsengel erwachen, dann werden sie auf hoher See in gemütlichen Betten liegen und nicht die geringste Ahnung haben, wie es geschehen ist und wohin wir sie bringen. Sobald wir die geschäftlichen Dingen einmal erledigt haben, könnten sich die Mannschaftsquartiere für Miss Farnham als lehrreich erweisen. Außer du denkst an einen anderen Zeitvertreib.«

»Ich fand ihren Anblick nicht so hinreißend, liebe Charla.«

»Sie ist ein temperamentloser, armer Teufel, noch dazu geschraubt und eingebildet. Außerdem ist sie jähzornig und hat ein angeborenes Talent zur Jungfräulichkeit; aber sie ist schlank und bewegt sich gut. Trotzdem bezweifle ich, daß du sie verführen kannst, auch nicht mit deinem Talent.«

»Soll das eine Herausforderung sein, meine Liebe?«

»Ich könnte dich herausfordern, aber es wäre ein Unternehmen ganz anderer Art.«

»Ich werde sie mir ansehen und mich danach entscheiden.«

»Wo bleibt dein Sinn für Abenteuer, Joseph?«

Leises Lachen und Rascheln war zu hören, Charlas Fersen flogen hoch und verschwanden. »Ich würde es anders sagen, meine Liebe«, sagte er mit gedämpfter Stimme. »Je älter ich werde, desto schwerer fällt es mir, mich mit weniger als dem Besten zufrieden zu geben.«

»Trotzdem hörst du nicht auf, Vergleiche anzustellen.«

»Nur um es uns beiden zu bestätigen. Du machst es genauso.«

»Wie bezaubernd! Einfach bezaubernd!«

Kirby brachte die Ereignisse über ihm sowie alle anderen gleichzeitig ablaufenden kulturellen Phänomene mit schweißnassen Fingern zum Stillstand und kroch unter dem Bett hervor. Charla hatte ihr Kleid ausgezogen. Sie hatte den Kopf zurückgeworfen, ihre Augen waren geschlossen und sie lächelte mit halbgeöffnetem Mund. Ihr Ausdruck ließ Josephs formellen Anzug höchst fehl am Platz erscheinen. Kirby ging zur Tür, drehte sich um und betrachtete sie nochmals. Ja, er konnte den Bruchteil einer Sekunde riskieren und die Tür öffnen, ohne daß sie es bemerkten. Es gelang, und wieder in das rote Licht getaucht, schob er die Tür weit genug auf, um hinauszuschlüpfen. Sobald er im Korridor war, stemmte er sich dagegen und schob sie wieder zu. Sie schnappte nicht ein, aber er hatte sie fast ganz geschlossen. Er benutzte ein paar Sekunden Wirklichkeit, um die Türen der übrigen vier Kabinen zu überprüfen. Drei Kabinen waren leer. Eine Tür war versperrt.

Kirby dachte nach. Angespannt wartete er fünf Minuten in realer Zeit, stets gefaßt, sie auszuschalten, falls jemand kam. Danach kehrte er ins Rot zurück. Die Tür zur Kapitänskabine war nicht ins Schloß gefallen. Er zog sie auf. Der Anzug lag nicht auf dem Boden, sondern mit peinlicher Genauigkeit über einen Stuhl gefaltet. Kirby warf erregt einen Blick auf das Bett und war damit von den letzten Resten der Charla-Besessenheit ein für allemal geheilt. Er hatte große Bedenken gehegt, ungesehen eine Szene zu beobachten, die so verworfen war, daß ihm dabei das Blut in den Adern gerann. Er hatte sich alles Mögliche vorgestellt, nicht aber billige Komödie: zwei Clowns, die einander mit bombastischen Blasen bearbeiteten, Harpo, der seinen Spazierstock als Hupe benütze, ein plumper Sturz auf das Hinterteil wie auf einem Standfoto aus einem Stummfilm der Keystone-Cops. Der tödliche Ernst der handelnden Personen machte das Ganze noch lächerlicher.

Während er die weiche Bleihülle manipulierte, die Josephs Straßenanzug war, wurde ihm klar, daß, entgegen herkömmlicher Meinungen, das Beobachten derartiger Aktivitäten viel weniger aufregend war als ein Schachturnier. Während er die Taschen nach Schlüsseln durchstöberte, wäre er beinahe in unbändiges Lachen ausgebrochen, wenn ihm nicht ein ernüchternder Gedanke gekommen wäre. Als er und Bonny Lee — hatte es auch ausgesehen wie ...

Mit sarkastischer Verzweiflung gestand er sich ein, daß es wahrscheinlich genauso war. Damit war er der menschlichen Rasse wieder um einen Schritt nähergekommen, diesen schwitzenden, lächerlichen, anmaßenden, sich selbst betrügenden, ehrgeizigen, in ihrer Sinnlichkeit gefangenen Menschen.

Die Schlüssel — es waren sechs — hingen an einem goldenen Ring. Er ließ sie in der Luft hängen, während er den Anzug ordentlich zusammenlegte und flachdrückte, indem er sich mit den Handflächen dagegenstemmte. Er nahm die Schlüssel, stieß die Tür auf und schloß sie wieder, ohne die bemerkenswert sportliche Charla und den vergnügungssüchtigen Joseph direkt anzusehen.

Es mußte ein kleiner Schlüssel sein; der zweite, den

er probierte, paßte. Er riß die Tür auf. Betsy starrte ihn verblüfft an. Sie hatte an der verschlossenen Luke gestanden und sich bemüht, durch das dicke Glas hinauszusehen. Die braunen Haare waren zerwühlt, das Gesicht war blaß und ungeschminkt. Sie trug einen hellen, orangefarbenen Overall aus Cordsamt mit kurzen Ärmeln, einem Reißverschluß und einer großen, silbernen Schnalle. Die Farbe stand ihr nicht und der Anzug paßte ihr nicht.

»Was in aller Welt ...?«

Er legte einen Finger auf die Lippen, schloß die Tür und wollte sie zusperren, als er den Bolzen entdeckte und ihn vorschob. Als er sie wieder ansah, versuchte sie ein Lächeln, aber aus ihren Augen strömten Tränen. Er nahm sie in die Arme. Sie zitterte, klammerte sich an ihn und weinte tonlos weiter. Ein schwacher, säuerlicher Geruch ging von ihr aus, und er fragte sich, ob Schmerz und Angst so rochen.

Endlich ließ sie ihn los, drehte sich um, taumelte zur tiefen Koje und ließ sich schwer darauf fallen. Vornüber gebeugt mit dem Kopf zwischen den Knien blieb sie sitzen. Ein paar Sekunden später richtete sie sich mit einem scheuen Lächeln auf. »Es tut mir leid. Ich wäre fast ohnmächtig geworden. Das passiert mir nie.« Sie verzog das Gesicht. »Es war wohl zu viel für mich. Sie — hat mir so wehgetan.«

Er setzte sich neben sie auf das Bett und sah sie halb von der Seite an. »Es war meine Schuld.«

»Nein«, widersprach sie tonlos. »Meine. Ich wollte schlau sein. Ich mußte alle Tricks versuchen. Ich habe geglaubt, ich könnte sie reinlegen. Nie hätte ich gedacht, daß sie mir wirklich — etwas antun würde. Als mir klar wurde, daß sie keine Hemmungen kannte, wollte ich schrecklich tapfer sein. Johanna auf dem Scheiterhaufen. Aber schon nach schändlich kurzer Zeit habe ich gebettelt und alles ausgeplaudert und alle verraten. Es tut mir leid, Kirby. Ich schäme mich so. Ich habe ihnen erzählt, wo sie Wilma und Sie finden können. Verzeihen Sie mir.«

»Sie hätten es sagen sollen, bevor sie Ihnen wehgetan hat.«

»Beim nächste Mal mache ich es auch. Dabei ist es so primitiv. Sie verwendet einfach eine elektrische Abmagerungsmaschine, befestigt die Kissen dort, wo man sie am wenigsten haben will, und jagt den Strom durch, bis man glaubt, daß einen die eigenen Muskeln zerreißen. Nachher ist nichts zu sehen. Sie ist ein Monster, Kirby. Wie sind Sie hergekommen? Wo sind die beiden?«

»Leise, Betsy. Sie sind in der Kapitänskabine am anderen Ende des Korridors. Alles wird gut werden.«

»Wilma hatte keine Ahnung. Sie ist furchtbar eingebildet und entsetzlich loyal, Kirby. Ihrer Meinung nach gibt es nichts, auf das es die beiden abgesehen haben könnten, es sei denn, sie hat es und weiß es nicht. Wo ist sie?«

»Für den Augenblick in Sicherheit. Sie war eine Zeitlang in der Gewalt von zwei Männern, die zur Mannschaft gehören, René und Raoul.«

»Ich kenne René. Raoul ist neu, glaube ich. René ist hart, schnell und kräftig und Charla total ergeben. Es hat mir nie gefallen, wie er mich angesehen hat.«

»Wir waren beide in ihrer Gewalt, in dem Haus, in dem Wilma war, aber wir — sind ihnen entkommen.«

Betsy sah ihn verblüfft an. »Sie sind ihnen entkommen und — sind an Bord und in diese Kabine gelangt? Das ist toll, Kirby! Vielleicht habe ich Sie unterschätzt.«

»Joseph und Charla wissen noch nicht, daß ich entkommen bin. Sie wollten mich und Wilma heute abend in Packkisten an Bord bringen.«

»Sind Sie sicher, daß Sie ihnen nicht die halbe Arbeit abgenommen haben?«

»Ziemlich. Ich glaube, daß alles gut wird. Ich habe — nämlich gefunden, worauf sie es abgesehen haben.«

»Wirklich?«

»Ich weiß zwar noch nicht, wie ich diesen verdammten Schwierigkeiten mit dem Gesetz beikommen werde, aber ich glaube, daß ich Sie von Bord bringen kann.«

»Was ist es? Ein Geck, mit dem man Gedanken manipuliert? Oder schmilzt es einfach große Löcher in Schiffswände?«

»Das klingt schon wieder wie die alte Betsy.«

»Ich bin aber trotzdem noch skeptisch. Zeigen Sie es mir.«

»Es hat — seine Grenzen. Ich weiß auch nicht, wie es funktioniert und vielleicht weiß ich auch noch nicht, was man alles damit anstellen kann. Aber ich werde es Ihnen zeigen. Vielleicht werden Sie Angst bekommen, Betsy, große Angst sogar, weil es jeder Logik widerspricht. Sie werden nicht hysterisch werden, wenn Sie sich fürchten?«

»Diesen Luxus kann ich mir nicht leisten, Kirby Winter.«

»Alles was zählt, sind die konkreten Ergebnisse.«

»Es hat also etwas mit der alten ...«

Er hielt den Lauf der Zeit an. Vielleicht sollte er sie lieber kleinweise daran gewöhnen? Aber dann hielt er sie für geistig stark genug, um damit fertigzuwerden. Er zog ihren steifen Körper langsam aus der Koje, schob ihn zu einem Stuhl, lehnte sich mit seinem ganzen Gewicht auf ihre Schenkel und drückte sie hinunter. Dann stellte er sich neben die Tür und ließ die Zeit wieder dort weiterlaufen, wo er sie angehalten hatte.

»... Uhr zu tun?« Sie zuckte überrascht zusammen, wurde totenbleich, schloß die Augen und öffnete sie wieder. »Ich hatte keine Ahnung, was kommen würde, ich schwöre es, aber das ist ...« Sie runzelte die Stirn. »War ich einen Moment lang ohnmächtig?«

»Es ist überhaupt keine Zeit vergangen, nur der Bruchteil von einer Sekunde.«

»Sie haben mich hierher gebracht, und jetzt stehen Sie dort drüben. Wie groß ist die Reichweite?«

»Sagen wir ungefähr so weit, wie ich einen Küchenherd tragen kann.«

»Sie haben mich getragen?«

»Mit größter Mühe.«

»Während die Zeit ausgesetzt hat?«

»Genau.«

»Sie könnten mich unbemerkt an jemandem vorübertragen?«

»Man würde Sie genausowenig bemerken, wie Sie es bemerken würden.«

Sie nickte langsam. »Ihr verehrter Onkel hatte die Nase vorn, das kann man sagen, mein Freund. Gegen seine Möglichkeiten sind die siebenundzwanzig Millionen, die Sie verschenkt haben, wie Zuckerwerk für Kinder. Warum hat er seine Möglichkeiten nicht dazu genützt, sich zum König über die Welt zu machen? Er hätte es geschafft. Wie in grauer Vorzeit ein Mann mit einem Gewehr.«

»Vielleicht hätte es ihn gelangweilt, König zu sein. Der Weihnachtsmann lag eher auf seiner Linie. Vielleicht hütete er sich auch davor, daß das, was er besaß, zu sehr auffiel, sonst wären womöglich andere den gleichen Weg gegangen.«

Wieder nickte sie. »Charla war davon überzeugt, daß es etwas gab, und sie suchte es.« Ihr nachdenklicher Ausdruck verschwand. Sie starrte ihn ängstlich an. »Eines ist gewiß, Kirby Winter. Meine Tante darf nie in den Besitz einer solchen Sache kommen. Niemals. Sie hat sich alle erdenklichen Sonderrechte erkauft, und sie setzt sie gnadenlos ein.«

Im Korridor erklangen plötzlich eilige Schritte, Stimmengemurmel und dumpfes Hämmern.

Über dem Bett zischten und klickten elektronische Schaltkreise, dann kam Charlas Stimme, und der Lautsprecher verstärkte die tiefen, schnurrenden Töne.

»Meine Lieben! Welches Glück, das ich diese Gegensprechanlage eingeschaltet ließ! Und wie froh bin ich, daß wir Geduld genug hatten zu lauschen. Der gute Joseph besaß sogar die Geistesgegenwart, nach den ersten Worten ein Tonband einzuschalten. Wir können es wieder abspielen, wenn uns noch Hinweise fehlen. Aber wahrscheinlich wissen wir genug. Wie hast du es ausgedrückt, meine Liebe? Eine Möglichkeit, die Zeit auszuschalten. Ich habe plötzlich meinen Respekt vor Omar Krepps verloren. Er hat mit diesen Möglichkeiten vergleichsweise nur sehr wenig unternommen. Solange ich spreche, kann ich euch natürlich nicht hören. Das Geräusch, das ihr gehört habt, war ein Balken, der zwischen eure Tür und die gegenüberliegende Wand des Korridors getrieben wurde. Euer Wunderding kann offenbar keine Gefängniswände schmelzen. Ich hoffe es jedenfalls. Wir haben euch zumindest in eine Sackgasse geführt, stimmt es? Das gibt allen Zeit zum Nachdenken.«

Kirby fröstelte, und er sah Betsy an. Ihre Augen waren geschlossen, und sie biß sich auf die blutleeren Lippen. »Ich habe es nicht gewußt«, flüsterte sie. »Wirklich nicht. Aber da ich sie kenne, hätte ich es mir denken können.«

Er ging zu ihr und legte seine Lippen an ihr Ohr. »Wir müssen sie nur dazu bringen, die Tür zu öffnen.«

»Es ist wirklich köstlich«, fuhr Charla fort. »Was wir gesucht haben, war diese alte goldene Uhr, die Sie mir gezeigt haben, Kirby. Das kleine Fernrohr ist eine charmante Draufgabe. Ich habe eher eine Formel erwartet, Berechnungen oder etwas in der Art. Aber das ist noch viel praktischer; ein tragbares, nützliches, unverfängliches Ding. Was hast du gesagt, Joseph? Entschuldigt mich einen Augenblick, meine Lieben.«

»Verdammte Hexe!« sagte Betsy deutlich.

Charlas Stimme kam wieder durch den versteckten Lautsprecher. »Joseph hatte einen sehr guten Einfall. Wir werden ein Loch in die Stahltür brennen, das gerade groß genug für die Uhr ist. Dann könnt ihr sie durchreichen. Andernfalls werden sich die Dinge für euch äußerst unerfreulich entwickeln.«

Als das Zischen der Verbindung aufhörte, sagte Kirby: »Bevor ich das tue, Charla, nehme ich die Uhr an der Kette und schmettere sie gegen die Stahltür, bis ich sicher bin, daß nur noch unbrauchbarer, nicht mehr zu identifizierender Schrott übrig ist.«

»Gönnst mir nicht, was du nicht haben kannst, was?«

»Genau.«

»Gut geblufft, Kirby.«

»Kein Bluff, Charla. Ich leide an einer chronischen Krankheit, die Verantwortungsbewußtsein heißt. Ich besitze Ehre. Bevor ich zulasse, daß du sie verwendest, zerstör ich sie lieber.«

»Ehrgefühl und Edelmut verwirren mich«, entgegnete Charla. »Ist das nicht traditionellerweise die Krankheit der Jugend? Bist du nicht etwas zu alt für so etwas, Kirby?«

»Bei mir hat sich die Jugend verzögert, Mrs. O'Rourke. Aber Sie können sich davon überzeugen, wenn Sie mir nicht glauben. Brennen Sie ein Loch in die Tür. Sobald sie durchstoßen, fange ich damit an, die Uhr zu zerschmettern.«

Keine Antwort, nicht einmal das leise Zischen war zu hören, das immer vor der Stimme durch den Lautsprecher gezittert war.

»Sie ist verunsichert«, flüsterte Betsy.

»Sie hat allen Grund dazu«, sagte Kirby laut. »Ich meine es ernst. Ich kann nicht hinaus, okay. Dann wird niemand die Uhr verwenden.«

Charla begann von Neuem. »Ich wäre schrecklich böse, Kirby.« In ihrer Stimme lag sanftes Bedauern. »Ihr beide müßtet unter unvorstellbaren Qualen sterben. Betsy müßte nämlich Ihr Heldentum teilen. Ebenso Miss Farnham, und Miss Beaumont. Sie tragen also eine schwere Verantwortung, lieber Kirby. Ich weiß, daß Sie das beunruhigen wird.«

Als das Zischen aufhörte, fragte Betsy mit dünner, zitternder Stimme. »Was geschieht, wenn er sie dir gibt, Charla?«

»Dann seid ihr frei, meine Liebe. Und bekommt ein großzügiges Geldgeschenk. Ich werde nicht kleinlich sein.«

Er flüsterte Betsy zu. »Sie wird nicht wollen, daß jemand weiß, was sie besitzt und es erzählen kann.« Betsy saß ganz still, dann nickte sie, als sie das Entsetzliche begriff.

Charla lachte leise. »Wenn ihr findet, daß das zu schön ist, um wahr zu sein, kann ich euch zumindest etwas Schnelles, Schmerzloses versprechen, daß ihr nicht einmal wißt, wie euch geschieht. Wir haben viel Zeit; denkt darüber nach, meine Lieben. Solang wir nicht um Zollabfertigung ansuchen, kommt niemand an Bord. Besprecht es also.«

»Charla?« rief Betsy. »Charla!«

Der Lautsprecher blieb stumm.

Kapitel 12

Betsy Alden lag in der Koje auf dem Rücken und starrte ausdruckslos vor sich hin, während Kirby Winter die Kabine durchstöberte. Sie war fünf Meter lang und dreieinhalb Meter breit. Eine Schiebetür trennte einen Alkoven ab, in dem eine Toilette, ein kleines Waschbecken aus rostfreiem Stahl und ein Arzneischränkchen untergebracht waren. Er prüfte die beiden geschlossenen Luken, doch sie waren als Fluchtweg zu klein, selbst wenn er etwas gefunden hätte, um das dikke Glas zu zertrümmern. Er entdeckte die Klimaanlage und die Entlüftung. Zweimal versetzte er sich in die rote Welt, in der die Zeit stillstand.

Eine Idee begann, Gestalt anzunehmen. Er setzte sich auf die Koje und meinte: »Ich glaube, ich habe etwas.«

»Es ist alles sinnlos«, antwortete Betsy teilnahmslos.

»Hören Sie zu.«

»Wir sind endgültig erledigt, Kirby.«

Er riß sie hoch und gab ihr eine Ohrfeige. »Verdammt noch mal, Betsy. Hören Sie wenigstens zu!«

Sie hörte zu. Sie hielt den Plan für verrückt, konnte aber mit nichts Besserem aufwarten, und sobald sie ihn akzeptiert hatte, half sie tatkräftig mit. Sie tauchten Decken in Wasser, bis sie triefend naß waren, und breiteten sie in einer Ecke aus. Sie half ihm, die restlichen Decken und Kissen sowie alles Brennbare vor der Tür aufzustapeln. Das Feuer ließ sich nur zögernd entfachen, doch als sie sicher waren, daß es wirklich brannte, krochen sie unter die tropfnassen Decken und hielten nasse Handtücher für die Gesichter bereit. Bald war die Kabine von dickem Rauch erfüllt.

Plötzlich tönte Charlas zornige Stimme durch den Lautsprecher. »Sehr klug, meine Lieben, aber es nützt euch nichts. Habt ihr den Abzug verstopft?«

Kaum war das Zischen verklungen, begann Kirby zu husten und tat so, als würde er verzweifelt nach Luft ringen. Die Möbel knackten, und er hoffte, daß sie es hörte. Er spürte die Hitze im Gesicht, und auf sein Zeichen stieß Betsy einen so überzeugend schmerzerfüllten Schrei aus, daß er einen Augenblick lang glaubte, das Feuer habe sie tatsächlich erreicht. »Hilfe!« schrie sie. »Helft mir! Laßt mich raus!« Sie schrie noch einmal und dann erstickte ihr Schrei abrupt in einem gurgelnden Geräusch.

Jetzt wurde es im Korridor unruhig. Kirby wußte, was als nächstes geschehen würde: Sie würden die Stahltür befühlen und die Hitze durchspüren. Die Dekken dampften bereits. Laute Rufe waren zu hören, es wurde gehämmert, und dann sprang die Tür, die er bereits entriegelt hatte, auf. Als er die Zeit anhielt, sah er durch den Qualm gerade noch, daß etwas auf ihn gerichtet war und hörte einen scharfen Knall. Die Flammen hielten inne. Der Dampf bewegte sich nicht. Die Hitze war verschwunden. Die Decken fühlten sich wie Platten aus Eichenholz an, und Kirby arbeitete sich darunter hervor. Joseph stand in der Tür, beinahe in der reglosen Flamme, und zielte mit einer langläufigen Pistole, aus deren Mündung eine starre, kleine Flammenzunge ragte. Kirby bückte sich unter die Rauchschwade und suchte die Luft zwischen ihm und der Pistolenmündung ab; das kleine Projektil schwebte auf halbem Weg in der Luft. Kirby bekam ein flaues Gefühl in der Magengrube. Das Geschoß war mit dreihundert Metern pro Sekunde unterwegs, zwei Meter weiter hätte es mich direkt ins Gesicht getroffen, dachte er. Wäre ich sieben Tausendstel einer Sekunde langsamer gewesen …

Plötzlich bemerkte er verblüfft, daß sich das Projektil

sichtbar bewegte. Er warf einen Blick auf die goldene Uhr: Er hatte noch etwas mehr als eine halbe Stunde. Die Kugel war der erste Gegenstand, der sich in der roten Welt bewegte. Er ging ganz nahe heran und bestimmte ihre Geschwindigkeit. Er zählte bis zehn und sie bewegte sich um etwa zweieinhalb Zentimeter weiter. Das war ein Hinweis auf das Verhältnis, in dem die beiden Welten zueinander standen. Zwei Minuten für dreißig Zentimeter. Das entsprach einem Verhältnis von zwei Minuten zu einer Tausendstel Sekunde. Eine ganze Stunde der roten Zeit entsprach demnach drei Hundertstelsekunden wirklicher Zeit. Er erwachte unvermittelt aus seiner grüblerischen Trance. Der Rauch fühlte sich im Gesicht wie Spinnweben aus Gummi an. Er brachte das Mädchen in eine günstige Höhe, bückte sich und zog Betsy unter dem Rauch an Joseph vorbei in den Korridor. Charla stand mit besorgtem Gesicht hinter der Tür. Er empfand ihr gegenüber weder Angst, noch Haß oder Zorn, sondern nur schreckliche Ungeduld und Gereiztheit. Er ließ die schwebende Betsy im Korridor, ging zurück, griff sich die Bleischnecke aus der Luft, trug sie in den Korridor und placierte sie vor Charlas kühler, honigfarbener Stirn. Er versetzte der Kugel einen kräftigen Stoß und ließ sie drei Zentimeter vor Charlas Stirn los. Er ging zu den Flammen zurück, bog Josephs goldbraunen Arm langsam nach oben, bis die Revolvermündung direkt unter seinem Kinn nach oben zielte; die geräuschlose blaue Flammenzunge war einen Zentimeter von seinem Unterkiefer entfernt. Er zog kräftig an Josephs Zeigefinger. Mit dem Mädchen im Schlepptau durchquerte er den Korridor bis zur Treppe, die zur Tür ins Cockpit führte. Die Tür war angelehnt. Kirby stieß sie auf, holte Betsy und zwängte sie in den Abend hinaus. Die Sonne war über dem Festland untergegangen, und sah aus wie unter Asche glosendes Feuer; die Sichtverhältnisse waren besser, als er befürchtet hatte.

Er taumelte vor Müdigkeit, als er sie über das Dock

zog und wußte nicht, wie lang er noch durchhalten würde. Er mußte einen sicheren Ort finden. Er verließ das Dock und lehnte Betsy im Dunkeln aufrecht gegen einen Baum. Er sah auf die goldene Uhr — ein paar Minuten hatte er noch. Sein Daumen lag auf der Aufziehwelle, die jetzt ein Abzug war. Die beiden verdienten den Tod. Aber Kirby hatte das seltsame Gefühl, daß es auch für ihn das Ende wäre, wenn er abdrückte. Warum sollte er ein Urteil fällen?

Trotz seiner Müdigkeit empfand er plötzlich groteske Freude und wilde Heiterkeit. Bonny Lee war frei. Wilma war in Sicherheit. Betsy war in Sicherheit. Die Welt war wieder in Ordnung, und nichts konnte ihn aufhalten. Er drehte sich um und rannte so schnell er konnte durch das blutrote Zwielicht zurück auf die Yacht. Das Bleigeschoß berührte ihre glatte Stirn. Er schob es fort und richtete es auf die Flammen. Er zog die Pistolenmündung von Josephs Kinn fort. Die rote Zeit lief ab, gerade als er zurücktrat. Die Pistole knallte, die Flammen knisterten, Charlas veränderter Gesichtsausdruck verriet ungeheure Bestürzung. Blitzschnell ließ er die Welt wieder rot werden, und die Flammen hielten inne. Kirby betrachtete die beiden, wie es sein Onkel früher getan haben mußte. Lächerliche Menschen. Eine leichte Beute. Ein Ärgernis von mäßigem Interesse in einer habgierigen Welt. Der Tod besaß zuviel Größe und Würde, und sie verdienten ihn nicht, noch nicht. Mit der Uhr konnte er Strafen verhängen, die angemessener waren. Aber im Augenblick war er zu erschöpft, um weiterzumachen. Er fand eine Kabine und legte sich hin, stellte die Uhr auf eine ganze Stunde, postierte einen schweren Aschenbecher ein paar Zentimeter über seiner Brust und schlief friedlich ein.

Er erwachte erfrischt, hielt die reale Zeit wieder an und machte sich daran, bezüglich Charla und Joseph etwas zu unternehmen. Er brachte Charla von Bord. Als er fast dort war, wo er Betsy gelassen hatte, gönnte er sich eine Atempause und sah nach ihr. Sie hatte sich drei Schritte von dem Baum entfernt und sah schrecklich verwirrt aus.

Charla war eine widerspenstige Last; er zog sie bis zur nächsten Kreuzung, blieb aber immer wieder stehen und sah sich nach etwas Passendem um. Auf der Kreuzung entdeckte er das Gesuchte. Ein großes, graues Lastauto der Marine wartete auf grünes Licht. Kirby warf einen Blick über die Bordwand. Ungefähr dreißig Männer saßen auf den Bänken entlang der Bordwände. Es waren keine Rekruten, sondern braungebrannte, entschlossene Berufssoldaten, die in einer ungewöhnlichen Situation nicht in Verlegenheit geraten würden.

Langsam und traurig schälte er die schwebende Charla aus ihrem kurzen Kleid. In seinen fiebrigen Träumen hatte er sich danach gesehnt, eben das zu tun; jetzt war es sinnlos geworden, denn er empfand nichts dabei. Bedauernd bewunderte er ihren exquisiten Körperbau und ihre schöne Haut. Er schob sie in eine handliche Position, schwang sich über die hintere Bordwand und zog sie nach. Er legte sie fünf Soldaten auf den Schoß, drückte sie fest hinunter und kletterte wieder aus dem Lastwagen. Es würden unvergeßliche Augenblicke für sie werden. Er betrachtete das Bild aus rotem Marmor, die gelangweilten Gesichter der Männer hatten noch keine Ahnung von der kostbaren Fracht. Wenn er ihre Reaktionen richtig einschätzte, dann würde sich zuerst eine gebräunte, haarige Hand entschlossen über ihren erschrockenen Mund legen.

Er hatte zwanzig Minuten gebraucht, um Charla loszuwerden. Jetzt holte er Joseph. Er war beschwerlicher zu transportieren, und es war auch viel schwieriger, eine Situation zu finden, an die er sich ebenso deutlich erinnern würde wie Charla an ihr Erwachen. Kirby schob und zog Joseph bis zur Kreuzung; dort ließ er ihn in der Luft hängen und erforschte eine nahe Cocktailbar. Es herrschte Hochbetrieb. Er durchquerte den Barraum;

hinter den Toiletten entdeckte er schließlich einen Lagerraum. Die Tür stand offen, und der Schlüssel steckte. Er kehrte in das Gewühl zurück, wählte drei Frauen aus, und zwar reifere ohne Ehering. Alle drei waren raffiniert aufgemacht und sahen erfahren und irgendwie giftig aus. Sie hatten Stil, ihr Kinn versprach Entschlossenheit, und die Verschleißspuren waren gut verborgen. Er zerrte eine nach der anderen nach hinten und setzte sie im Korridor vor dem Vorratsraum ab. Er zog sie in der Luft schwebend aus und schob sie in den kleinen, dunklen Raum. Allmählich kam er in Übung und überlegte, daß er sich als Schaufensterdekorateur bewerben könnte. Bei der dritten hielt er inne. Sie hatte eine wirklich erstaunliche Tätowierung.

Als er mit Joseph hereinstapfte, wurde die Zeit allmählich knapp. Er zog ihn rasch aus und drängte ihn zu seinen neuen Bekannten hinein; dann schloß er langsam die Tür. Ringsum schwebten Kleidungsstücke in der Luft. Kirby wollte den Schlüssel umdrehen, konnte es aber nicht. Doch die Zeit wahr ohnehin fast abgelaufen. Er stellte die normale Zeit wieder her, drehte den Schlüssel um, zog ihn ab und versetzte sich sofort wieder in genügend rote Zeit, um die Bar zu verlassen und zu Betsy zurückzukehren. Der zweite Druck auf die Aufziehwelle brach einen begonnenen Schrei ab. Die Kleider waren im Korridor zu Boden gefallen.

Er kehrte zu Betsy zurück, blieb außerhalb ihres Blickfeldes stehen und schaltete die reale Welt ein. Sie drehte sich um, sah ihn und schnappte nach Luft. »Daran — kann man sich nicht gewöhnen! Aber das verdammte Ding funktioniert.«

Er sah zur Kreuzung hinüber. Die Ampel schaltete um. Der Marine-Lastwagen setzte sich in Bewegung und fuhr durch die Dämmerung davon. In der anderen Richtung stiegen Rauchwolken gegen den dunklen Himmel auf und ferne Sirenen kamen näher.

»Es hat funktioniert«, sagte er.

»Wir wären um ein Haar ermordet oder gebraten worden, und Sie stehen hier und grinsen wie ein Idiot. Was ist mit Ihnen los?«

»Ermordet, gebraten oder erschossen.«

»Erschossen?«

»Den Teil haben Sie versäumt, liebe Betsy.«

Sie war abgespannt und sah ihn vorwurfsvoll an: »Sie haben mich an ihnen vorbeigetragen?«

»Genau.«

»Und sie blieben einfach stehen?«

»Wie Statuen.«

Sie kam näher. »Hätten Sie sie töten können?«

»Ja.«

»Und Sie haben es nicht getan?«

Ihr Mund war ausgesprochen häßlich. Sie befanden sich in einem kleinen Park, der sie vor dem Licht der Scheinwerfer und dem blauen Licht der Quecksilberdampflampen auf der Straße abschirmte. Ihr feuchter, fleckiger orangefarbener Overall roch nach Rauch. Ihre Haare waren zerzaust und das Gesicht war schmutzverschmiert.

»Um die Wahrheit zu sagen — ich hatte den gleichen Gedanken.«

»Sie Narr! Sie machen alles noch einmal, verstanden? Sie halten alles an, gehen zurück und töten sie. Wer könnte Ihnen je etwas nachweisen? Bringen Sie beide um. Die geben erst auf, wenn sie tot sind.«

Er betrachtete sie und erinnerte sich, wie nahe daran er gewesen war, genau das zu tun, was sie vorschlug. Nichts wäre wieder so gewesen wie vorher. Die Uhr, Bonny Lee, alles hätte sich verändert. Und ihm wäre etwas Kostbares abhanden gekommen: Durch die einzigartige Fähigkeit, die Zeit anzuhalten, konnte er die ironische Freude über sarkastischen Unfug genießen. Bonny Lee hatte das instinktiv begriffen. Ein Mord hätte die Uhr für immer zu einem feierlich ernsten, mit Schuld verknüpftem Gegenstand gemacht, denn der Besitzer der Uhr hatte es, ungeachtet jeder Provokation, nicht notwendig zu töten.

»Meine liebe Betsy, Charla und Joseph sind im Augenblick zu beschäftigt.«

»Beschäftigt!«

»Tante Charla befindet sich auf einer Spritztour und genießt den Abend, und Joseph schließt neue Bekanntschaften.«

»Sie benehmen sich, als wäre das alles nur ein Witz!« sagte sie wütend.

Auf dem Dock riefen Männer. Die Feuerwehrwagen trafen ein. Er nahm Betsy am Arm und führte sie weg, hielt sich aber stets im Schatten und auf der dunkleren Straßenseite. Als sie in ein Einkaufszentrum kamen, in dem ein Discountladen noch offen hatte, ließ er sie an einer dunklen Stelle zurück und begab sich in die erstarrte Stille des Ladens; er brauchte neue Kleider und achtete darauf, daß er die leichtesten Sandalen nahm, die zu finden waren. Er zog sich um, suchte für sie etwas aus, packte alles in einen leichten Koffer und zog ihn hinaus. Er war darauf bedacht gewesen, nichts zu nehmen, das jemand direkt ansah. Mit der Zeit gewöhnte er sich bei der Benutzung des Zeit-Stops an ethische Grundsätze. Ahnungslose durfte man nicht unnötigerweise erschrecken. Bei Charla und Joseph hatte er diesen Grundsatz verletzt. Die Matrosen waren die Ahnungslosen, aber er konnte sich nicht vorstellen, daß sie sich über die Herkunft des Geschenks den Kopf zerbrechen würden. Und in Cocktailbars gab es immer genügend subjektive Phänomene, um objektive Zauberei unbemerkt zu lassen.

Als er zu Betsy zurückkehrte, machte er sich nicht die Mühe, an der gleichen Stelle in der gleichen Haltung wieder aufzutauchen. Sie zuckte heftig zusammen. In einem kleinen Park öffnete er auf einer Bank den Koffer. Sie zog sich hinter einem Gebüsch das Baumwollkleid und die Orlon-Strickjacke an, die er für sie gebracht hatte, und stopfte Charlas durchnäßten Overall unter einen Busch. Bei einem Trinkbrunnen unter einer Straßenlampe hielt er ihr den mitgebrachten Spiegel; sie wischte sich den Schmutz aus dem Gesicht, bürstete die Haare und verwendete auch den gestohlenen Lippenstift.

Er wagte es, ein vorüberfahrendes Taxi anzuhalten. Einen Häuserblock vom Hotel Birdline entfernt stiegen sie aus. Kirby gab Betsy Geld, und sie nahm unter einem Namen, auf den sie sich geeinigt hatten, ein Zimmer. Er lungerte noch zehn Minuten im Dunkeln herum, dann hielt er die Zeit an und betrat das Hotel. Er sah im Hotelregister nach: Sie hatte Zimmer 303. Er stieg die Treppe hoch. Die Tür war wie vereinbart angelehnt. Als er unvermittelt vor ihr auftauchte, erschrak sie nicht mehr ganz so arg wie früher. Er schloß die Tür und sagte: »Es wird schon besser, Miss Betsy.«

»Wahrscheinlich bin ich nur zu müde, um zu reagieren. Wie ist die Welt, wenn Sie — das machen?«

»Vollkommen geräuschlos. Rotes Licht. Keinerlei Bewegung. Man hat das Gefühl, in einer Traumwelt zu sein.«

»Wirkt sie böse? Oder ist das eine dumme Frage?«

»Sie könnte zu etwas Bösem werden. Die Frage ist keineswegs dumm. Es kommt auf den Benutzer an. Ich glaube, die Charaktereigenschaften des Benutzers verstärken sich auf das Zehnfache. Es ist die absolute Freiheit, und man kann seine Phantasien verwirklichen. Wenn die Phantasien — krankhaft sind, dann wird man es krankhaft verwenden. Vielleicht verhält es sich bei jeder Art von Macht ähnlich. Ich habe noch nicht Zeit gehabt über die Zusammenhänge nachzudenken. Und jetzt ist auch nicht viel Zeit. Sie sind hier in Sicherheit, und ich muß ein Mädchen suchen.«

»Irgendein Mädchen?«

»Nein, nicht irgendeines.«

»Ihr Gesicht ist schmutzig.«

»Ich werde mich auf eine Dusche einladen.«

»Natürlich, lassen Sie sich nicht aufhalten.«

Er duschte und zog die gestohlenen Kleider wieder an. Er griff in die Tasche; die Uhr war verschwunden. Er rannte aus dem Bad. Sie saß zusammengekauert auf der Bettkante und hielt ihm die Uhr in der ausgestreckten Hand entgegen. In ihren Augen lag ein gehetzter Blick. »Ich habe mich nicht getraut«, flüsterte sie.

»Was wollten Sie tun?«

»Bitte, seien Sie nicht böse. Ich wollte es nur ausprobieren, aber ich konnte nicht. Vielleicht — hatte ich Angst vor meinen eigenen Phantasievorstellungen; sie sind nicht besonders schön.« Trotzig reckte sie das Kinn hoch. »Ich hätte sie umgebracht.«

»Ich weiß.«

»Aus vielerlei Gründen. Sie haben es nicht getan. Vielleicht steht Ihnen deshalb das Recht auf die Zauberkraft zu und mir nicht.«

»Sie waren vernünftig genug und haben es nicht ausprobiert. Das ist immerhin etwas.«

Sie stand seufzend auf, trat auf ihn zu und legte den Kopf an seine Brust. Er nahm sie in die Arme und küßte sie ohne Leidenschaft auf den Mund, den sie ihm entgegenhielt.

»Werden Sie zurückkommen?« wollte sie wissen.

»Ich weiß es nicht. Ich lasse auf alle Fälle Geld hier, falls ich es nicht schaffe. Ich werde zumindest anrufen.«

Ihre Augen wurden sanfter, mehr grau als grün. In ihrem dunkelblonden Haar hing noch ein schwacher Geruch nach Rauch. Ihr Rücken unter seinen Händen war fest und schmal. »Ich schulde Ihnen eine Menge«, sagte sie. »Sie sind ein wirklich prima Kerl. Wenn Sie einmal Verwendung für ein etwas neurotisches, aber sehr dankbares Mädchen haben und hierher zurückkommen wollen, dann tun Sie's.« Sie machte sich los. »Habe ich etwas besonders Lustiges gesagt?«

»Entschuldigen Sie, ich lache nicht über Sie, sondern über mich. Ich dachte gerade an die Nächte, die ich in diesem Palast der Freuden verbracht habe. Es kam mir wie eine Ironie vor. Sie sind sehr müde, Betsy, und sehr lieb und begehrenswert.«

»Allgemein begehrenswert. Nicht im Besonderen.«

»Nicht im Besonderen, tut mir leid.«

»Dann tut es mir auch leid, denn für mich ist es etwas Besonderes.« Sie seufzte und berührte lächelnd seine Wange. »Gehen Sie und suchen Sie Ihr Mädchen.«

Zwei Häuserblocks vom Hotel entfernt, stieß er auf eine Verkleidung, mit der er im nächtlichen Miami unsichtbar sein würde. Es war kurz nach neun Uhr. Der Mann, den Kirby bestahl, befand sich in einem Zustand, in dem er nicht mehr wahrnahm, daß er beraubt wurde. Kirby zog sich die Verkleidung an und betrachtete sein Spiegelbild in einem Schaufenster. Ein Melone, ein grellroter Spazierstock aus Plastik und ein großes, rundes Abzeichen mit Bändern, auf dem ›Eddie Beeler — Lubbock, Texas‹ stand. Er torkelte ein wenig, fingierte einen Schluckauf und nickte seinem Spiegelbild zufrieden zu.

Er winkte ein Taxi und ließ sich zu Rio's in Nord Miami fahren.

Der Fahrer meinte: »Wenn Sie Action suchen, dann sind Sie dort nicht richtig, Freund!«

»Bin mit Freunden verabredet.«

»Gut. Dann gehen Sie rein, holen die Freunde raus, und ich bringe Sie dorthin, wo was los ist.«

Sie fuhren los. Der Fahrer hatte die Nachrichten eingeschaltet. Kirby bat ihn, das Radio lauter zu drehen. »... beteiligten sich an der Suche nach Kirby Winter und Wilma Farnham, als die Polizei herausfand, daß eine Kiste mit Winters persönlichen Besitztümern auf die Yacht gebracht worden war. Der rasche Einsatz der lokalen Feuerwehr verhinderte größere Schäden auf der Luxusyacht. Das Feuer ließ auf versuchte Brandstiftung schließen. Zur fraglichen Zeit waren drei Mann der

Schiffsbesatzung an Bord, die aber kein Licht auf die Sache werfen können. Die Kabine wurde von der Schauspielerin Betsy Alden bewohnt, einer Nichte von Mrs. O'Rourke, aber bis jetzt gelang es der Polizei nicht, Miss Alden oder Mrs. O'Rourke zu finden. Während die Feuerwehr das Feuer unter Kontrolle brachte, wurde Joseph Locordolos, der Eigentümer der *Glorianna,* in einer nahe gelegenen Cocktailbar festgenommen. Locordolos hatte sich einigen Frauen aufgedrängt, die sich zur Wehr setzten, ihn verprügelten und arg zurichteten. Er war halb hysterisch, als man ihn wegen tätlichen Angriffs, Erregung öffentlichen Ärgernisses und obszönen Benehmens verhaftete. Er ist nicht vernehmungsfähig und konnte daher nicht über die zwei Frauen an Bord und die Ursache des Feuers befragt werden.

Eine weitere mysteriöse Geschichte betrifft die beiden anderen Mitglieder der Mannschaft der *Glorianna,* René Bichat und Raoul Feron. Sie wurden ebenfalls heute in Hallandale, im Haus von Professor Wellerly von der Florida Eastern University verhaftet. Ein anonymer Anrufer informierte die Polizei von Miami, die im zertrümmerten Wohnzimmer des beschädigten Hauses die beiden Matrosen fand. Sie waren an Händen und Füßen gefesselt und weigerten sich, ihre Anwesenheit im Haus zu erklären. Sie wurden in Gewahrsam genommen.

Beweisstücke aus dem Wellerly-Haus lassen vermuten, daß sich Wilma Farnham hier versteckt hatte. Professor Wellerly und seine Familie sind in Europa. Der Professor ist ein Freund von Roger Farnham, Miss Farnhams Bruder, der jedoch vorgibt, nichts über den Aufenthalt seiner Schwester zu wissen.

Ungeklärt ist, in welchem Zusammenhang der Sportwagen steht, der hinter dem Wellerly-Haus geparkt war. Das Auto ist auf den Namen von Bonny Lee Beaumont zugelassen, einer Nachtclub-Tänzerin, die im Großraum Miami arbeitet. Bis jetzt ist es der Polizei nicht gelungen, mit Miss Beaumont Verbindung aufzunehmen.

Man nimmt an, daß zwischen den Leuten an Bord der *Glorianna,* Kirby Winter und Wilma Farnham eine engere Verbindung bestand, als ursprünglich angenommen. Das Geheimnis um die veruntreuten Millionen aus der Verlassenschaft des verstorbenen Omar Krepps wird immer undurchdringlicher.«

Die Nachrichten waren zu Ende. Der Fahrer drehte das Radio leiser und fragte: »Warum, zum Teufel, machen sie so ein Theater? Dieser Winter hatte alles vorbereitet. Seine Freunde von der *Glory Annie* sollten ihn, seine Freundin und das Geld an Bord nehmen. Aber bei so viel Geld und so viel Wirbel will jeder einen größeren Anteil. Sie fangen an zu streiten und vermasseln die Geschichte für alle. Warum ist das so schwer zu begreifen?«

»Wo sind sie jetzt alle?«

»Wer weiß? In dieser Stadt gibt es Millionen Zimmer, die man für eine Nacht oder weniger haben kann, und unzählige Möglichkeiten, aus der Stadt rauszukommen; man kann sie nicht abriegeln, stimmt's? Bei dem Durcheinander hier kann man unmöglich jemanden finden. Es sieht so aus, als wäre die ganze Stadt närrisch geworden. Krawalle am Strand, verrückte Staus, überall wollen Leute Gespenster gesehen haben. Schuld daran hat die Luftfeuchtigkeit. Aber das gibt sich wieder, ist nur eine Frage der Zeit. Ich kenne das.«

Bei Rio's angelangt, sagte Kirby dem Fahrer, daß es keinen Sinn hatte zu warten. Das Gebäude war eine Mischung zwischen einer Pagode und dem Mount Vernon; das Ergebnis hatte man mit Brettern vernagelt und als Versuchsgelände für Neonröhren verwendet. Es stand in der Mitte eines asphaltierten Platzes, der halb voll mit Autos war. Ab und zu tauchte links aus der Finsternis ein kleiner blauer Neon-Wurm auf, lief über das Gebäude, wurde immer schneller, breiter und bunter, und wenn er am rechten Ende ankam, war er so hoch wie das Haus. Dann verwandelte er sich in einen riesigen weißen Wasserfall. In roten Buchstaben, die so groß waren, daß ein Lastwagen durch das O fahren konnte, erschien der Schriftzug RIO'S. Und sobald RIO'S grell in die Nacht leuchtete, blitzten der Reihe nach drei Reihen Flutlichter auf und beleuchteten drei zehn Meter hohe, aus Sperrholz geschnitzte Mädchen. Die erste war brünett und hieß Perry Meson. Die mittlere war Bonny Lee und die Dritte war eine Rothaarige mit dem entsetzlichen Namen Pooty-Tat O'Shaugnessy. Alle drei lächelten. Alle drei waren nackt, bis auf die strategischen Punkte, über die der Schriftzug ihres Namens lief. Sie waren gleich groß, standen Ellbogen an Ellbogen und die sechs Brüste standen wie Körbe nebeneinander aufgereiht. Sie waren gräßlich übertrieben und wirkten nicht erregend, sondern eher lächerlich. Kirby ärgerte sich über dieses eigentümliche Bild von seiner Geliebten, wie sich ein kleiner Jungen ärgert, wenn er feststellt, daß er seinen kandierten Apfel mit der ganzen Klasse teilen soll. Es war nur ein schwacher Trost, daß neben der unglaublichen Pooty-Tat die anderen beiden unreif wirkten. RIO'S erlosch, und die aus Holz geschnitzten Figuren verglommen. Einen Augenblick lang war das Gebäude in vollkommene Finsternis getaucht, dann erschien der kleine blaue Wurm aufs neue.

Als Kirby die schwere Tür aufzog, schlug ihm ein derartiger Lärm entgegen, daß es ihn fast umwarf. Er durchquerte das Foyer mit der Garderobe, ohne den komischen Hut oder den Stock abzulegen und betrat den verrauchten, dunklen Gastraum. Kellner hasteten an ihm vorüber und zwängten sich an den Tischen vorbei. Man mußte schreien, um den schrecklichen Lärm der Blaskapelle zu übertönen, wollte man sich verständigen. Die Band stand auf einer schmalen, freitragenden Fläche und spielte gerade eine schnelle Version von ›Smoke gets in your eyes‹, der sie einen schmetternden Twist-Rhythmus aufzwangen. Viele Gäste schrien im Rhythmus ›Go!‹ Am anderen Ende des Saals befand sich eine kleine erhöhte Bühne. Miss Pooty-Tat O'Shaugnessy stand in knallrosa Licht getaucht; sie trug nichts als ein verträumtes Lächeln, einen mit Pailletten besetzten Tanga und zwei kleine Seidenquasten. Sie hatte die Finger im Nacken verschränkt und wirkte vollkommen entspannt, aber die eine rote Quaste kreiste nach rechts und die andere nach links, und zwar genau im Takt zur schmetternden Musik.

»Gestatten«, knurrte ein Kellner gereizt und riß Kirby aus seiner Trance. Kirby trat an die überfüllte Bar und eroberte einen winzigen Platz zwischen zwei vierschrötigen Männern. Die Bedienung war schnell, der Drink klein, schwach und teuer. Als ihm der geplagte Barkeeper das Wechselgeld brachte, wollte Kirby von ihm wissen, wann Bonny Lee auftreten würde, aber noch ehe er die Frage vollendet hatte, war der Barkeeper schon wieder verschwunden. Mit dem letzten Schlag des letzten Takts machte Pooty-Tat noch einen letzten herausfordenden Ruck, und der rosarote Scheinwerfer erlosch.

»Die ist heute nicht da«, sagte einer der bulligen Männer.

»Probleme mit der Polizei, habe ich gehört«, fügte der andere hinzu.

»Wieso?« fragte der erste.

»Ihr Auto war in einen Bruch verwickelt, der schief gelaufen ist. Über das Kennzeichen sind sie auf Bonny Lee gekommen. Sie hätte aufs Revier sollen und behaupten, daß sie es hergeborgt hat. Sobald man verduftet, nageln sie dich regelmäßig wegen Beihilfe fest.«

Als der Barkeeper nach Kirbys leerem Glas griff, hielt ihn Kirby am Handgelenk fest und fragte: »Wie kann ich Bonny Lee erreichen?«

Der Mann riß sich los: »Versuchen Sie's mit einer Kleinanzeige, Freund!«

Kirby überlegte, was jetzt zu tun sei, da tippte ihn jemand auf die Schulter. Er drehte sich um und blickte in das müde Bulldoggengesicht eines alten Kellners. Der

Kellner ging weiter und gab Kirby mit einer Kopfbewegung zu verstehen, ihm zu folgen. Ein paar Meter von der Bar entfernt blieb er stehen.

»Wir spielen jetzt ein Spiel, o.k.? Ich sage einen Vornamen, und Sie sagen den Nachnamen, verstanden? Bernie?«

Kirby starrte ihn verständnislos an. Als der Kellner die Achseln zuckte und sich umdrehen wollte, sagte Kirby: »Sabbith?«

»Ein bißchen langsam, was? Kommen Sie mit mir.«

Kirby folgte ihm durch den Saal, dann durch einen Korridor, vorbei an der Küche zu einer Reihe von Türen. An eine davon klopfte der alte Mann. »Ja?« rief eine hohe, klare Stimme.

»Raymond. Ich habe jemanden mitgebracht; vielleicht ist er der, auf den du wartest.«

»Laß ihn rein, Schatz. Tausend Dank!«

Raymond öffnete die Tür und ließ Kirby eintreten. In dem kleinen Raum herrschte ein unglaubliches Durcheinander, und das Licht war grell und unangenehm. Pooty-Tat saß auf einer abgenutzten Couch und aß ein Steak-Sandwich. Neben ihr türmte sich ein Berg von Kleidern, Schachteln, Zeitschriften, leeren Colaflaschen, Taschenbüchern, Schallplatten und noch anderer Kram. Sie trug einen blauen Denim-Kittel.

»Setzen Sie sich«, begann sie. Der einzig freie Platz war die Bank vor dem Schminktisch. Sie hatte eine hohe Stimme, einen kühlen, präzisen englischen Akzent und sprach mit dem besonders klaren Tonfall, den englische Mädchen oft haben.

»So einen festlichen Aufzug habe ich eigentlich nicht erwartet, mein Schatz. Aber die kleine Narbe ist genau dort, wo sie sein soll, daher müssen Sie es wohl sein. Nehmen Sie den verrückten Hut ab, Mr. Winter.«

»Ist sie in Ordnung?«

»Nett, wie Sie das fragen. Klingt nach Angst und Sorge. Soviel ich weiß, geht es ihr ausgezeichnet.«

»Wo ist sie?«

»Eines nach dem anderen, Mr. Winter. Ich habe über Sie nachgedacht. Wir alle haben Bonny Lee sehr gern. Ihre Herkunft ist natürlich einfach, aber sie hat eine wunderbare natürliche Begabung. Manchmal läßt ihr Instinkt sie allerdings im Stich, und sie läßt sich mit irgendeinem schrecklichen Kerl ein. Dann tun wir unser Möglichstes.«

»Ich wüßte gern, wo ...«

»Sind Sie ganz sicher, Mr. Winter, daß Sie für Bonny Lee gut sind? Sie haben sie anscheinend in irgendwelche Schwierigkeiten verwickelt, und Sie haben im Augenblick mehr Grund zur Flucht als Bonny Lee. Ich weiß nicht viel darüber, aber haben Sie sich nicht mit einer Menge Geld aus dem Staub gemacht? Sehen Sie mich nicht so entsetzt an. Sie hat mein volles Vertrauen, und ich habe das ihre. Ich würde Sie nie verraten.«

»Ich wollte sie nicht in Schwierigkeiten oder in Gefahr bringen.«

»Sie machen wirklich einen harmlosen Eindruck. Sie sehen so seriös aus. Ich war gerade aufgestanden, als sie mich anrief. Ich mußte rasch hinunter an den Strand und sie abholen. Sie hatte sich Geld zum Telefonieren geschnorrt und saß triefend naß in einem Drugstore und hatte alle Hände voll zu tun, einen aufdringlichen Verkäufer loszuwerden. Aber sie hat sich nicht einmal die Zeit genommen, sich umzuziehen. Sie war ganz verrückt vor Sorge um Sie. Ich konnte ihr nicht schnell genug fahren. Wir fuhren zum Fitness Center und holten drei Freunde von mir ab. Ich habe nämlich einen lächerlichen Hang für muskulöse Männer. Sie sind alle dumm wie die Nacht und sexuell nicht sehr unternehmungslustig, aber wenn eine Rauferei zu befürchten ist, sind sie manchmal nützlich. Wir sausten also nach Hallandale. Bonny Lee wetzte unruhig zum Sprung bereit herum und schimpfte, aber dort war dann alles voller Polizei. Wir parkten einen Häuserblock weiter unten, und ich schickte den klügsten der drei Hornochsen los, damit er herausfindet, wie es steht. Keine Spur von Ihnen, sagte er, oder von dem Mädchen, von dem Bonny Lee erzählt hatte. Nur zwei verbitterte, mürrische Kerle, ziemlich primitive Typen offensichtlich, die zu einem Polizeiauto gebracht wurden. Wir haben unsere drei Freunde in ihr Muskelstudio zurückgebracht, und Bonny Lee überlegte, was sie wegen ihres armen, kleinen, verlassenen Autos unternehmen sollte, das noch in Hallandale stand. Um Sie machte sie sich keine Sorgen mehr. Etwas hat sie königlich amüsiert, aber sie hat mir nicht verraten, was es war. Ich brachte sie zu dem schrecklichen Schlupfwinkel bei den unermüdlichen alten Damen, da kauerte sie sich plötzlich hin und zischt mich an, sofort weiterzufahren. Die beiden unerfreulichen Typen, denen sie entkommen war, indem sie in einen Kanal sprang, parkten in ihrer Straße. Sie wollte unbedingt meine Freunde noch einmal holen, damit sie den beiden einen Denkzettel verpassen. Aber ich hatte genug und wollte nicht länger hin- und hersausen. Ich wurde ein bißchen böse und brachte sie in meine Wohnung. Dort zog sie endlich die feuchten Kleider aus und wusch das Salz aus den Haaren.«

»Ist sie jetzt dort?«

»Sie sind mir aber ein Ungeduldiger! Sie wollte zur Arbeit kommen, aber wir hörten im Radio, daß sich die Polizei für sie interessierte. Zuerst wollte sie sich stellen und alles erklären, aber je mehr sie darüber nachdachte, wie sie die Dinge erklären sollte, desto weniger wollte sie es versuchen. Und falls man sie zum Verhör dort behielt, befürchtete Bonny Lee, Sie könnten davon erfahren und etwas total Verrücktes tun und dorthin stürmen, um sie zu retten. Sie nahm offenbar an, daß Sie nach ihr suchen würden. Als ich das leicht in Frage stellte, wurde sie zornig. Sie hatte Angst, Sie würden zu ihrer Wohnung gehen, aber es gab keine Möglichkeit, Sie zu warnen. Wir haben besprochen, wie ich mit Ihnen Verbindung aufnehmen und Sie erkennen kann, falls Sie hierher kommen.«

Aus dem Lokal kam erst dumpfes Gebrüll und dann ein einstimmiger Aufschrei der Menge. Miss O'Shaugnessy legte den Kopf schief. »Die liebe Perry. Bei diesem Teil ihrer Nummer bekommt sie immer den gleichen Beifall. Das Kind ist unwahrscheinlich beweglich.«

»Ich möchte dringend Bonny Lee treffen.«

»Natürlich, ich weiß. Wenn Sie früher gekommen wären, hätte ich Sie auch sofort in meine Wohnung geschickt. Aber es ist nach elf Uhr, und um elf kommt ein guter Freund von mir; er wird ein Schläfchen machen und auf mich warten. Ein braungebrannter Pilot, ein wahrer Riese mit dem erstaunlichsten Muskelapparat, den ich je gesehen habe. Armheber, Triceps, Latissimus Dorsi und Trapezius sehen aus wie Wülste aus braunem, verwittertem Stein. Das arme Schaf besitzt gerade genug Reaktionsvermögen, um die vielen kleinen Knöpfe und Hebel zu betätigen und sein Flugzeug von einem Ort zum anderen und wieder zurück zu bringen. Wenn er lächelt, bekommt er entzückende Lachfalten. Aber wenn er Bonny Lee in meiner Wohnung fände, wäre das zu verwirrend für ihn. Es würde ihn aus der Fassung bringen, und er wüßte nicht, was er tun sollte. Wir haben also abgemacht, daß sie vor elf Uhr geht. Sie fährt mein kleines Auto und trägt meine Kleider; um Mitternacht wird sie in Bernie Sabbiths Apartment sein. Sie hofft, daß Sie dorthin kommen, aber falls nicht, möchte sie Bernie und seine Freunde um Hilfe bitten, um Sie aus den schauerlichen Schwierigkeiten zu retten, in die Sie beide geraten sind. Ich glaube allerdings, daß Bernie jede Situation nur noch mehr kompliziert, aber vielleicht ist das sogar nützlich. Sie haben also Zeit. Und Sie haben dieses Sandwich nicht aus den Augen gelassen.«

Sie ging in die Küche, und wenige Minuten nach ihrer Rückkehr brachte jemand ein Sandwich und Kaffee in die Garderobe.

»Macht ... äh ... macht Bonny Lee die gleiche Nummer wie Sie, Miss O'Shaugnessy?«

»Ich heiße Lizbeth, Schätzchen, Lizbeth Perkins. Sie sind etwas spießig? Was ist, wenn sie die gleiche Nummer abzieht? Ist sie dann nicht gut genug für Sie?«

»Ich wollte es nur wissen«, antwortete er unglücklich.

»Keine Angst, Schätzchen. Die Begabung, die man zum Strippen braucht, verhält sich umgekehrt proportional zu den übrigen Talenten. Ihr Schatz hat eine wunderbare Stimme und bewegt sich gut; und mit den Bongos wird sie immer besser. Die Bilder draußen haben Sie wahrscheinlich entsetzt. Bonny Lee war auch empört. Und wenn Sie genau hinschauen, dann werden Sie sehen, daß Perry und ich so sind, wie uns die Natur geschaffen hat, aber bei Bonny Lee hat irgendein geschickter Tropf mit dem Pinsel ihr kesses kleines Streifchen wegretuschiert. Sie hat sich jedoch nicht über die Blößen aufgeregt, sondern war auf ihre Position bedacht — sie ist Entertainerin und keine Stripperin. Ihr Männer seid gräßliche Geschöpfe, wirklich, voller verzopfter Skrupel. Ich kann nicht singen, und als Kind wurde ich für das Ballett ausgebildet, aber wer hat je von einer Primaballerina mit den Maßen 102 — 63 — 93 gehört? Die Kerle da draußen mit den offenen Mäulern begreifen nicht, wie viele aberhundert Stunden harter Arbeit es mich gekostet hat, bis ich die Fähigkeit beherrschte, meine Muskeln unabhängig voneinander und in beliebiger Folge einzeln zu bewegen. Diese Fähigkeit ist nicht unbedingt von historischer Bedeutung, Mr. Winter, aber die Leute haben ihre Freude daran, ich lebe gut davon und bleibe dabei erstaunlich gesund. Ist es verwerflicher, als einen kleinen Ball mit einer Keule so zu treffen, daß er möglichst weit fliegt? Du lieber Himmel, ich hoffe nur, Bonny Lee hat sich nicht in einen schäbigen kleinen Moralisten verliebt.«

»Ich wollte ja nicht ...«

»Schon gut, mein Lieber. Ich bringe Ihnen nur das

Nötige bei, damit Sie Bonny Lee richtig zu schätzen wissen. Sie ist ein liebes Kind, liebevoll, anständig und fröhlich. Genau daran müssen Sie sich freuen, so wie man sich am Sonnenschein freut und an Gärten. Wenn Sie versuchen, sie einzuengen oder aus ihr etwas zu machen, das Sie für passender halten, wird sie Ihnen wahrscheinlich das Herz brechen. Sie ist noch schrecklich jung. In mancher Hinsicht alt, in anderer jung. Vielleicht wird sie einmal berühmt werden, wenn Dummköpfe, wie Sie einer sind, ihr nicht das Gefühl geben, daß sie gewöhnlich ist und sie damit verunsichern.«

»Ich weiß, was Sie meinen.«

»Das hoffe ich, Schätzchen. Das habe ich angenommen, sonst hätte ich meine Zeit und meine Worte nicht an Sie verschwendet.«

»Ich bin, was Mädchen anbelangt, nicht — besonders gewandt, Lizbeth.«

»Um so besser. Gewandte Männer verfallen in langweilige Gewohnheiten. Zu allem Überfluß glauben sie dann noch, daß sie dem Mädchen einen riesigen Gefallen tun. Ich mag es, wenn ein Mann dankbar ist, und das sind nur verdammt wenige. Die besonders Raffinierten fühlen sich verpflichtet, ihre Fertigkeiten unter Beweis zu stellen und demonstrieren ein ganzes Arsenal von schmutzigen kleinen Tricks, die ihrer Meinung nach wilde Verzückung hervorrufen sollen. Ich habe es bis oben satt, wenn man mich mit einem Cello oder einem Sportwagen vergleicht. Ich bin eine ziemlich direkte Frau, Mr. Winter, und mir gefällt die Liebe am besten, wenn sie direkt und offen ist. Ich mag es zärtlich und so behaglich wie möglich. Machen Sie sich also keine Sorgen, wenn Sie nicht an Mädchen gewöhnt sind. Bonny Lee gefällt es vermutlich. Und grübeln Sie ja nicht über ihre bisherigen Affairen nach. Damit vergiften Sie Ihren Geist und verderben es für beide. Sie wird Ihnen absolut treu sein, so lange die Beziehung dauert, und mehr können Sie nicht erwarten oder erhoffen.«

Er trank den letzten Schluck Kaffee und stellte die Tasse weg. »Das ist alles sehr interessant. Sie sind eine ungewöhnliche Frau und können wahrscheinlich nichts dafür, daß Sie so verflucht abwehrend sind. Aber ich habe es allmählich satt, mir dauernd Vorträge von Frauen anzuhören. Ich habe es satt, daß man mir über den Kopf streicht und mir stückchenweise simplifizierte philosophische Theorien über das Leben und die Liebe beibringen will. Für mich ist die Welt vielschichtiger. Und mit Ihrer freundlichen Nachsicht, Lizbeth, werde ich auch in Zukunft meine spießigen, rührseligen und unvernünftigen Fehler machen, wie es mir beliebt. Ich habe einen sehr langen Tag hinter mir. Der menschliche Verstand kann einen solchen Tag weder mit dem Verstand noch mit den Gefühlen verarbeiten. Ich bin geistig und emotional am Ende meiner Kräfte. Ich will Ihr Recht, Muskeln spielen zu lassen, von denen ich noch nie gehört habe, weder bestreiten noch verteidigen. Ich möchte Sie auch nicht kategorisieren, also tun Sie mir bitte den gleichen Gefallen. Ich weiß Ihre Hilfe und Anteilnahme für Bonny Lee zu schätzen, aber meine Einstellung und meine Reaktionen sind meine persönliche Angelegenheit. Es tut mir leid, wenn ich Sie damit verärgert habe. Aber ich muß jetzt gehen.«

Sie sah ihn sehr nachdenklich an und nickte. »Da hat sie doch tatsächlich einen Fang gemacht! Wahrscheinlich haben Hut, Stock und Abzeichen meine Urteilsfähigkeit beeinflußt. Vielleicht kommen Sie eines Tages zurück, Mr. Winter. Falls Sie frei sind. Aber zuerst üben Sie ein wenig in Ihrem Fitness-Raum. Keine Predigten und keine Ratschläge mehr. Sie werden recht gut mit allem fertig. Ich kann Ihnen nur viel Glück wünschen.«

Sie streckte ihm die Hand entgegen. Es war eine kleine, rundliche Hand, aber in dem raschen Händedruck lag auch die Warnung, daß sie ihn mit einer mühelosen Drehung ihrer Hand wie ein Spielzeug über die Schulter werfen konnte.

Kapitel 13

In der Seitengasse bei Bernie Sabbiths Apartment parkten die Autos kreuz und quer. Als Kirby die Außentreppe hochstieg, hörte er schallendes Gelächter und das Splittern von Glas. Die Tür stand ein paar Zentimeter offen. Er klopfte, aber er begriff bald, daß ihn niemand hören konnte, stieß die Tür auf und trat ein.

Die raffinierten Lichteffekte waren eingeschaltet, und die große Musikanlage sorgte für gewaltige Wattleistungen, die aus den eingebauten Lautsprechern dröhnten. Auf einem Tisch hatte man eine Bar eingerichtet, und ein Mann in weißem Jacket mixte Drinks so schnell er konnte. Im ersten Moment glaubte Kirby, daß mindestens fünfzig Leute hier waren, bis er einsah, daß die Spiegel die Zahl verdoppelten.

Eine Gruppe junger Männer bot ein erstaunlich homogenes Bild: Sie waren alle dunkel, strahlend sauber, trugen dunkle schmale Anzüge, Strickkrawatten und weiße Hemden mit Button-Down-Kragen. Sie lächelten mit ironisch hochgezogenen Augenbrauen und hielten schwere Gläser mit Eis und dunklem Whisky in den Händen. Die anderen jungen Männer waren genauso jung, aber sie sahen aus, als hätte einer dem anderen die Haare geschnitten; ihre Kleider schienen von der Heilsarmee zu stammen, und gebadet wurde offenbar nur alle heiligen Zeiten.

Auch die Mädchen waren in zwei Gruppen geteilt — ein paar temperamentlose, verhungerte, hochmodisch gekleidete Geschöpfe, und ein Haufen lebhafter, urwüchsiger, lärmende Mädchen, die alles mögliche bunt zusammengewürfelt trugen. Ein dickes, kleines Mädchen in einem schäbigen roten Trikot stürzte ihm entgegen und stieß dabei Freudenschreie aus, die in dem allgemeinen Durcheinander untergingen.

»Lassen Sie mich raten!« schrie sie. »Sie sind ein Kongreßteilnehmer und heißen ... äh ... Eddie Beeler! Sie haben gehört, daß es Action gibt und sind mit sicherem Instinkt dem Lärm zum Urquell der Action gefolgt. Ich bin Gretchen Firethorn und werde Sie betreuen und Ihr Mentor sein, Eddi!«

»Welcher ist Bernie Sabbith, bitte?«

»Verdammt! Sie verderben alles!« rief sie. »Zu schade, daß Sie nicht einfach hereinspaziert sind! Der in der Khakihose und dem weißen Jacket ist Bernie. Nicht der Kleine, der die Drinks macht. Weiter drüben, der die Blonde an den Spiegel drückt.«

Kirby zögerte, und das dicke Mädchen ergriff mit einer schnellen Bewegung die Melone, den Spazierstock und das Abzeichen und eilte damit johlend davon. Er zwängte sich durch die Menge zu Sabbith, der auf die halb erdrückte Blondine einredete. Bernie war groß und schlaksig und schien nur aus Knochen und Gelenken zu bestehen.

Als es Kirby endlich gelang, Bernie auf sich aufmerksam zu machen, drehte sich dieser um, streckte ihm die Hand entgegen und sagte: »Ich freue mich, daß Sie es geschafft haben, mein Guter. Die Bar ist dort drüben. Ich freue mich, daß Sie gekommen sind.« Damit wandte er sich wieder der Blondine zu.

»Haben Sie Bonny Lee Beaumont gesehen?«

Bernie drehte sich wieder um. »Bonny Lee? Wo ist sie? Haben Sie sie mitgebracht?«

»Nein, ich suche sie.«

»Sie ist heute nicht hier. Dort drüben ist die Bar. Holen Sie sich einen ...«

»Sie sollte um Mitternacht kommen.«

Die Blondine glitt langsam zur Seite, Bernie packte sie und richtete sie wieder auf. »Ich würde mich gern einmal ausführlich mit Ihnen unterhalten, aber im Augenblick sind Sie mühsam. Noonan!« Einer der jungen Männer im dunklen Anzug tauchte neben ihnen auf. »Noonan, sei so nett und schaffe mir den redseligen Kerl hier vom Hals.«

Noonan führte Kirby sanft davon. »Mr. Sabbith ist im Augenblick beschäftigt. Von wo hat es Sie zu uns verschlagen, Sir? Handelskammer? Presse, Radio, Fernsehen, Künstler?«

»Ich soll hier ein Mädchen treffen.«

»Wenn man Ihnen das versprochen hat, dann sind Sie richtig. Bis auf einige Ausnahmen, die schon vergeben sind, kann ich Ihnen jedes Mitglied der fröhlichen Mannschaft auf unserem schmucken Schiff anbieten. Ich würde eine von den Vogelscheuchentypen vorschlagen; das sind die Arbeiter in unserem Weingarten, die hinter der Kamera stehen. Wenn Sie jedoch ein Model bevorzugen, würde ich Ihnen empfehlen, zwei zu nehmen. Die besitzen so geringe Energien, Sir, daß sie sie für den erhebenden Augenblick aufsparen, in dem sie das Produkt präsentieren.«

»Ich soll ein ganz bestimmtes Mädchen hier treffen!« Kirby versuchte, die Musik zu übertönen. »Ich kenne sie.« Als er eine hilflose Geste machte, drückte ihm jemand einen Drink in die Hand.

»Können Sie sich nicht erinnern, wie sie heißt?«

»Ich *weiß* ihren Namen!«

»Aber Sie wissen nicht, wie sie aussieht?«

»Sie wird *herkommen,* und ich warte auf sie!«

»Sie nehmen alles zu ernst, Sir. Heute ist *die* epochale Nacht in der kurzen, brillanten Geschichte von Parmalon.«

»Wovon?«

Noonan taumelte und griff sich ans Herz. »Tun Sie mir das nicht an! Parmalon! Sieben Farbnuancen, sieben Lotions, sieben geheime Ingredienzien, sieben zauberhafte Leben einer schönen Frau. Wir feiern hier den

Startschuß für zehn heiße Werbespots, bei denen die abgetakelten Hausfrauen in ganz Amerika zerfließen werden.« Er klopfte Kirby auf die Brust. »Wissen Sie überhaupt, wer Bernie Sabbith ist?«

»Ich denke schon.«

»Er ist das Herzblut der ganzen Sache. Ein leuchtender Fixstern am Himmel. Wir sind umgeben von seinen Getreuen, vor und hinter der Kamera. Geriebene Leute von Agenturen, hervorragende Techniker. Begabung, Schönheit, Würde und Habgier, alles hier vereint.« Er versetzte Kirby wieder einen Stoß. »Sabbith hat als Schreiberling begonnen. Wissen Sie, was er jetzt ist? Jetzt ist er der Autor und gleichzeitig der Regisseur *und* der Produzent, der für jeden Spot achtundzwanzig Riesen bekommt. Und das feiern wir, Freund! Heute dulden wir keine Förmlichkeiten und kein langweiliges Gejammer. Suchen Sie sich eine Maid, schnappen Sie sich ein Glas Wein und singen und tanzen Sie. Seien Sie einfach ausgelassen und ungezwungen. Was sind Sie von Beruf?«

Kirby sah ihm in die Augen. »Ich bin ein Philantrop.«

»Du lieber Himmel, also noch einer von einer Agentur?«

Glas splitterte. Ein spindeldürres Mädchen vollführte auf dem riesigen Bett eine komische Trampolinnummer und erntete spärlichen Applaus. Darauf folgte eine kubanische Platte aus einer Zeit, als die Kubaner noch fröhliche, flexible Menschen waren.

Eine Erscheinung schwebte auf Noonan und Kirby zu. Es war die junge Ingrid, eine jüngere Greta, eine jugendliche Marlene; schwermütig ließ sie sich treiben und machte einen leicht verwirrten Eindruck, so als wäre sie eben erst aufgewacht oder hätte eine saftige Ohrfeige bekommen. Sie hatte einen langen, weißen Hals, große, traurige, schräg gestellte, blaugraue Augen, schattenhaft hohle Wangen und spinnwebenzarte blonde Haare. Sie war den Tränen nahe, und ihre dunkle Stimme klang zutiefst traurig.

»Noony«, fragte sie, »hat er die Röcke gebracht?«

Noonan behandelte sie sanft, als wäre sie die einzige Überlebende einer unvorstellbaren Katastrophe. »Nein, Liebste, leider.«

»Hat er die Röcke nicht gebracht?«

Noonan strich ihr sanft über die schmale Schulter. »Die bringt jemand anderer. Mach dir keine Sorgen. Wie war doch gleich Ihr Name, Sir?«

»Eddie, Eddie Beeler.«

»Darf ich Sie mit Minta Burleigh bekanntmachen, Eddie? Minta, Liebste, zeig doch Eddie, was du machst, ja?«

Sie sah Noonan an, senkte den Blick zu Boden und auf ihre leeren Hände und sagte traurig. »Was soll ich dafür nehmen?« Noonan gab ihr sein Zigarettenetui. Sie drehte sich langsam um und sah Kirby an. Sie hielt das Zigarettenetui hoch, legte den Kopf schief und lächelte. Plötzlich bekam sie eine ganz besondere Ausstrahlung, sie schien aus einem Nebel aufzutauchen, und dabei ging ein Leuchten von ihr aus, das den Zuschauer überwältigte. »Für die siebente Schönheit«, sagte sie mit schwingender, ausdrucksvoller Altstimme: »Parmalon! In der juwelenbesetzten Schmuckschatulle, für die Frau, die schön sein will.« Ihre Lichter erloschen, wie auf einem Weihnachtsbaum, wenn der Strom abgeschaltet wird; teilnahmslos gab sie Noonan das Etui zurück.

»Sie macht sich Sorgen um ein paar Röcke«, erklärte Noonan. »Bei einer Aufnahme, in der sie auf die Kamera zugeht, gibt es Schwierigkeiten mit den passenden Farben.«

»Scheißröcke«, murmelte Minta.

»Sei nett zu Eddie, Liebste«, bat Noonan. »Ich muß Harry wieder beruhigen.«

Minta schwankte ein wenig und sah Kirby an. Sie

verdrehte kurz die riesigen Augen, dann streckte sie ihm die Hand mit nach oben gekehrtem Handgelenk entgegen, so daß Kirby lesen konnte, was jemand mit Kugelschreiber auf die zarte, blaugeäderte Haut geschrieben hatte. »Habe ich ihn abserviert?« fragte sie.

»Sultana. Sieben-zwanzig«, las er.

Sie schwankte auf ihn zu, hakte sich an seinem Gürtel fest und legte ihre weiche Wange an seine Brust. »Is schon gut«, seufzte sie. »Nicht die Haare zerraufen und den Mund nicht zerquetschen.«

Bonny Lee tauchte hinter Minta auf und sah Kirby seltsam an. »Unterhältst du dich gut?«

Kirby machte den sanften Versuch, Minta loszuwerden. Er hatte Angst, etwas zu zerbrechen oder auszurenken. »Ich habe auf dich gewartet«, erklärte er.

»Hast dir wohl die Zeit vertrieben, Liebster? Wo hast du denn diese Katastrophe her?«

Minta drehte sich schwankend um und sah Bonny Lee an. »Wo kommen die Bauern alle her?«

Bonny Lee hob langsam die geballte Faust. Da entdeckte Kirby einen der Männer im dunklen Anzug, der etwas abseits stand; er wiegte sich mit geschlossenen Augen im Takt zur lateinamerikanischen Musik. Kirby umfaßte Mintas schmale Taille, hob sie hoch und lehnte sie gegen den Mann mit den geschlossenen Augen. Sie war leicht wie ein Kind. Sofort hakte sie sich am Gürtel des anderen fest und legte ihre weiche Wange an seine Brust. Der Mann öffnete nicht einmal die Augen. Ein paar Sekunden später tanzten sie und bewegten sich langsam zu jedem vierten Takt der Musik.

»Genauso hat sie es bei mir gemacht, Bonny Lee«, sagte Kirby.

Sie sah ihn abschätzend an. »Natürlich. Für den Fall, daß ich nicht auftauche, was?«

»Es gibt so viel zu besprechen, Bonny Lee, wir wollen nicht mit einer Szene anfangen. Ich habe mir schreckliche Sorgen um dich gemacht. Ich muß dir erzählen, was geschehen ist, und wir müssen überlegen, wie es weitergehen soll.«

»Sieht aus, als hättest du schon eine Idee gehabt.« Sie sah sich um. »Mann o Mann, von dieser Gesellschaft können wir keine Hilfe erwarten. Die sind alle schon hinüber. Ich begrüße nur Bernie, dann verschwinden wir.«

»Ich sehe keinen Grund, warum du ihn begrüßen mußt.«

»Nicht?«

»Nein.«

»Du führst dich auf, frei wie ein Vogel, und ich soll nicht einmal ›Hallo‹ sagen, was?«

»Du hast eine falsche Vorstellung von dem Mädchen, Bonny Lee. Aber meine Vorstellung von Bernie Sabbith ist nicht falsch.«

Sie kam einen Schritt näher und sah ihn finster an. »Bernie ist ein Freund, derzeit nichts weiter als ein Freund, und ich begrüße meine Freunde.«

»Er wird aber nie mehr als ein Freund sein, verstanden?«

Sie war belustigt. »Hör dir das einmal an! Klar, Kirby. Auch in Zukunft nur ein Freund. Das gilt auch für dich. Freunde.«

Er sah ihr nach, als sie sich einen Weg durch das Durcheinander bahnte, bis sie neben Bernie stand. Kirby beobachtete finster, wie Bernie sie umarmte. Dann drehte er sich um und suchte das dicke Mädchen. Sie war unglücklich, weil er ihr Hut, Stock und Abzeichen wegnahm. Bonny Lee kam zu Kirby zurück, der bei der Tür wartete. Sie stolperte und legte den Arm um ihn. Er spürte ihre Hand in der Tasche der Cordsamtjacke. Plötzlich stand sie einen halben Meter weiter rechts und gab ihm fröhlich lächelnd die Uhr zurück.

In der Mitte des großen Raumes spielte Minta Burleigh plötzlich verrückt. Alle Blicke waren auf sie gerichtet; sie sprang herum, kreischte, drehte sich im Kreis und schlug mit den Armen um sich. In ihren slawischen Augen lag ein irrer Blick, und die Sehnen an ihrem blassen Hals traten hervor. Ihr Partner stand ihr im Weg und bekam einen Schlag auf das Kinn, daß er zur Seite taumelte. Als der Tanz verebbte, drängte Bonny Lee Kirby zur Tür. Die Tür schloß sich hinter ihnen, und der Lärm verstummte. Bonny Lee lachte, während sie die Treppe hinunterstiegen.

»Was hast du gemacht?« wollte er wissen.

»Ich habe ihr Höschen mit Eissplittern vollgestopft, Liebster. Es steckt doch noch Leben in ihr. Aber sie ist vielleicht dürr!«

Lizbeths Auto, ein englischer Ford, war am Ende der Einfahrt geparkt. Sie stiegen ein, und kaum daß die Türen zu waren, fiel ihm Bonny Lee mit einem leisen gurrenden Laut in die Arme. Sie überschwemmte ihn mit ihren warmen Küssen, und ihre kräftigen, runden Arme klammerten sich fest um seinen Hals. Schließlich brachte sie heraus: »Wieso habe ich dich so schrecklich vermißt! Dabei bist du ein richtiger Stadtvogel.«

»Was hat das damit zu tun, daß ...«

»Das Problem ist, daß du zu viel denkst. Bis du endlich mit dem Denken fertig bist, kann es schon zu spät sein. Ich konnte mir nicht vorstellen, wie du mich finden willst, aber du hast es schließlich doch bei Rios versucht. Wie gefällt dir Lizbeth? Hast du ihre Nummer gesehen?«

»Ja, ich ...«

»Und ich bin mit deiner Charla-Freundin herumgefahren. Die Frau ist hinterlistig wie eine Schlange. Ihre zwei Schlägertypen hätten mich beruhigen sollen, aber das haben die nicht geschafft. Mit dreizehn haben mich auf einem Zeltlager sieben ältere Jungen, die alle voll mit Fusel waren, in den Wald verfolgt. Jeder von ihnen war zweimal so stark wie die Kerle von Charla, die mich festhalten wollten. Zwei habe ich damals mit Steinen geschafft, einen habe ich in den Bach gestoßen, einen getreten, bis er gekreischt hat wie ein Mädchen, und den anderen bin ich einfach davongelaufen. Die haben sich das falsche Mädchen ausgesucht, genauso wie Charla. Kein Mann hat mich je gezwungen, und es wird auch nie einer schaffen.«

»Ich möchte dir sagen, daß ...«

»Wir werden deine Probleme eines nach dem anderen lösen. Ich habe dir heute abend eines vom Hals geschafft, nämlich den Kellner, den du niedergeschlagen hast.«

»Was?«

»Er hat mittlerweile die Anzeige gegen dich bei der Polizei zurückgezogen, und wenn er es noch nicht getan hat, dann habe ich dir hier ein Papier gebracht, Liebster.«

Beim Schein eines Streichholzes besah er sich das Papier. Darauf stand: »Der Mann, der mich niedergeschlagen und meine Kleider geraubt hat war klein, dick und glatzköpfig und war etwa sechzig Jahre alt. Ich habe gesagt, daß es Mr. Winter war, damit mein Name in die Zeitung kommt.« Es war vom Kellner und von zwei Zeugen unterschrieben.

»Wie bist du dazu gekommen?«

»Ich war bei Lizbeth und wurde unruhig. Als ich von dem Feuer hörte, habe ich gehofft, daß die zwei Typen nicht mehr vor meiner Wohnung warten und bin hin. Sie waren fort. Ich wollte meine eigenen Kleider, denn in Lizbeths Oberteilen ist Platz genug für mich und zwei Trommeln. Ich zog mich also um, holte Geld unter der Matratze hervor und ging ins Elise. Der Kellner und ich haben uns eine Weile unterhalten. Während ich so redete, hat er sich entschlossen, daß er sich lieber mit weniger abfinden und aus der Sache aussteigen möchte, bevor ihn womöglich jemand schwimmen läßt. Er nahm die fünfhundert. Seine Unterschrift ist ein bißchen wakkelig, aber sie ist gut genug, denke ich. Es war nur ein kleiner Gefallen für dich. Wenn ich mit den beiden gierigen Bullen reden könnte, dann möchte ich wetten, daß ich das auch hinkriege.«

»Langsam glaube ich es.«

»Als wir schließlich mit Lizas muskelbepackten Freunden bei dem kleinen rosa Haus waren, habe ich gewußt, daß du die goldene Uhr wiederhattest und mit ihrer Hilfe diese Wilma fortgebracht hast. Von da an habe ich mir nicht mehr so viele Sorgen um dich gemacht. Aber hättest du nicht mein Auto nehmen können? Dann hätten wir jetzt eine Sorge weniger. Du mußt mir alles erzählen, was geschehen ist, jede Kleinigkeit. Lasse ja nichts aus, denn du hast dich mit Wilma aus dem Staub gemacht, und jetzt ist Mitternacht vorbei. Zeit genug, um ein Boot anzuzünden und noch ganz andere Dinge zu tun.«

Sie saßen sich in dem kleinen Auto gegenüber und sahen einander an. Er hielt ihre Hände und erzählte ihr alles, was geschehen war. Als er zu der Situation mit Joseph und Charla kam und schilderte, wie er sie zurückgelassen und Betsy vom Boot getragen hatte, gruben sich ihre Finger in seine Hände. Als er dann erzählte, wie er seine Meinung geändert hatte und gerade noch rechtzeitig zurückgekommen war, lockerte sich ihr Griff wieder.

»Halte mich ein wenig fest«, bat sie leise. Er nahm sie in die Arme.

»Welchen Unterschied hätte es gemacht, wenn ich es nicht rechtzeitig geschafft hätte?«

»Für uns vielleicht keinen«, flüsterte sie. »Wir hätten einen Grund gefunden, warum die Entscheidung richtig war. Aber es wäre eine schmutzige Angelegenheit gewesen.«

»Ich habe auch das Gefühl, aber warum?«

»Warum es schmutzig gewesen wäre? Du hättest sie wie Ungeziefer zertreten. Menschen sind aber kein Ungeziefer. Nicht einmal diese zwei. Wenn du die Uhr zum Töten benutzt hättest, dann wäre ich nie mehr imstande gewesen, sie für einen lustigen Streich zu verwenden, wie zum Beispiel dem mit dem Eis, das ich dem dürren Mädchen dort oben hineingesteckt habe.«

Sie machte sich von ihm los. »Du behandelst die Uhr mit viel zu viel Ernst, Liebster. Es wird nicht lange dauern, und wir werden uns vor dem verdammten Ding verneigen. Dann hat die Uhr das Sagen und nicht wir. Zur Hölle mit einer Sache, die nicht auch für einen Spaß taugt.«

»Du meinst, ich sollte leichtfertiger damit umgehen?«

»Es würde dir guttun.«

»Was hätte ich mit Charla machen sollen? Was hättest du mit ihr getan?«

»Hmm. Ich würde der alten Ziege gern einen Schrekken einjagen und sie in Verlegenheit bringen.«

»Zum Beispiel sie ausziehen und in einen Lastwagen mit Matrosen stecken?«

Sie küßte ihn rasch. »Wenn dir einmal so etwas einfällt, dann bist du schon auf dem richtigen Weg.«

»Ich habe es gemacht.«

»Was?«

»Der Lastwagen ist mit ihr fortgefahren.«

Sie grölte vor Vergnügen, schlug ihm mit der Faust auf die Brust und lachte, bis ihr die Tränen kamen. Josephs unrühmliches Schicksal löste die gleiche Wirkung aus.

Plötzlich wurde sie ernst, und ihre Augen wurden schmal. Sie beugte sich im schwachen Schein der Straßenbeleuchtung zu ihm. »Wenn wir schon davon reden, wie du die fette, kleine Blondine ausgezogen hast — wie gut hast du dich mit Wilma und Betsy verstanden?«

»Ich habe dir doch gesagt, daß Wilma in dem Motel in Hallandale ist, und Betsy habe ich im Birdline zurückgelassen.«

»Du hast in der ganzen Stadt Mädchen versteckt, was?«

»Entweder man hat zuviel oder zuwenig.«

»Ich bin alles, was du brauchst, Yankee. Mit mir ist für dich alle Tage Sonntag. Wir werden uns daher *gemeinsam* um diese Mädchen kümmern. Zuerst gehen wir zu Wilma. Wir müssen uns vergewissern, daß sie bleiben, wo sie sind, und nicht herumspazieren und Unordnung stiften.«

»Und dann was?«

»Ich habe darüber nachgedacht«, antwortete sie leise.

»Wir können uns aus dem Staub machen, du und ich. Wir fahren ganz weit fort.«

»Und lassen ein solches Chaos zurück? Die Bullen würden nie aufgeben.«

»Was machen wir dann?«

»Dein alter Onkel hat dich in ein ordentliches Schlamassel gebracht. Vielleicht hatte er einen Grund dafür. Und vielleicht steht dieser Grund in dem Brief, den er dir hinterlassen hat.«

»Aber ich bekomme ihn erst in einem Jahr.«

»Vielleicht hat er für eine Möglichkeit gesorgt, durch die du ihn viel früher bekommst.«

Er begriff plötzlich, was sie meinte. »Natürlich!«

»Vielleicht wollte er, daß du schon früher in den Besitz des Briefes kommst, Kirby.«

Er zog sie an sich: »Du bist ein sehr kluges Mädchen, Bonny Lee Beaumont.«

Erst viel später machte sie den schwachen Versuch, sich zu befreien. »Zuerst müssen wir uns um deine anderen Frauen kümmern«, meinte sie bedauernd.

Kapitel 14

Mittwoch vormittag erhielt der junge Mr. Vitts von Wintermore, Stabile, Schamway und Mertz einen rätselhaften anonymen Anruf, der ihm den ganzen Vormittag nicht aus dem Kopf ging. Er wußte, daß es unsinnig war, aber er würde keine Ruhe finden, ehe er sich nicht vergewissert hatte, daß das ihm anvertraute Päckchen genau dort lag, wo er es aufgehoben hatte und wo es auch hingehörte. Um elf Uhr sagte er seine übrigen Termine ab und ging zur Bank. Er unterschrieb die Karte für den Safe, folgte einem Angestellten, betätigte seinen Teil des Doppelschlosses und begab sich mit der mit Japanlack überzogenen Metallschachtel in die Kabine.

Er öffnete den Deckel. Vor ihm lag das beschriftete Päckchen, das Mr. Wintermore ihm anvertraut hatte. Er kam sich wie ein Narr vor, daß er die Zeit verschwendet hatte und zur Bank gefahren war, nur um das Päckchen anzustarren, weil irgendein Verrückter ihm erzählt hatte, es sei verschwunden.

Und plötzlich war es verschwunden.

Er kniff die Augen zusammen, öffnete sie wieder und starrte in die Schachtel. Das Päckchen war fort. Mit zitternden Händen tastete er in der leeren Schachtel herum, ließ sich dann auf die kleine Bank fallen und schloß die Augen. Er war überarbeitet. Ein Mann, der seinen eigenen Sinnen nicht trauen konnte, durfte keine treuhänderische Verantwortung übernehmen. Er mußte sofort Mr. Wintermore beichten, daß das Krepps-Päckchen verschwunden war und er nicht die geringste Ahnung hatte, was damit geschehen war. Er würde um Urlaub bitten und mußte froh und glücklich sein, wenn man ihn nicht zwang, seinen Abschied zu nehmen.

Als er sich erhob, bewegte er sich wie ein ganz alter Mann. Das Päckchen lag wieder in der Schatulle. Er wich blitzartig davor zurück, wie vor einer Kobra. Er brauchte ein paar Augenblick, bis er den Mut hatte, es zu berühren und aus der Schatulle zu heben. Gewicht und Umfang kamen ihm zuerst verändert vor, und es sah aus, als wäre es neu versiegelt worden, aber dann zwang er sich logisch zu denken. Niemand konnte es berührt haben. Er war einer leichten Halluzination erlegen, die auf nervliche Anspannung und Überarbeitung zurückzuführen war. Es bestand kein Grund, Mr. Wintermore davon zu erzählen. Alles war in Ordnung. Er würde versuchen, in Zukunft etwas mehr auszuspannen, Bewegung zu machen und die Sonne zu genießen. Er legte die Schatulle in den Safe und begab sich in sein Büro; er atmete dabei bewußt tiefer als gewöhnlich.

Der größte Teil der Dokumente in dem Päckchen bestand aus einer detaillierten, bezeugten und notariell beglaubigten Aufstellung darüber, was mit den siebenundzwanzig Millionen geschehen war. Es wurde darin bestätigt, daß O.K. Devices ein vorwiegend auf Wohltätigkeit ausgerichtetes Unternehmen war. Da für das an OKD überwiesene Geld Steuern bezahlt worden waren, gab es keine Berechtigung für weitere Steuerforderungen.

Bonny Lee kniete hinter Kirby auf dem Bett und las über seiner Schulter mit, als er ihr Onkel Omars persönlichen Brief vorlas.

Mein lieber Neffe! Es ist durchaus möglich, daß Du diesen Brief nie begreifen wirst. Du wirst ihn als Beweis meiner Senilität ansehen, es sei denn, Du hast Es entdeckt und gelernt, Es zu gebrauchen, um schon vor der geplanten Zeit an diesen Brief zu gelangen — was Dir nicht schwer fallen dürfte.

Ich habe umfangreiche Vorsichtsmaßnahmen getroffen. Eine davon war mein Versuch, Deinen Verstand und Charakter zu formen, damit Du Es richtig einsetzen kannst. Ich hatte aber nie den Eindruck, daß Du in deiner Entwicklung soweit vorangekommen bist, daß ich Es Dir einfach überreichen konnte, da ich Dir damit die Welt und alles, was sie zu bieten hat, geöffnet hätte. Ich beschloß, es Dir schwer machen. Du solltest erst herausfinden, was dahintersteckt und was damit anzufangen ist. Das war die Feuerprobe, um jene Aspekte Deiner Persönlichkeit zu festigen, die meiner Meinung nach für dieses seltsame Vermächtnis noch zu wenig ausgeprägt waren.

Die anderen Vorsichtsmaßnahmen sind technischer Natur und so umfassend, daß Es nach meinem Tod höchstwahrscheinlich nie von jemandem benutzt werden wird. Die erste Version war äußerst unvollkommen. Sie verursachte beim Benutzer Übelkeit und funktionierte jeweils nur etwa drei Minuten. Im Lauf der Jahre habe ich den Mechanismus vereinfacht und perfektioniert. Ich habe alle technischen Aufzeichnungen, die sich darauf bezogen, vernichtet. Wenn Du herausgefunden hast, was dahintersteckt, brauchst Du nur zu wissen, daß es für immer versiegelt ist. Als Energiequelle dienen kosmische Strahlen, die es so rasch sammelt und speichert, daß es auch durch intensivsten Einsatz nicht beeinträchtigt wird. Sollte es jedoch fünfzig Tage lang nicht verwendet werden, übersteigt die gesammelte Energie das Speicherpotential und der im Grunde einfache Mechanismus schmilzt, so daß keine konstruktive Analyse mehr möglich ist. Das ist eine der Vorsichtsmaßnahmen. Falls jemand versucht, den versiegelten Mechanismus aufzubrechen, führt das zum gleichen Ergebnis. Und noch ein Letztes: Aufgrund der mikroskopischen Dimension der Herzteile der Erfindung schätze ich ihre Lebensdauer auf mindestens zwanzig und höchstens fünfundzwanzig Jahre ab dem Briefdatum.

Ich möchte hinzufügen, daß ich eine psychologische Vorsichtsmaßnahme ergriff. Ich wies Wintermore an, Dir den Brief persönlich zu übergeben. Von allen, die ich kenne, ist er der letzte, der ihm Anvertrautes frühzeitig aus der Hand gibt oder sich daran zu schaffen macht und dabei rein zufällig die Besonderheiten daran entdeckt.

Wenn Du ein ganzes Jahr gewartet hast, bis Du diesen Brief liest, dann, mein Junge, wirst du keine Ahnung haben, wovon ich spreche.

Wenn Du jedoch die Eigenschaften des Objekts entdeckt und mit ihrer Hilfe gewisse Probleme, die ich für Dich geschaffen habe, gelöst hast, dann wirst Du verstehen, warum ich diese Vorsichtsmaßnahmen getroffen habe. Moralisch gesehen hätte ich es vielleicht zerstören sollen, sobald ich wußte, daß ich nicht mehr lang zu leben hatte. Aber wahrscheinlich war es meine Eitelkeit, die mich davor zurückhielt. Wenn Du weißt, was Es kann, wirst Du auch die schreckliche Last der Verantwortung nachempfinden. Ich habe dieses Phänomen entdeckt, es selbstsüchtig verwendet und diese Verwendung hoffentlich teilweise wieder gutgemacht. Aber die Vorstellung von einer Welt, in der ein derartiges Ding in die Hände skrupelloser Menschen gerät, ist zu grauenhaft.

Ich muß bedenken, daß jemand anderer diesen Brief lesen könnte und Du ihn nie zu Gesicht bekommst. In diesem Fall habe ich womöglich einen Dämon auf die Welt losgelassen.

Aber wenn Du es hast, weißt, was es ist, und diesen Brief verstehst, mein Junge, dann brauche ich Dir keine besonderen Verpflichtungen und Verantwortungen auferlegen. Dein Charakter wird über die Verwendung bestimmen, und dieses Ziel hatte ich bei Deiner Ausbildung vor Augen. Wenn Dir die Last zu groß erscheint, brauchst Du es nur fünfzig Tage lang unbenutzt lassen.

Mit meinen letzten Worten will ich Dich in einem Punkt zur Vorsicht mahnen, in einem einzigen Punkt. Behalte es für Dich. Teile es mit niemandem. Wer es besitzt und zu verwenden weiß, ist der mächtigste Mensch, den die Welt je gesehen hat. Diese Macht kann man nicht ungefährdet teilen.

Wilma Farnham trat als erste in der Öffentlichkeit auf. Bonny Lee Beaumont hatte sich um ihre Frisur, ihr

Make-up und ihre Kleider gekümmert. Der Auftritt war zeitgerecht angekündigt worden, um von den Medien möglichst breit erfaßt zu werden. Sowohl die Geschäftsleitung von Krepps Enterprises, als auch Vertreter der Regierungsbehörden und diverse Anwälte der verschiedenen beteiligten Parteien waren anwesend.

Kirby und Bonny Lee hatten Wilma sorgfältig instruiert; sie traf eine komplizierte Abmachung mit den gegnerischen Parteien. Sie würde eine zufriedenstellende Dokumentation über den Verbleib der siebenundzwanzig Millionen vorlegen. Dafür würden alle Anklagepunkte gegen Kirby Winter fallengelassen und die Zivilklagen auf jene beschränkt werden, die aufgrund ihrer Dokumentation erhoben werden konnten. Daraufhin legte sie die detaillierten Angaben vor.

KREPPS VERSCHENKTE ALLES, lauteten die Schlagzeilen.

Der Zwischenfall mit Bonny Lees kleinem Auto wurde sehr einfach gelöst: Wilma schwor, daß sie es ausgeliehen hatte.

Als nächste stellte sich Betsy Alden. Sie war eine Stunde vor dem Brand von Bord der *Glorianna* gegangen und hatte sich eine Zeitlang im Appartement eines gewissen Bernard Sabbiths aufgehalten (was Mr. Sabbith bestätigte). Später hatte sie in einem Hotel im Stadtzentrum unter anderem Namen (was nicht verboten ist) ein Zimmer genommen. Dort war sie geblieben und hatte erst jetzt erfahren, daß die Polizei mit ihr reden wollte.

SCHAUSPIELERIN ENTLASTET hieß es in kleineren Schlagzeilen.

Als dann Kirby Winter in der Öffentlichkeit erschien, hatte sich die Sensationslust schon anderen Vorkommnissen zugewendet, wie das so üblich ist. In diesem besonderen Fall waren es elf junge Männer in Coral Gables, Versicherungsagenten, Geschäftsleute, Wertpapierhändler und Ähnliches, die mehr als zwei Jahre lang einen diskreten Club für Frauentausch laufen hatten. Er war aufgeflogen, weil einer von ihnen die Auswahl manipulierte, indem er mit gezinkten Karten spielte. Sie hatten Verdacht geschöpft, weil er als einziger nie bei seiner eigenen Frau landete. Nachdem man ihn mit mehr Begeisterung als kühler Urteilskraft bestraft hatte, legte er vom Krankenhausbett aus ein volles Geständnis ab.

Die Öffentlichkeit reagierte enttäuscht, weil Kirby Winter nun doch nicht die Millionen gestohlen hatte. Er verstärkte diese Enttäuschung noch durch sein Auftreten: Er gab sich sanft, redselig und langweilig, weil er nur über die guten Werke des verstorbenen Omar Krepps sprechen wollte. Die Öffentlichkeit interessiert sich nur sehr wenig für gute Werke. KREPPS' ERBE BERICHTET VON DEN STIFTUNGEN, lauteten die sehr kleinen Schlagzeilen.

Betsy Alden verschwand, ohne noch weitere Aufmerksamkeit zu erregen. Sabbith nahm sie mit nach New York. Seither erzählt sie bei den wichtigsten Fernsehstationen, warum ihre Kleider duftiger und ihre Abflußrohre sauberer sind und warum ihre Nase nie verstopft ist.

Wilma Farnham verwandelte sich nach ein paar Nachhilfestunden bei Bonny Lee in eine zurückhaltende Elfenbeinodalyske mit einer gewichtigen Frisur, strahlendblauen Kontaktlinsen und einer flüsternden Stimme; sie trug so enge Kleider, daß man sich nicht vorstellen konnte, wie sie sich setzte. Walton Grumby bat sie immer wieder, in das Büro von K.E. zu kommen und zu erklären, worin ihre Aufgaben bei O.K. Devices bestanden hatten. Als er sich entschloß, nach Paris, Kairo und Rangoon zu fahren, um Stichproben über das angeblich gestiftete Geld zu machen, nahm er sie mit, für den Fall, daß ihm noch zusätzliche Fragen einfielen.

Nachdem Joseph Locordolos sich einigermaßen von einer Vielzahl traumatischer Nervenleiden erholt hatte, gestattete man ihm, auf die *Glorianna* zurückzukehren.

Die strafrechtlichen Anklagen wurden fallengelassen und die Zivilprozesse regelte er mit beträchtlichem Kostenaufwand außergerichtlich. Sein Visum wurde für ungültig erklärt, ebenso die Visa der fünf Leute von der Mannschaft. Bis die Reparaturarbeiten beendet waren, mußten sie an Bord der *Glorianna* bleiben. Joseph tat alles in seiner Macht Stehende, um die Reparaturen zu verzögern und hoffte, daß Charla auftauchen würde, bevor man ihn zwang auszulaufen. Er machte sich große Sorgen um sie und konnte sich nicht vorstellen, was Winter ihr Schreckliches angetan hatte. Womöglich hatte er sie getötet und ihren Leichnam versteckt. Wenn er daran dachte, daß Charla tot sein könnte, traten ihm Tränen in die Augen.

Am achten Tag nach dem Feuer kam Charla ruhig an Bord. Es war Vormittag, als sie den großen Salon betrat. »Hallo, Joseph«, sagte sie und setzte sich. Er war aufgesprungen und sah sie betroffen an. Sie hatte gut acht Kilo abgenommen, ihre Wangen waren hohl und die Augen riesenhaft. Die schönen blonden Haare waren kurz geschnitten. Sie trug eine billige Bluse, einen billigen Rock und eine große, vulgäre rote Tasche.

Er lief zu ihr, kniete neben ihrem Stuhl nieder, schlang die Arme um sie und schluchzte an ihrem Hals. »Mein armer Liebling, was ist mit dir geschehen!«

»Wie geht es dir, Joseph?« fragte sie. Ihre Stimme schien von weit her zu kommen.

»Wie es mir geht?« rief er. »*Schrecklich!*« Er sprang auf und während er auf und ab ging, beschrieb er die Ungeheuerlichkeit, die man ihm angetan hatte. »Sie waren wie Tiger! Echte Tiger!« versicherte er ihr. »Er hat es mit dieser teuflischen Erfindung gemacht, mit der uns auch sein Onkel alle hereingelegt hat, aber der war nie so — ausgelassen! Was das Geld gekostet hat! Ich kann immer noch nicht schlafen. Ich wache ständig auf oder sehe im Schlaf diese Tätowierung.« Er kniete wieder neben ihr nieder. »Wir müssen diese Erfindung haben,

Charla. Unbedingt. Der verweichlichte Narr hätte uns töten sollen, als er die Gelegenheit dazu hatte. Hör zu, Liebste. Ich habe Informationen gekauft. Er ist von hier nach New York gereist, zusammen mit Bonny Lee Beaumont, dem Mädchen, das dir entwischt ist. Sie ist im Showgeschäft. Die beiden wollen nach Paris.« Er hielt inne und sah sie genauer an. Sie wirkte irgendwie benommenen. »Liebling, du hörst nicht zu!«

Sie starrte auf die Holztäfelung der Salons. »Weißt du, was AOOU bedeutet, Liebster« fragte sie.

»Wie sollte ich das wissen?«

»Abwesenheit ohne offiziellen Urlaub. Sie waren sehr beunruhigt, als sich dreiundreißig gleichzeitig ohne Erlaubnis entfernten, und das mit einem Dienstfahrzeug.« Sie wandte ihm den Kopf zu und sah ihn sanft an. »Das Fahrzeug war ein Lastwagen. Sie waren von Port Everglades unterwegs nach Key West. Dort liegt ihr Zerstörer, in Key West.«

Joseph schlug sich mit der Faust auf die Stirn. »Wovon sprichst du? Wo warst du?«

»Ich war plötzlich in einem Lastwagen mit vielen Matrosen.«

»Entsetzlich!«

»Ein Zerstörer ist das kleinste hochseetüchtige Kriegsschiff. Im allgemein ist er hundert bis hundertdreißig Meter lang und hat eine Wasserverdrängung von zwei- bis dreitausend Bruttoregistertonnen. Zerstörer werden vorwiegend zum Schutz anderer Schiffe und als Begleitschiffe eingesetzt, oder um bestimmte Gebiete abzuriegeln.«

»Charla!«

»Zerstörer sind schnell und leicht manövrierbar und haben eine große Reichweite. Zu ihrem Schutz verlassen sie sich auf wasserdichte Kammern und ihre Schnelligkeit. Bei den Matrosen heißt der Zerstörer oft ›Blechbüchse‹, weil die Rumpfwände so dünn sind.«

Er packte sie und schüttelte sie, bis ihre Zähne klapperten, aber kaum daß er sie losließ, begann der Singsang ihrer Erzählung aufs neue.

»Die meisten Zerstörer in der US Navy gehören zum Typ 692, ein Schiff mit langem Rumpf, das während des Zweiten Weltkriegs entwickelt wurde. Sie verfügen über zwei Gruppen von Hochdruckdampfturbinen mit insgesamt über sechzigtausend PS. Maschinen, Kessel und die übrige Antriebsgeräte nehmen fast drei Viertel der Länge unter dem Hauptdeck ein.«

Er bückte sich und blickte ihr in die Augen. Zum ersten Mal entdeckte er darin eine entsetzliche Milde, eine Ruhe und eigenartige Selbstgefälligkeit — als hätte alles Suchen ein Ende gefunden, als wären alle Feuer erstickt.

»Jetzt hör mir zu, meine Liebe. Wir laufen morgen aus. Wir fahren nach Nassau, Charla, und von dort fliegen wir nach Paris. Dort werden wir diesen Kirby Winter finden und wir ...«

»Nein, Liebster«, entgegnete sie ruhig und sanft.

»Was?«

Sie stand auf, gähnte und streckte sich. Obwohl sie abgenommen hatte, hatte sie eine wunderbare Hautfarbe. Sie ging zur Tür. »Ich bin nur an Bord gekommen, um Kleider und Geld zu holen.«

Er folgte ihr. »Wohin willst du?«

Sie drehte sich um und sah ihn verständnislos an. Und in einem Ton, als hielte sie seine Frage für unvergleichlich dumm, antwortete sie: »Natürlich zurück nach Key West.«

»Aber Charla!«

»Sie warten auf mich, Liebling. Zerstörer sind mit Torpedos ausgerüstet, die in Röhren an Deck stecken, außerdem mit Mehrzweckgewehren, Kaliber 2,5 und Unterwasserminen.«

Sie verschwand in der Kabine. Er hörte sie drinnen summen, konnte sich jedoch nicht an den Namen des Liedes erinnern. Es hatte etwas mit Ankern zu tun. Er stand in der Tür. Sie begann sich umzuziehen, aber als sie ausgezogen war, mußte sich Joseph unvermittelt umdrehen. Er ging in seine Kabine und legte sich hin. Als er sie fortgehen hörte, rief er ihr nach: »Ich warte in Nassau auf dich!«

Wie lang würde es wohl dauern, bis sie wieder auftauchte? Hoffentlich lang, damit er sich an die brandneue Tätowierung gewöhnte.

In diesem Augenblick kletterte Charla behend in den grauen Jeep, der auf sie wartete. Zwölftausend Meter über dem Atlantik hob Kirby Winter ein Glas mit Champagner an die Lippen seines weißhaarigen Mädchens, und sein Blick versank glücklich in ihren schelmischen Augen.